KB272746

아버지가 아들에게 전하는

남자로 사는 법

김범선 지음

이담
Books

서문

사회생활에서 은퇴하여 지난 시절을 생각하니
마치 짧은 꿈을 꾼 것처럼 생각된다. 지나고 생각하니 아쉽고 모자라
고 부족한 것이 많은 삶을 살아왔다.

장맛비 속에서 어리고 가냘픈 아들의 작은 몸을 품 안에 안아 주고
영동선 열차를 타고 출근길에 올랐다. 창문 밖에 흘러내리는 빗물을
바라보며 아들의 따뜻한 체온을 생각했다. 이런 날에는 출근을 하기
싫었다. 아들과 함께 집에 있고 싶었다.

아들이 중학교에 들어가고 모처럼 한가한 틈이 생겨 같이 낚시를 가
자고 했더니 친구와 약속이 있다며 거절을 했다. 그때부터 아들과의 사
이는 점점 더 멀어지기 시작했다. 퇴근을 해서 집에 돌아오면
아들은 학원에서 귀가를 하지 않았다. 아침에 일어나 보면
아들은 학교에 가고 없었다. 고등학교에 들어가고부터
아들과 만나는 시간은 점점 더 줄어들었다. 그리고 어느

날 집을 떠나 대학으로 갔다. 간혹 전화로 안부를 주고받는 서먹한 사이로 변했다. 그리고 아들은 군대에 입대를 했다.

갑자기 아버지와 아들의 관계가 이건 아닌데 하는 생각이 들었다. 그렇게 생각하다 어느 날 아들과 둘이서 마주 앉아 보니 아버지보다 키도 더 크고 덩치도 큰 성인으로 변해 있었다. 마음속에는 아직도 어린아이로 생각하고 있었는데 둘이서 대화를 하다 보면 의젓하게 "아버지, 이 문제는 제가 알아서 처리할게요." 하며 남자 행세를 했다. 그런 때에는 대견하기도 하고 마치 타인처럼 느껴지기도 했다. 그동안 아버지로 살아오면서 아들에게 해 주고 싶은 이야기들이 많이 있었다. 그런데 우리 부자는 얼굴도 서로 마주 보기 힘든 세상을 바쁘게 살아가고 있었다.

아들아, 한생을 살아온 아버지의 삶의 결론은 이러하다. 사람은 누구나 평생 동안 실수와 시행착오를 반복하며 깨닫고 배우는 존재이다.

죽을 때까지 이런 현상은 계속되며 반복을 한다. 현자와 우둔한 사람과의 차이점은 누가 이런 실수를 적게 하는가, 하는 것뿐이다. 따라서 한 가지 일을 경험하지 못하면 한 가지 지혜를 더 얻지 못한다. 실패도 교훈이다. 실패를 너무 두려워하지 마라. 이 세상에 완벽한 사람이란 결코 없다.

아들아, 삶은 사람과 사람 사이의 관계이다. 사람을 가장 괴롭히는 것도 사람이었고 사람을 가장 행복하게 하는 것도 사람이었다.

지금처럼 혼탁한 이 시대에서 한 가정을 이끌고 살아가야 하는 너는, 아버지 시대와 달리 자기 소신의 뚜렷한 가치관과 주관 없이는 가정을 유지하기가 더 어려워졌다.

그래서 아버지는 사람과의 관계에서 서로 부대끼며 살아가야 할 너에게 이 훈요를 남길 필요를 느꼈다. 다시 한 번 말하지만 너에게 주는 이 글은 아버지가 남들보다 잘나서도 아니고 지혜가 밝아서도 아니다.

오히려 아버지는 다른 아버지들보다 부족하고 못난 사람이었다. 그래서 이런 훈요의 글로 너에게 경계의 말들을 남긴다.

아들아, 아버지는 하늘과 땅 사이에 인간으로 태어나 너와 부자지간의 인연으로 한생을 같이한 것만 해도 보람과 행복을 느낀다.

사랑하는 아들아,

나 이제 진실한 마음으로 너에게 전한다. 나의 생명을 순간에서 영원으로 이어 가는 네 마음속에 아버지는 이편에 와서 행복하고 아름다운 모습만 보고 떠난 사람으로 후일 기억해다오.

小白山 心池堂에서

梵善

차례

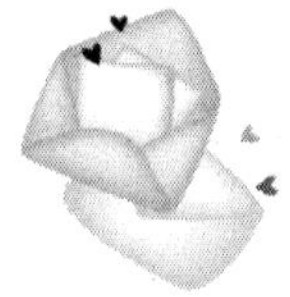

for you.

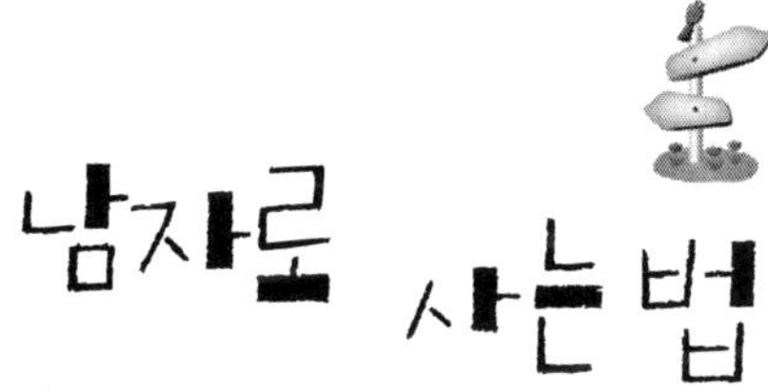

사랑하는 아들아,

지금부터 아버지가 너에게 남자로 살아가는 방법을 일러 주마. 남자로 사는 방법은 아버지마다 조금씩은 다를 수가 있다만 그 근본은 변함이 없다.

이 훈요들은 아버지가 남자로서 살아온 삶의 지혜이며 가치관이다. 너는 앞으로 살아가면서 아버지의 이야기 중에 취할 것은 취해서 자신의 지혜를 밝히는 데 더욱 힘쓰고, 버릴 것은 버려 네 가정을 잘 지켜 나가도록 하렴.

아버지는 평범한 소시민으로, 한 집안의 가장으로, 다른 사람들보다 잘난 사람도 아니었고 뛰어난 사람도 아니었다. 단지 지금부터 네 게 일러 주는 말들은 오늘을 살아가는 한 아버지가 사랑하는 아들에게 들려주는 부자지간의 훈요이며 삶에 대한 경계의 말들이다.

우리는 일 년에 몇 차례도 만나지 못하는 서로 바쁜 사이가 아니더 냐. 그래서 이런 글로 대신 일러둔다. 인간 80평생이면 참으로 많은 일들을 겪게 된다.

아들아, 네가 살다가 어려운 일에 부딪힐 때 이 글이 네 삶의 지혜가 되어 조금이라도 보탬이 된다면 아버지는 더 이상 바랄 것이 없다.

너도 기억하지? 아버지가 구서원 채전에 땅콩을 심었던 때를 말이 다. 그때 아버지는 수컷 까치와의 먹이 경쟁에서 완패를 당한 적이 있 었다.

이른 봄날, 아빠는 퇴근을 하자마자 바로 구서원으로 달려가서 300 평 밭에 땀을 흘리며 어두워질 때까지 땅콩을 심었다. 그런데 어느 날, 밭 복판 전봇대 위에 수컷 까치 한 마리가 날아와 빙빙 돌더니 꼭대기 에 앉았다. 그놈은 이튿날 암컷 까치를 데리고 함께 전봇대 꼭대기 위 에 잔가지를 물고 와 신혼집을 짓기 시작했다.

아빠는 밭고랑을 만들어 땅콩 씨 넣기에 바빴고 까치는 자기 집 짓 기에 바빴다. 채전에 파종을 하고 여름철이 되어 노란 땅콩 꽃이 피기 시작하자 까치도 자기 보금자리를 꾸려 가며 행복하게 살기 시작했다. 그리고 땅콩이 발을 내려 탐스럽게 열매를 맺기 시작하자 까치의 암컷은 알을 품기 시작했다. 그런데 암컷이 알을 품기 시작하자 수컷 까치는 신경이 날카로워져 주변을 맴돌며 적들로부터 암컷을 보호하려 무진 애를 쓰며 경계를 했다. 그때까지 우리는 인간과 조류로 평화롭게 공존하며 잘 지내 왔다. 그런데 땅콩이 탐스럽게 열매를 맺기 시작하자 그때부턴 사정이 달라졌다. 어느 날 퇴근을 해서 자전거를 타고 구서원 밭에 갔더니 밭고랑에 땅콩 껍질이 하얗게 흩어져 있었다. 그것도 잘 익은 것으로만 말이다. 깜짝 놀랐다. 봄, 여름내 그렇게 고생해서 지은 농사인데 충격이 컸다.

처음에는 들쥐가 땅콩을 까먹은 것으로 생각을 했다. 그래서 이튿날 쥐틀을 하나 사 가지고 밭에 갔더니 고랑에서 까치 부부가 땅콩을 물고 둥지 위로 날아올라 갔다. 전봇대 위에 있는 까치둥지를 올려다보았더니 어느새 새끼들이 부화를 해서 짹짹거리며 울고 있었다.

그런데 새끼 까치들이 커 갈수록 땅콩 밭은 더 엉망이 되고 피해가 엄청났다. 300평의 땅콩 밭이 모두 파헤쳐져 익은 땅콩이 남아 있지 않았다. 88땅콩(품종 명)은 포기당 100여 개의 땅콩이 달리는데 까치가 잘 익은 것만 골라 빼 먹어 쭉정이만 남아 있었다. 아빠는 약이 올라 밭에 있는 돌멩이로 녀석들의 둥지를 공격하기 시작했다.

새끼 까치들이 위협을 느끼며 울부짖자, 수놈 까치가 놀라서 온몸을 내던지며 날카로운 부리로 아빠를 공격하기 시작했다. 아빠도 돌멩이로 녀석을 공격했다. 인간인 아빠는 한 집안의 가장으로 먹여 살려야 할 자식들이 있으니 까치로부터 땅콩 밭을 지키지 않으면 안 되었고 까치는 자기 새끼들을 먹여 살려야 했다. 그래서 우리 수놈들은 땅콩이라는 먹이를 사이에 두고 가족들의 생계를 위해 밭 한복판에서 치열한 싸움을 벌였다. 애야, 수놈 까치도 자기 가족들의 생계를 위해 목숨을 내던지고 덤벼드는 걸 보니 정말 무섭더라.

아빠의 적, 수놈 까치는 어느 날 느닷없이 자기 마누라를 데리고 남의 땅에 나타나서 전봇대 위에 집을 짓고 애써 농사지은 아빠의 땅콩으로 자기 자식까지 키웠다. 그런 놈이 은혜도 모르고 되레 밭주인을 공격하다니 이건 너무하다는 생각이 들었다. 이거야말로 인간의 입장에서 보면 적반하장이었다.

그해 아빠의 땅콩 농사는 그렇게 망쳤다. 여름내 땡볕에서 고생을 하며 지은 땅콩 밭에는 수확할 것이 없었다. 제법 잘나간다는 인간인 아빠도 동물 세계의 수놈 간 먹이 경쟁에서 미물인 까치에게 완패를 당했다.

저놈을 좀 보렴. 자기 마누라와 성장한 새끼 세 마리를 데리고 남의 땅콩 밭 위에서 여유롭게 야유회를 즐기고 있는 저 수놈 까치의 뻔뻔스럽고 염치없는 모습을 좀 보렴.

비록 적이었지만 한집 가장으로서 저 수놈 까치의 의젓한 모습은 정말 당당하다. 먹이를 사이에 두고 수놈끼리 싸움에서 미물의 짐승인 까치는 날개와 부리를 가졌고 인간인 아빠는 돌멩이를 던질 수가 있었지만 생존 경쟁에서 아빠는 까치에게 졌다.

만일 아빠가 다른 직업으로 봉급을 타지 않고 농사만 지었더라면 엄동설한에 우리 가족들은 굶어 죽었을 것이다. 누가 까치를 머리 나쁜 새대가리라고 놀리더냐. 저래도 인간과의 먹이 경쟁에서 이긴 저 까치가 새대가리냐?

사랑하는 아들아, 남자로 사는 법은 아주 간단하다.

'미물의 짐승인 저 수놈 까치처럼 살면 된다.'

은행나무

점심때 차를 타고 대화예식장 앞 도로를 지나가다 신호에 걸려 대기하게 되었다. 신호가 바뀌기를 기다리는데 조수석에 앉은 엄마가 은행나무가 무척 아름답다고 말했다. 왕복4차선의 직선 도로 양쪽에 두 줄로 늘어서 있는 황금빛 은행나무와 멀리 전면에 보이는 1,423m의 거대한 소백산이 마치 한 폭의 그림처럼 아름다웠다. 차가 다니지 않은 은행나무 밑에는 황금빛 은행잎들이 수북이 쌓여 있어 마치 한 장의 정물 사진을 보는 것 같았다.

"여보, 저분 왜 저러지?"

갑자기 엄마가 창밖을 가리키며 말하기에 앞을 바라보니 환경미화원 한 분이 발로 은행나무를 툭툭 차고 있었다. 나무를 발로 찰 때마다 노란색 은행나무 잎이 함박눈처럼 우수수 떨어졌다.

그걸 바라보는 아빠는 문뜩 이런 생각이 들었다.

아빠에게 저 은행나무 잎은 무척 아름답게 보였다. 그러나 저렇게 보도에 수북이 쌓여 있는 나뭇잎들을 매일 힘들게 치워야 하는 저 미화원의 입장에서 보면 은행나무 잎들은 원수처럼 느껴질 것이다. 뿐만 아니라 나무를 베어 내고 싶은 마음이 들 것이다. 지금 저분에게 은행나무를 어떻게 생각하느냐고 물어보면

'잎이 떨어지지 않는 사철나무를 가로수로 심어 놓았으면 이 고생을 하지 않아도 될 텐데, 괜히 은행나무를 심어 사람을 고생시킨다.'고 대답을 할 것이다.

아들아, 이 세상에 모든 사물과 현상들은 이렇게 서로 다른 양면성을 가지고 있다. 부엌에 있는 칼을 보렴. 아주 유용하게 쓰인다. 그러나 강도가 그 칼을 사용하면 흉기가 된다.

지난밤 TV를 보니 모자로 얼굴을 가린 살인범이 고개를 푹 숙인 채 끌려가고 있었다. 그 사람은 여자를 죽인 흉악범이었다. 그러나 그 사람이 TV 화면으로 보여 주고 있는 현상은 다른 사람을 해치면 나처럼 이렇게 체포되어 만인의 지탄을 받는 범죄자가 된다는 것을 보여 주고 있었다.

TV를 보니 주가 조작으로 많은 사람들에게 피해를 입힌 사람이 사

기죄로 미국에서 체포된 후 국적기로 송환되어 공항에 도착했다. 한 무리의 사람들은 그가 진실을 밝혀야 한다고 시위를 하고 또 다른 사람들은 그가 사건을 조작하고 있다고 했다.

이 경우 자기는 모르고 있지만 그 사람이 보여 주고 있는 현상은 대다수의 사람들에게 지대한 영향을 미친다. 뿐만 아니라 한 국가의 미래에도 많은 영향을 끼친다. 주식은 극소수의 사람들에 의해 조작이 될 수가 있으며 주식이 가진 본래의 목적과는 다른 기능을 할 수도 있다는 것을 보여 준다.

은행나무 잎의 아름다움만 보지 마라. 네가 아름답다고 느끼는 그 은행나무 잎을 원수처럼 느끼는 사람들도 있다. 이 세상에 일어나는 모든 현상과 사물들을 하나의 단면으로만 보지 마라. 현자와 우둔한 사람과의 차이점은 이 세상에서 일어나는 모든 현상들을 단면으로 보느냐 아니면 양면으로 보느냐, 하는 그 차이점뿐이다.

단면으로 보는 사람들은 시끄럽게 떠들며 자기 견해를 밝혀 다른 사람들에게 영향을 끼치려 애를 쓴다. 그러나 양면으로 보는 사람들은 그 현상이 비밀한 가운데 은밀하게 속삭이는 그 결과를 짐작하기 때문에 말없이 조용히 지켜보기만 한다. 너도 사물의 현상이 보여 주는 양면성을 모두 함께 볼 수 있도록 평소에 꾸준히 노력을 하렴.

 동서남북

아들아, 동쪽이 어느 쪽이냐? 해가 뜨는 쪽이라고? 그럼 서쪽은 해가 지는 쪽이고?

사람들은 모두 그렇게 생각을 한다. 그러나 애야, 그중에서 가장 중요한 것이 하나 빠져 있다. 동서남북 모든 방향의 기준점은 '나'에게 있다. 다시 말해 나를 기준점으로 해서 동쪽은 해가 뜨는 쪽이고 나를 중심으로 해서 해가 지는 쪽은 서쪽이 된다.

내가 만일 그 자리에 없다면 동서남북도 없다. 그런데 사람들은 가장 중요한 기준점인 나를 빼고 동서남북을 정한다.

배를 타고 태평양 바다 한복판에 가면 보이는 건 텅 빈 바다뿐이다. 그런데 바다는 원형으로 보인다. 내가 원의 중심점이 되기 때문에 나를 중심으로 바다는 원형으로 보이는 것이다. 다시 말해 내가 그 자리에 있기 때문에 바다는 원형이며 지구는 둥근 것이다.

이 세상은 내가 그 자리에 있기 때문에 우주가 있고 태양이 있고 지구가 있다. 내가 없으면 나라도 없고 돈도 없고 가족도 없고 자동차도 필요 없다.

사람의 모든 가치 기준은 나를 중심으로 이루어진다. 그런데 사람들은 그렇게 생각하지 않는다. 다른 사람들을 중심으로 동서남북을 정하고 다른 사람이 정한 원의 중심에 빠져서 정신없이 날뛰며 살고 있다.

그것은 마치 푸른 하늘에 가려진 구름을 보고 '하늘은 구름' 이라고 말하며 하늘에서 내리는 눈을 보고 '하늘은 눈' 이라고 정의하는 것과도 같다. 내가 보는 시각과 가치 기준에 따라 사람들은 서로 다르게 정의를 내린다.

아들아, 아버지가 이 훈요에서 너에게 일러 주고 싶은 말의 핵심은 이러하다. 내가 있기 때문에 이 세상은 존재한다. 내가 있기 때문에 동서남북이 정해지고 내가 있기 때문에 지구는 둥근 것이다.

그런데 너는 다른 사람들이 정한 동서남북에 따라 살고 다른 사람이 보는 시각에 따라 하늘은 푸르지 않고 구름이 낀 곳이라고 생각을 한다.

명심해라. 네가 살아 있는 동안에 동서남북은 모두 너를 중심으로 정해진다. 따라서 자기중심이 없이 살다가는 남이 정한 원의 중심에 빠져 정신없이 날뛰다 한생을 모두 보내게 된다.

아들아, 마음의 종지(宗旨)를 굳게 세우며 살아라. 그럼 흔들리지 않는다.

아버지와 어머니는 한 가정의 주체이다. 국가의 기본단위는 가계(가정)이다. 그리고 기업, 국가이다. 적어도 경제의 주체 면에서는 그러하다.

그런데 국가 경제의 기본단위인 가정이 붕괴되는 일이 점점 더 늘어나고 있다. 가계의 붕괴는 기업의 도산으로 이어지고 국가를 무너뜨리는 근간이 된다.

네가 이 세상에 태어난 것은 한 가정의 주체인 남자 아버지와 여자 어머니가 결합하여 아들인 너를 낳았기 때문이다.

그런데 요즘은 가정의 반쪽인 여자들을 너무 성의 대상으로 만들어 놓고 있다. 너도 보았겠지? 컴퓨터와 TV, 그리고 포르
노와 인터넷에서 여자들의 성을 상품으로 만들어 놓은
것을 말이다.

아빠는 이 점이 불만이다. 할머니도 여자이다. 그리고 엄마와 누나
들도 여자들이다. 너에게 성의 대상이 되니? 그건 아니지?

이 세상에 존재하는 모든 여자들은 다른 가정에서는 그런 관계로
연결이 되어 있다. 너의 성 대상인 여자들이 모두 다른 사람들의 가정
에서는 할머니가 되고 엄마가 되고 딸이 되어 있다. 그런데 남자들은
여자들의 성을 상품으로 만들어 온갖 못된 짓을 다 하고 있다. 그것은
자기 할머니와 어머니와 아내와 딸을 성의 상품으로 만드는 것과도 같
다. 아빠는 그 점이 잘못되었다고 생각한다. 너도 모든 여자들이 포르
노 배우들처럼 그렇게 난잡하다고 생각하니? 할머니와 엄마와 누나들
을 보렴. 그렇게 보이던? 그건 아니지?

그것은 비열한 남자들이 여자들의 성을 상품으로 만들어 돈벌이 수단
으로 사용하기 때문이다. 아빠는 이런 부류의 인간들을 가장 경멸한다.

남녀의 관계는 사랑의 대상이며 인간 진화의 수단이다. 이 지구상
에 이루어 놓은 대다수의 많은 업적들은 모두 남녀 간의 사랑의 힘으
로 만들어진 것이다.

요즘 남녀 간의 사랑을 사회생활의 기본단위인 인간관계로 보는 것
이 아니라 쾌락의 대상이며 도구로 생각하는 사람들이 의외로 많은 것

같다. 물론 성의 즐거움은 인간의 원초적인 본능이다.

그 본능의 시각에서 남녀관계를 본다면 인간이 짐승과 무엇이 다르겠느냐. 그까짓 오줌대롱을 잠시 즐겁게 하자고 짐승들처럼 살아서야 되겠느냐?

너는 그런 저질 인간은 되지 마라. 너의 엄마이고 누나이며 배우자인 여자들은 남자와 똑같은 존재이며 존경의 대상이다.

오늘 네가 있기까지에는 엄마와 할머니, 그 위에 조상 할머니들까지 있었기 때문이다. 여자들은 남자와 동등하며 출산과 가사라는 무거운 짐을 지고 있으며 남자들로부터 보호받아야 할 대상임을 항상 명심하여야 한다. 머리 나쁜 새대가리 까치를 보렴. 수컷은 암컷과 새끼를 보호하기 위해 목숨까지 내던진다. 하물며 미물인 까치도 그럴진대 인간으로 태어난 네가 그들보다 못해서야 어디 되겠느냐.

더 아프다

오늘이 양력으로 2월 초하루, 음력으로 섣달 열나흘, 세월 참 빨리 간다. 어제는 친구가 교통사고로 다리가 골절이 되어 기독병원에 입원을 해 있다기에 병문안을 갔더니 무척 아프다고 했다. 그는 다리에 깁스를 한 채 신음소리를 내며 아파서 죽겠다고 간호사를 부르며 힘들어했다.

그리고 딱하게도 옆에서 간병을 하는 부인을 못살게 굴며 보채고 있었다. 아빠도 옆에서 친구의 다리를 주물러 주고 손도 잡아 주었는데 자꾸만 엄지손톱이 아파 신경이 쓰였다.

아버지가 친구 문병을 가기 전에 엄마가 옥상 위에 쌓여 있는 헌 책상과 사과상자, 부서진 폐목재를 치워 달라고 말했다. 그래서 그걸 치우다가 오른손 엄지손톱 밑에 작은 가시가 들어갔다. 처음에는 약간 따끔했는데 지금은 자꾸 욱신거리고 쑤시며 아프기 시작했다.

사람이란 참 간사하다. 교통사고가 나서 12주 진단이 난 친구의 다리 부러진 고통보다 내 손톱 밑에 든 가시가 훨씬 더 아팠다.

인간의 고통이란 그렇다. 목숨이 걸린 다른 사람의 위급한 병마보다는 내 손톱 밑에 든 가시가 더 고통스럽고 아프다.

아들아, 이 훈요에서 아빠가 네게 하고 싶은 말의 핵심은 이러하다. 네 손톱 밑에 가시가 든 아픔만 생각하지 말고 다른 사람들의 다리 부러진 고통을 이해하라는 것이다.

요즘 사람들은 자기 손톱 밑에 가시 든 것만 아픔으로 생각하지 다른 사람들의 다리 부러진 고통은 전혀 생각하지 않는다. 그렇게 살다 보니 남을 배려하지 않는 이기적인 사회가 되었다.

경제성장과 함께 소득의 분배에 문제가 생겼다. 부를 가진 자들은 재화를 갖지 못한 사람들의 아픔을 너무 이해하지 못하고 있다. 물질적 풍요를 누리는 사람들의 그늘 밑에는 갖지 못한 사람들의 다리 부러진 고통이 있다. 우리 모두가 그분들을 이해하고 배려해야 한다. 내 손톱 밑에 든 가시만 아프다고 생각을 하며 다리 부러진 사람들의 고통을 외면하다가는 이 사회는 더 큰 고통을 맞게 될 것이다.

너의 팔은 네가 흔든다, 다른 사람들의 팔에 맞추려 들지 마라

이 세상에 모든 남자들은 자기의 가치 기준에 따라 삶을 살아간다. 한마디로 다른 사람들은 네가 흔드는 팔과는 상관없이 자기 팔을 흔들며 살아가고 있다. 만일 네가 다른 사람들이 흔드는 팔에 장단을 맞추려 들다가는 너는 아무것도 할 수가 없게 된다.

늑대는 양을 잡아먹는다. 늑대의 입장에서 양은 허기를 달래 주는 고맙고 은혜로운 존재이다. 그러나 양의 입장에서 늑대는 자기 생명을 빼앗아 가는 원수가 된다. 그리고 늑대와 호랑이의 입장에서도 똑같이 그러하다.

이 세상에 일어나는 모든 현상들은 이런 이치의 고리로 서로 연결이 되어 있다. 이 경우 늑대와 호랑이는 나쁘고 양은 옳다고 말할 수가 없다. 어느 한편이 옳고 다른 편은 그르다는 논리 자체가 성립되지 않는다. 왜냐하면 모든 삶 자체가 이렇게 이루어지기 때문이다. 이 경우 만고의 진리는 생명의 세계에서 이런 현상들이 영원히 변하지 않고 반복된다는 것이다.

너는 평생을 살면서 때에 따라 늑대가 되기도 하고 양이 되기도 할 것이다. 늑대의 입장이 되거든 반드시 양의 처지를 생각하고 한 번 더 깊이 생각하고 심사숙고하여 행동해야 한다. 그리고 양의 처지가 되거든 겸허한 마음으로 늑대의 입장을 생각해야 한다. 은혜와 원수의 기준은 모두 자기 판단의 가치 척도에 따라 결정이 된다.

네가 흔드는 팔에 상대가 부딪쳐 원수가 되기도 하고 상황에 따라서는 역전이 되어 은혜가 되기도 한다. 그러나 악연의 인(因)은 절대로 심지 마라. 네가 만일 악연의 원인(原因)이 되었다면 너는 언젠가 반드시 칼끝을 잡는 결과(結果)를 받게 될 것이다.

앞으로 너는 마음과 마음이 충돌하는 사회에서 살아가야 할 것이다. 네 마음과 상반되는 사람들과 갈등과 타협이라는 이름으로 함께 생을 영위해야 할 것이다.

사람들은 각자 자기 팔을 마음대로 흔들며 산다. 다른 사람들이 흔드는 팔에 네 팔을 맞추지 않도록 항상 자신을 잘 관리해야 한다. 그리고 네가 흔드는 팔에 다른 사람들이 피해를 입지 않도록 조심하고 사려 깊게 행동해야 한다.

사람은 평생 동안 '하지 마라'와 '하고 싶다'의 갈등 속에서 살아가야 한다. 너도 그렇게 한생을 살아가게 될 것이다.

남자가 자기가 하고 싶은 대로 하고 살다가는 그 결과가 어떻게 되겠느냐? 도박을 하고 싶다고 도박만 하다 보면 놀음쟁이가 된다. 술이 좋아서 술만 마시다 보면 술꾼이 된다. 여자가 좋아서 여자 뒤만 졸졸 따라다니다 보면 오입쟁이가 되고 주식에 미쳐서 증권만 하다 보면 패가망신을 하게 된다. 결국 사람은 자기가 하고 싶은 대로 하다 보면 노년을 비참하게 살게 된다. 그런 사람들은 자기 절제를 하지 못해 그렇게 되었다.

이것은 '하고 싶다' 의 긍정적인 면이 아닌 부정적인 시각에서 본 이야기이다.

아버지가 잘 아는 분 중에 이런 사람이 있었다. 그분은 퇴직을 한 후 주식을 하다 퇴직금을 모두 날려 버렸다. 아빠는 증권 투자를 좋아하는 그분과 여러 차례 만난 적이 있었다. 그때마다 소규모 여유 자금으로 소일 삼아 그것을 하라고 권유를 했다.

그런데 그분의 말씀이 자기는 평생 동안 여러 가지 일을 모두 해 봤는데 증권 투자 분야에서는 남들보다 특별한 재능이 있는 것 같다고 말했다.

그것이 그분의 실패 원인이었다. 태어나면서부터 남보다 더 뛰어나고 특별한 재능을 가진 사람은 없다. 만일 그런 사람이 있다면 그는 오랜 세월 동안 그 분야에서 공부와 노력을 했기 때문이다.

사람이 자기에게만 특별한 재능이 있다고 믿는 오만함과 교만이 얼마나 무서운 줄 아느냐? 한마디로 도박에 특별한 재능이 있고 여자를 꾀는 특별한 재능이 있고 남을 속이는 데 특별한 재능이 있는 사람들의 말로는 언제나 비참하다.

너는 하고 싶다고 무엇이든지 마음대로 하는 그런 삶을 살지 마라. 무엇이든지 하고 싶을 때 절제할 수 있는 힘을 키워라. 그리고 적당히 하여라. 어리석은 사람은 자기의 삶을 하고 싶은 대로 하며 마음대로 살지만 현명한 사람은 해서는 안 되는 일은 절대로 하지 않는다. 그 이

유는 사람이 하고 싶은 대로 하고 살다가는 그 결과가
어떻게 되는지를 너무 잘 알기 때문이다.

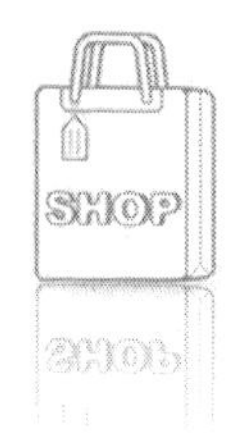

　이 훈요의 결론은 어리석은 사람은 하고 싶은 대로
하며 살다가 실패를 하고, 현명한 사람은 자기의 절제 능력을 잘 키워
하지 말아야 할 일은 절대로 하지 않는 데 있다.

오줌대롱을 간수 잘해라

아들아, 네 성기는 두 가지 역할을 한다. 신체의 노폐물인 소변을 배출하는 역할과 몸의 정기인 정액을 배출하는 역할이다. 그런데 요즘 사람들은 그 오줌대롱 때문에 많은 문제를 만들어 내고 있다.

성기를 오줌대롱이라고 하는 말에 너는 의아한 생각이 들지? 그러나 정액을 배출하는 일 외에 소변을 배출할 때 너의 성기는 오줌대롱일 뿐이다.

오줌대롱의 문제는 유사 이래로 남자들에게 가장 중요한 문제였다. 남자들은 여자들을 차지하기 위해 목숨을 거는 노력을 한다. 인간의 원초적인 본능도 다른 동물들과 다를 바가 없다.

동물의 수놈처럼 인간도 종족 번식을 위해 암컷을 서로 차지하려 투쟁을 한다. 인간의 역사는 남자들의 성욕 역사라고 해도 과언은 아닐 것이다. 그래서 클레오파트라의 코가 3mm만 낮았어도 인간의 역사는 달라졌을 것이라고 말을 한다. 남자의 성욕은 인류 문명의 발전에 많은 공헌을 하였다. 그러나 그 성욕 때문에 더 많은 부작용도 있었다. 남자의 성기는 잘 쓰면 사랑이라는 이름으로 종족을 번식시키고 가정의 평화를 이룩하며 사회의 안정을 가져온다. 그러나 성문화가 지금처럼 잘못되면 남자의 성욕이 이 사회를 망치는 원인이 되기도 한다.

길거리에 나가 보면 나이트클럽, 노래방, 술집, 다방, 룸살롱 등 어디에서든지 여자들의 성을 상품으로 살 수가 있다. 여자들은 종족 번식의 대상이 아니라 성 상품의 대상으로 판매가 되고 있다. 이젠 초등학교 학생들까지 포르노를 보는 세상이 되었다. 세상의 온갖 경험을 다 한 성인들도 포르노의 그런 장면들을 보면 성욕을 주체하기가 어렵다. 그런데 사리분별 능력이 없는 초등학생들이 그런 것을 보게 되면 인간성이 파괴되고 성에 대한 잘못된 인식을 갖게 된다. 자기 할머니와 어머니, 누나가 모두 포르노 속의 그런 여자들로 보인다면 얼마나 무서운 일이냐?

너도 그런 포르노를 보면 참을 수가 없겠지? 아빠 또한 참기가 어렵다. 아빠가 그럴진대 한창 혈기 왕성한 너는 더하겠지? 요즘 사람들은 강도, 강간, 원조교제, 불륜, 폭행, 가족 해체, 그룹 섹스 등 동물들보다 더 못난 짓들을 하고 있다.

개는 본능적으로 성욕에 따라 행동을 한다. 그러나 도덕과 인격으로 무장한 인간들이 때로는 개보다 더 추잡한 행동을 한다.

그런 쾌락은 인간들을 동물보다 더 못한 성품으로 변화시키고 자신의 심성을 파멸시킨다. 그리고 그 결과 축복을 받으며 이룩한 행복한 가정이 순식간에 파괴되는 모습을 매스컴을 통해 우리는 많이 봐 왔다. 작금의 우리 사회는 성문화의 타락으로 인간성이 파괴되어 큰 재앙으로 다가오고 있다. 병원에서 수혈을 했던 사람들이 에이즈에 걸렸다. 이게 어찌 남의 일이라고 방관만 할 수가 있겠니?

잠시 오줌대롱을 즐겁게 하자고 자신을 파멸시키는 어리석은 행동은 하지 마라. 이 세상의 반쪽인 여성들의 몸 구조는 모두 다 똑같다. 축복을 받으며 결혼한 네 배우자와 마음껏 성의 쾌락을 즐겨라.

아들아, 오줌대롱을 함부로 놀려 복잡한 인연을 만들지 마라. 근간에 국가 지도자들 중에서도 그런 일들이 밝혀져 사회에서 매장이 되는 사람이 있었다. 그까짓 오줌대롱을 잠시 즐겁게 하자고 자신이 평생 동안 쌓아 놓은 명예에 먹칠을 하다니 얼마나 어리석은 짓이냐.

젊음이 평생 갈 줄 알았느냐

아버지의 얼굴을 보렴. 주름살이 깊게 패고 오랜 병마에 시달려 뼈만 앙상하게 남은 아빠의 얼굴은 보기가 싫지? 가슴에 큰 상처와 골절로 굽은 왼쪽 팔이 참 보기에 흉하지?

그러나 애야, 앨범 속에 들어 있는 머리를 짧게 깎은 아빠의 고등학교 때 얼굴 사진을 보렴. 잘생겼지? 육상 100m 단거리 학교 대표 선수로 수많은 사람들이 모인 시민운동장에서 우승을 한 몸이었다.

교복을 입은 아빠의 대학교 때 사진도 한번 보렴. 친구와 한강을 헤엄쳐 건넜던 건강한 모습이었다. 사진 속에 모습이 멋이 있지 않니? 그 옆에 M16 소총을 들고 서 있는 흑백 사진을 보렴. 낯선 나라에서 전투를 한 경험도 있었다.

엄마와 찍은 결혼사진을 보렴. 엄마가 무척 예쁘지? 아빠는 어때? 젊고 아름다운 부부의 모습이지? 이제 너를 안고 백일 때 찍은 사진을 잘 보렴. 어떠냐? 아직도 아빠는 젊고 멋이 있지? 아니라고?

너에게는 사진 속 아빠의 모습이 마치 아득히 먼 옛날의 이야기처럼 느껴지겠지만 아빠에게는 어제 있었던 일처럼 생각된다.

삶이란 이렇게 짧은 것이다. 이제 와서 생각하니 아빠에게는 마치 짧은 꿈처럼 그렇게 느껴진다. 길을 가는 노인들을 붙잡고 삶이 어떠했느냐고 물어보렴. 열이면 열 사람 모두 일장춘몽(一場春夢)이었다고 말할 것이다.

아빠의 삶이 이럴진대 너 또한 어떻게 다르겠느냐? 젊음은 한순간에 지나간다. 사진 속 아빠의 모습이 바로 그 증거이다. 지금 사진 속에 들어 있는 아빠의 얼굴은 바로 이다음의 네 모습이다.

젊음을 헛되이 낭비하지 않도록 항상 유념해야 한다. 네 젊음을 소비하는 삶에 쓰지 말고 보람 있고 생산적인 삶에 투자해야 한다.

그러면 너는 젊음의 시간들이 모두 지나가고 노후에 지난날들을 되돌아볼 때 마치 저녁노을을 보는 것처럼 세상이 아름답게 보일 것이다.

아무리 아름다운 미모도 평생을 가진 않는다. 네가 좋아하는 저 미모의 탤런트가 평생 동안 저렇게 예쁠 줄 아니? 아니란다. 그녀도 30

년 후에는 그 옆에 서 있는 늙고 병든 그녀의 어머니처럼 변한다. 젊음과 미모는 모두가 한순간이고 찰나일 뿐이다. 그걸 아는 사람들만이 늙어서 후회를 하지 않는다.

'평생 시들지 않는 꽃은 없고 평생 늙지 않는 미모도 없다.'

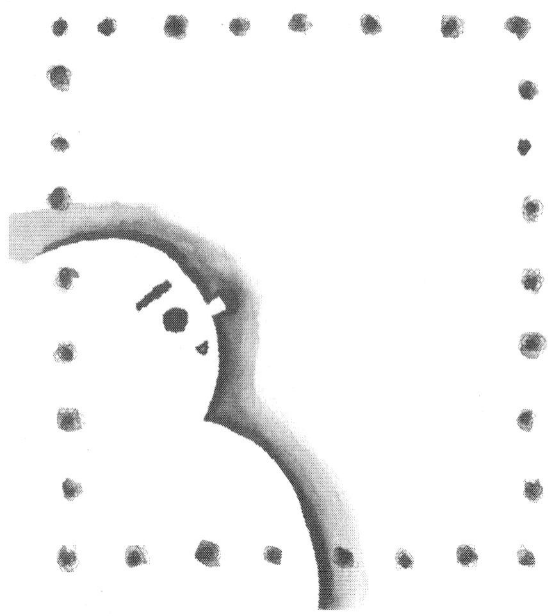

모든 종교는 간절함에서 시작된다

세상이 혼탁해지니 분별심이 흐려져 살아가는 일이 몹시 힘이 든다. 너무 많은 사람들이 과중한 스트레스를 받고 있다. 이런 세상에서 올바른 가치관을 가지고 삶을 살아가는 일은 무척 어렵다. 그래서 사람들은 종교를 믿고 수행이 필요하다.

아버지는 너에게 종교를 가질 것을 권유한다. 혼탁한 세상을 살아가는 데 자신의 힘만으로 헤쳐 나가기에는 너무나 어려운 일들이 많이 생긴다. 그래서 종교가 필요하다.

모든 종교는 참회에서 시작된다. 불교에서는 끝없이 자신을 참회하며 부처님께 엎드려 절을 하고 기독교에서는 밤낮으로 두 손을 모으고 죄 사함을 구하며 성당에서는 모두가 내 탓이라며 가슴을 치고 참회한다.

그렇다. 종교는 참회에서 시작한다. 참회는 자신을 되돌아보는 시간이다. 끊임없이 자신의 잘못을 뉘우치고 반성을 하며 신에게 용서를 구하는 일이다.

종교는 험한 세상을 살아가기 위해 자신의 몸과 입과 뜻을 통해 마음이라는 거울에 새까맣게 칠한 낙서를 참회로 지우는 일이다.

종교는 마음이라는 거울 속에 날아다니고 있는 사악한 까마귀를 쫓아내는 기도이며 자신을 깨끗하게 정화시키는 공부이다.

교회에서 기도를 하든 법당에서 참선을 하든 성당에서 미사를 올리든 간절히 기도하렴. 기도는 삶의 지혜를 밝히는 일이다.

한 시간 동안 참선을 하면 온갖 생각이 머릿속에 떠오른다. 한 시간 동안 기도를 하면 온갖 생각이 스쳐 지나간다. 그 생각들 중에는 오늘 네가 해결해야 할 가장 중요하고 절박한 문제도 들어 있다.

아니, 기도를 하는 도중에 그 문제가 너의 뇌리에서 한시도 떠나지 않고 있었을 것이다. 그래서 참선하는 도중에 너는 그 문제에 대해 더 많이 생각하고 해법을 찾으러 노력했을 것이다.

어떤 중요한 문제를 5분 동안 생각하고 결정짓는 것과 60분 동안 생각하고 결론을 내리는 것 중 어느 것이 더 현명하고 바른 결정을 내릴 수가 있겠느냐? 그래서 참선, 기도, 미사는 바로 자신의 지혜를 밝히는 일이 된다.

신의 존재를 믿지 않는 사람들도 임종 시에는 신을 찾는다. 그것이 인간의 한계이다. 내 말이 믿기지 않거든 병원 중환자실에 가 보렴.

신의 자비를 구하며 기도하고, 참선하고, 미사를 드릴 때에 절대로 신과는 거래를 하지 마라. 성모님, 예수님, 부처님, 취직 좀 시켜 주십시오. 돈 좀 벌게 해 주십시오. 저를 좀 도와주십시오. 그런 마음으로 기도를 올린다면 너는 절대로 신의 도움을 받을 수가 없다. 신은 꾀가 없니? 저 혼자 잘 먹고 잘살겠다는데 전능하신 신이 왜 너를 도와줘야 하니?

그때는 마음을 비우고 이렇게 기도하렴. 하나님, 제가 취직을 하면 예수님을 더 잘 전도하며 모실 수가 있습니다. 부처님, 제가 취업을 하면요, 어려운 중생들에게 더 많은 도움을 드릴 수가 있습니다. 성모님, 제가 돈을 더 많이 벌면요, 수많은 노숙자들의 끼니를 해결하는 데 도움이 됩니다.

그렇게 해서 취직을 하고 돈을 벌게 되거든 신과의 약속을 저버리지 마라. 신을 기만하고 사기를 치지 마라. 비록 너는 신의 은혜를 잊고 살아도 전지전능하신 그분은 너와의 약속을 절대로 잊지 않고 있다.

그래서 아빠가 서두에 신과는 절대로 거래를 하지 말라고 말했다. 신과 한 일은 거래가 아니라 약속이다. 그 약속은 바로 자신에게 한 맹세이다. 그 맹세를 절대로 깨뜨려서는 안 된다. 신과의 약속을 저버린다면 너는 마른하늘에 벼락 치는 소리를 듣게 될 것이다. 번개 뒤에는 무엇이 오는지 아니?

아들아, 넌 행복하다. 어려울 때 신의 자비를 구할 종교가 있어 다행이다. 네가 힘들고 어려울 때 도움을 청할 대상이 있어 좋겠다. 그러나 애야, 신의 자비를 구하려거든 모든 것을 잊고 평소에 간절히 기도하렴. 모든 것을 버리고 간절히 기도하렴. 너의 간절한 그 마음만이 신의 자비로운 손길을 움직일 수가 있다.

함부로 빼앗을 수 없다

오늘은 어제 전단 밭에서 있었던 일을 너에게 이야기해 주마. 아빠는 어제 오후, 전단 밭에서 경운기로 로터리를 치고 있었다. 일을 하다 보니 향긋한 흙냄새가 생명을 느끼게 하였다.

경운기를 몰다 잠시 세워 놓고 담배 한 개비를 입에 물었다. 그리고 바로 옆에 신 씨네 밭을 보니 전단에 사는 서원이와 그 애 할머니가 봄 나물을 캐고 있었다. 햇볕이 좋아 아직 로터리를 치지 않은 밭에는 냉이가 올라오고 밭둑에는 쑥나물이 고개를 내밀고 있었다.

노란 파카를 입은 서원이는 파란 플라스틱 바구니를 들고 나물을 캐는 제 할머니의 뒤를 졸졸 따라다니고 있었다.

불쌍한 녀석! 서원이는 금년에 5살이다. 재작년에 제 어미가 돈을 벌어 보겠다고 읍내 산마 가공 공장에 취직을 했다. 그런데 공장 감독 동칠이와 눈이 맞아 줄행랑을 놓았다.

서원이 아버지 중태는 양봉도 하고 농사도 잘 짓는 착실한 농사꾼이었다. 그런데 느닷없이 마누라가 공장 감독과 눈이 맞아 도망을 치자 사람이 달라지기 시작했다. 홧김에 농사를 전폐하고 전국을 찾아 헤매더니 그만 술독에 코를 처박기 시작했다.

서원 아버지는 허구한 날 소주만 마시고 미친 사람처럼 날뛰더니 그만 지난해 가을에 간암으로 죽고 말았다. 양봉 100통과 밭 3,000평을 모두 소주로 바꿔 먹고 죽은 중태도 제 좋은 대로 살다가 갔으니 누가 뭐라고 하겠나? 문제는 여든다섯 살의 중태 어머니와 다섯 살짜리 계집애 서원이만 불쌍하게 된 것이다.

애정행각으로 도망을 친 서원 어미나 마음껏 소주를 마시고 죽은 서원 애비야 동네 사람들이 한두 번 혀를 끌끌 차다 잊어버리면 고만이다. 그러나 남은 사람 생각도 좀 해야 하지 않겠니?

움막 같은 방 2칸의 슬레이트집에 살고 있는 할머니와 손녀는 요즘 세상에는 보기 드문 거지꼴이 되어 가고 있었다.

지난겨울 엄동설한에 할머니와 손녀가 굶어 죽을까, 걱정이 돼 네 엄마에게 라면 한 상자 사 들고 가 보라고 했다. 엄마가 다녀와서 할머니와 손녀가 얼음장 같은 냉방에서 전기장판에 의지해서 살더라고 말했다.

전기세도 6개월치가 밀려 다음 달에는 단전이 된다고 했다. 서원 할머니는 평소 인심도 좋고 후덕한 분인데 어쩌다가 노년에 저런 고생을 하시는지 안타깝기 그지없다.

아빠가 밭고랑에 앉아 잠시 쉬며

"날씨가 많이 풀렸지요?"

하고 쑥을 캐고 있는 할머니에게 인사를 건넸다.

"날이 마이 눅네요. 라면을 보내줘서 울매나 고마웠는지, 안즉 인사도 몬 했심더."

"별말씀을 다 하십니다."

그런데 서원 할머니가 쑥 나물을 캐는 방법이 이상했다. 이른 봄에 쑥 나물은 과도로 뿌리 부분까지 싹 도려내 통째로 채취를 해야 한다. 그런데 서원 할머니는 그렇게 하지 않고 뿌리는 그냥 둔 채 겉잎사귀만 잘라내고 있었다.

봄이 오자 서원 할머니는 나물을 해서 번개시장에 팔아 생계를 유지하는 것 같았다. 그런데 저렇게 잎사귀만 채취하면 나물 양도 적어지고 힘도 많이 드는데 왜 저렇게 하시는지 궁금한 생각이 들었다. 그래서

"서원 할머니, 쑥을 칼로 도리면 훨씬 편할 텐데 왜 그렇게 하세요." 하고 물었더니.

"아, 요거요?"

"예."

"칼로 도려내기 싫어서 그래요."

"힘이 들잖아요?"

"내사마, 힘이 들어도, 이기 더 좋심더."

그렇게 말하며 할머니는 쑥 나물 잎사귀를 쓰다듬었다. 그리고 하는 말이

"후유! 요것도 생명이라고 겨우내 언 땅에서 살라꼬 울매나 고생을 했겠노? 그라이 내가 우째 칼로 뿌리째 도려 죽이겠는교? 사람이나 풀이나 목숨은 마찬가진데 나도 생때같은 내 아들 먼저 보내고 이제 겨우 돋아나는 새싹 같은 어린 손녀와 둘이서 살려고 발버둥을 치고 있는데 저 쑥과 다를 게 뭐가 있겠는교."

그렇다. 자기도 새싹과 같은 어린 손녀와 함께 살려고 발버둥을 치고 있다. 비록 나물을 해서 먹고살지만 이제 막 돋아나는 어린 새싹을 칼질해서 뿌리째 죽이는 게 싫다고 말했다. 서원 할머니를 봐라. 그게 바로 생명에 대한 사랑이다. 깨달음이란 멀리 있는 것이 아니다. 서원 할머니의 칼끝처럼 평범하고 가까운 곳에 있었다.

해가 떨어지는 것을 보았니

아직까지 본 적이 없다고? 그럼 애야, 두 손으로 눈을 가리고 해를 바라보렴. 그럼 해는 떨어지고 이 세상에 없다. 저 태양은 네가 이 세상에 존재하기 때문에 아침이면 찬란하게 떠오르고 저녁이면 어둠 속으로 사라진다.

요즘 TV 뉴스를 보니 연일 중국 쓰촨성 지진을 보도하고 있다. 그 내용 중 눈에 띄는 것은 지진이 일어나기 전에 뱀이나 쥐, 두꺼비 등 야생의 동물들은 모두 미리 알고 대피를 해서 생명을 보존했다고 한다.

너는 이 점을 어떻게 생각하니? 만일 인간이 야생 동물들의 언어를 알아들을 수만 있었다면 지진이 일어날 것을 미리 알고 대비할 수가 있었을 것이다.

　지적 수준이 최상층에 있다는 인간들의 지식도 별거 아니었다. 야생의 미물들보다도 못한 지적 능력을 가지고 오만과 편견에 차서 살고 있으니 말이다.

　생명을 가진 일체의 만물들은 모두 뛰어난 영적 능력을 가지고 있다. 단지 인간들만이 그걸 모르고 살 뿐이다. 산판에서 일을 하는 벌목꾼들의 이야기를 들어 보면 나무를 벌채하기 전에 기계톱을 돌리면 그 소리를 듣고 나무들이 두려움에 떤다고 한다. 생명을 가진 일체 사물들은 목숨을 잃는 것을 가장 두려워한다. 만일 네가 집에 키우고 있는 애완견을 죽이겠다고 생각하면 개는 이미 너의 마음을 알고 있다.

　아들아, 생명을 가진 것들을 함부로 죽이는 일은 절대로 하지 마라. 네가 친구들 5명과 횟집에 갔는데 주인이 어항 속에 유유히 헤엄을 치고 있는 송어를 가리키며 어느 놈을 잡을까요, 하고 물었을 때 행여 경솔하게 네가 손가락으로 고기를 가리키며 "저놈을 잡아 주세요." 하지 마라.

　어항 속에 고기는 동그랗게 뜬 두 눈으로 너를 바라보며 누구 때문에 자기가 죽는지를 알게 된다. 너는 잊고 살겠지만 죽는 고기는 절대로 널 잊지 않는다. 네가 아니라도 그 고기는 죽게 되어 있다.

　생명은 소중한 것이다. 땅 위를 기어가는 개미에서부터 미물의 짐승들까지 모두 소중한 것이다. 네가 원인이 되어 타 생명체를 함부로 죽이는 일은 절대로 하지 마라. 그런 일을 좋아하면 어느 날 너는 칼끝을 잡게 된다.

오늘 아침 TV 뉴스에 한 아버지가 부인과 아이들 둘을 데리고 승용차를 몰고 강물 속으로 뛰어들어 모두 죽었다.

이 지구상에서 가장 강인한 생명력을 가지고 태어난 것이 무엇인 줄 아니? 바로 아이들이다. 아이들은 길바닥에 내다 버려도 제 스스로 생존해 간다. 그래서 지구의 역사는 바로 인간의 역사가 된 것이다. 

그런데 그 아버지가 가장 강인한 생명의 싹을 잘라 놓았다. 죽으려면 저 혼자나 죽지 왜 애를 데려가니? 유서에 써 놓기를 남겨 두면 고생하는 것이 두려워 함께 데려간다고 했다. 이 세상에 고생 안 하고 사는 사람들이 어디 있니?

아이들의 생명을 왜 부모들이 제 마음대로 하니? 어리석은 부모의 욕심이 아까운 생명을 데려갔다.

자신의 소중한 태양을 지옥의 나락으로 떨어뜨리는 일은 절대로 하지 마라. 대낮같이 밝았던 태양이 어느 날 갑자기 떨어지는 일은 결코 없다.

단지 사물의 현상을 알아보지 못한 어리석은 인간들이 어둠에 사로잡혀 그걸 보지 못할 뿐이다. 이 세상에서 일어나는 모든 일들 중 그냥 생기는 일은 결코 없다. 그 이치는 들판을 걸어가던 네가 하늘을 빙빙 도는 까마귀 떼를 보고 얻는 지혜와 같다. 왜 까마귀 떼가 모여들었겠니? 생각해 보렴.

　그러하다. 네 주변에서 일어나는 모든 일들을 항상 겸손한 마음으로 주시하렴. 그것이 어떤 드라마의 예고편인지 언제나 마음을 낮추고 바라보렴. 그렇게 하면 네 태양이 어느 날 갑자기 떨어지는 일은 결단코 없을 것이다.

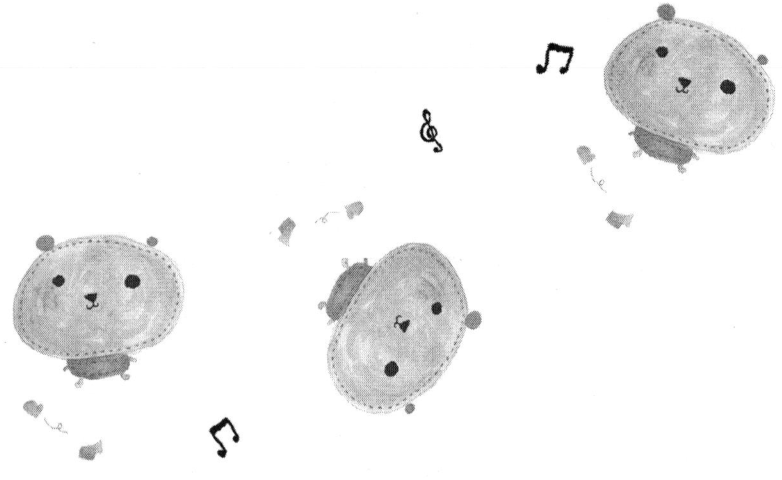

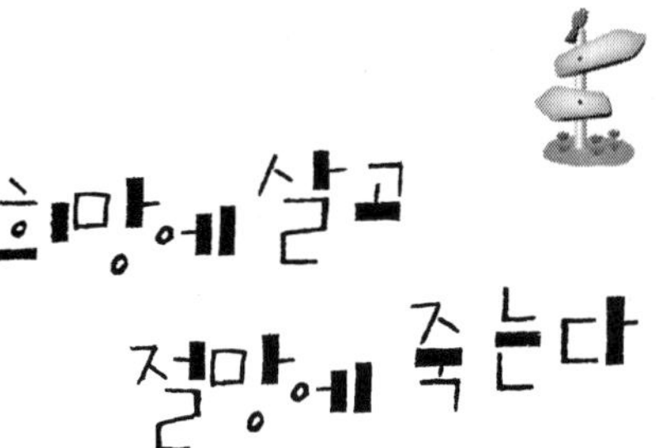

달동네에서 월세로 살고 있는 아이들 둘 딸린 젊은 부부가 2년 만기 300만 원짜리 적금을 부으며 희망에 차서 살고 있다. 그런데 아빠가 아는 어떤 사람은 현금만 1억 원을 가지고 있었는데 그것 가지고도 살기가 어렵다며 절망에 빠져 자살을 했다.

적금을 붓는 젊은 부부나 1억 원을 가진 아빠의 친구나 모두 똑같은 사람들이다. 그런데 한 가족은 희망에 차서 살고 또 한 사람은 절망에 빠져 자살을 했다. 왜 그렇다고 생각하니? 그것은 바로 동전의 앞뒤 면처럼 생각의 차이였다.

300만 원짜리 적금을 탄다는 희망이 삶을 즐겁게 하고 1억 원을 가지고도 어떻게 살겠느냐는 절망이 바로 사람을 죽게 만들었다.

넌 어떤 쪽을 택하겠느냐? 죽는 쪽으로 택하겠느냐, 아니면 사는 쪽으로 택하겠느냐.

초등학교 1학년 학생이 자살하는 걸 봤니? 지난밤 9시 TV 뉴스에서 60세 할머니가 지하철에 뛰어들어 자살했다고 보도했다. 그 할머니가 자살한 이유가 뭐라고 생각하니?

초등학생은 아침에 잠자리에서 일어나면 희망에 차서 눈을 뜬다. 오늘 하루도 즐겁고 기쁜 일만 생각을 하며 잠자리에서 벌떡 일어난다. 그러나 노인들은 눈을 뜨면 오늘 하루를 어떻게 보내지, 하고 절망에 빠져 잠자리에서 일어나지 않고 다시 자려 한다. 일어나 봐야 무슨 희망이 있어야지.

그게 바로 희망과 절망의 차이점이다.

몇 해 전에 해인사 대적광전에 갔더니 재벌 총수 한 분의 49제를 올리고 있었다. 그분은 한창 일할 나이에 사옥에서 투신하여 자살을 하였는데 돈이 없어 죽었겠느냐, 아니면 권력이 없어 죽었겠느냐? 명부전에 예를 올리고 대적광전 앞에 내려오니 누군가 게시판에 붓글씨로 이렇게 써 놓았다.

'이 세상에 나는 사람 어디에서 온 것이며

이생에서 죽는 사람 어느 곳에 가는 거뇨

나는 것은 한 조각의 뜬구름이 일어나고

죽는 것은 한 조각의 뜬구름이 멸함이라.

뜬구름 그 자체가 본래 실상 없는 고로

나고 죽고 가고 옴도 또한 이와 같으니라.'

이 게를 사람들은 무상게송이라고 부르더구나. 너도 그렇게 생각하니? 삶이란 이렇게 뜬구름처럼 무상한 것이라고 생각하니? 아빠는 그렇게 생각하지 않는다. 이 게송의 깊은 뜻은 바로 희망이었다.

인간의 삶이란 뜬구름과 같이 허무하니 절망에 빠져 죽어라가 아니라 뜬구름과 같이 자유로우니 어차피 사는 세상, 희망에 차서 즐겁고 보람 있게 살라는 깊은 뜻을 담고 있었다. 그래서 모든 종교는 내세라는 희망에 귀착하고 천당이라는 목표를 설정하고 있다.

인간 삶의 이치는 간단하다. 희망과 절망의 차이점은 바로 한 생각의 차이였다. 오늘부터 절망이라는 단어는 네 맘속에서 지워 버리렴. 오직 희망이라는 단어 하나로 살아가렴.

모양으로 세상을 볼 수가 있어 즐겁고, 소리로 세상을 들을 수가 있어 기쁘고, 뜻으로 세상을 깨칠 수가 있어 나는 행복하다. 아침에 눈을 뜨면 하루를 희망으로 시작하렴. 그럼 너는 행복한 일상을 살아갈 수가 있게 된다.

눈을 뜨니 새벽 5시다. 오늘이 6월 5일, 장날이다. 겨울철 같으면 깜깜할 텐데 초여름 5시는 날이 훤하게 밝았다.

그동안 각종 행사가 많았다. 그래서 너에게 주는 글이 잠시 중단되었다. 이제 다시 아들에게 주는 글을 시작하니 마치 오래 비워 두었던 집에 온 것같이 마음이 편하다.

너는 어제 누나들과 대전에서 만나 아파트에 이삿짐을 옮겼다지? 고생을 많이 했겠다. 누나들이 엄마와 아빠가 오면 이사에 되레 방해만 되니 오지 말라고 했다. 그 전화를 받고 나니 어째 기분이 좀 묘했다. 편해서 좋기는 한데 이제 엄마와 아빠는 너희에게 도움이 안 되는

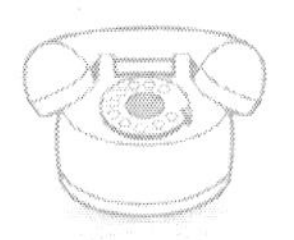

쓸모없는 존재구나, 하는 생각이 들었다.

새벽 5시에 눈을 뜨고 침대에 누워 가만히 생각하니 처음에는 고추밭에 가서 복합비료를 줘야겠다는 생각이 들었다. 그저께 복합비료 2포와 질소 1포를 시끄러운 검둥이네 집에 갖다 놓았다.

검둥이는 '화살에 붉은 깃이 달린 곳(전단)'에서 키우는 개인데 다리가 짧은 놈이 아빠만 보면 무척 시끄럽게 짖어 댔다. 처음에는 녀석과 친해 보려고 아빠도 노력을 했었지만 이젠 포기를 했다.

잠자리에 누워 머릿속으로 그림을 그려 보았다. 차를 타고 전단으로 가서 검둥이네 집, 들마루 밑에 둔 복합비료 한 포대를 등에 메고 150미터를 걸어가서 등 너머 밭에 비료를 준다? 지난번에 콩 심을 때 너무 무리해서 일을 했더니 아직도 몸이 회복되지 못했는데 괜찮을까? 자신이 없다. 그래서 그 일은 다음으로 미루고 오늘 아침에는 너에게 주는 글을 쓰기로 했다.

오늘은 사람의 영혼에 대해 아빠의 견해를 이야기해 주마. 이건 어디까지나 아빠의 생각이니 종교나 지역, 관습, 학문에 따라 다른 사람들과 견해의 차이가 날 수도 있다.

어젯밤에 엄마와 침대에 누워 유선 방송을 보는데 '세상에 이런 일이' 재방송을 했다. 그 내용은 6살 된 남자아이가 달력에 날짜를 말하면 정확하게 요일을 맞히는 것이었다. 리포터가 "1997년 6월 5일이 무슨 요일?” 하고 물었을 때, 6살 남자 꼬마 아이가 “목요일.” 하고 단번에 맞히고 있었다. 어떻게 그런 일이 있을 수가 있니? 참 신기했다.

그 프로의 제작자들은 아이의 그런 능력을 규명하기 위해 심리, 뇌의학, 아동발달 등 여러 가지 방법으로 검증하려 들었다. 그리고 그 아이는 태어날 때부터 우리가 상식적으로 납득할 수 없는 그 분야에 대한 특수한 능력을 가지고 태어났다고 결론을 내렸다. 우리나라의 뛰어난 전문가들이 그렇게 결론 내린 것이다.

그 애는 리포터가 지정한 달력 속 특정 날짜의 요일을 알아맞히는 그런 능력을 가지고 있었다. 그리고 그 능력은 후천적인 학습에 의한 것이 아니라 선천적인 재능에 의한 것이었다. 그 아이는 다른 부분의 학습에서는 여섯 살의 보통 아이들과 똑같았다.

너도 그 프로를 보았니? 어떤 생각이 들었니? 그 아이에 대한 아빠의 견해는 이러하다. 여기서는 아빠가 쓴 ‘영혼중개사’를 중심으로 너에게 설명을 해 주마.

일반적으로 우리가 눈으로 검증이 가능한 분야[有爲法]의 세계에서는 그렇게 결론을 내릴 수밖에 없다. 현재는 그렇게 설명할 수밖에 없는 것이 인간의 한계이다.

그러나 눈에 보이지 않는 세계[無爲]에서는 이렇게 설명을 한다. 그 애는 전생에 천문과 관련된 어떤 일, 날짜와 관련된 어떤 일에 종사를 했었는데 저편에서 이편으로 넘어올

60

때 그 애의 영혼 속에 저장된 다른 정보는 모두 지워졌다. 그런데 유독 그 부분의 정보만은 지워지지 않고 이쪽으로 다시 온 것이다. 그 애의 DNA 속에 그 부분의 메모리칩은 지워지지 않고 그대로 남아 있는 상태로 되돌아온 것이다.

'세상에 이런 일이'라는 프로의 특징을 자세히 분석해 보면 출생할 때부터 그 나이 이상의 전문 정보를 가지고 태어나서 방송에 나와 사람을 놀라게 하는 아이들이 많이 있었다. 그중에는 교육을 전혀 받지 못한 시골에서 농사짓는 분이 평생 동안 에너지 역학을 전문적으로 공부한 박사나 교수들보다 더 뛰어난 능력을 가진 분들도 있었다.

우리가 후천적으로 학습에 의해 평생 동안 노력으로도 습득하지 못하는 전문적인 지식을 6살 난 꼬마는 수치 계산과, 춤, 노래, 그림, 어학, 과학, 수리 등 온갖 것을 가지고 나와 '세상에 이런 일이'에 출연하여 사람들을 놀라게 하였다.

아빠가 쓴 '영혼진화이론'에서는 그게 그렇게 신기한 현상은 아니다. 사람은 태어날 때부터 어떤 이유 때문인지 그런 정보를 가지고 이편으로 다시 온다. 그 어린아이는 우연한 기회에 그런 능력을 부모가 일찍 발견했고 그것을 매스컴에 공개했기 때문에 '세상에 이런 일이'가 된 것이다.

그러나 그 또래 아이들을 자세히 관찰해 보면 모두 저마다 그런 독특한 정보를 가진 아이들이 많이 있다. 교육학에서는 그걸 '타고난 재능'이라고 이름을 붙였다.

누구나 타고난 재능을 그 아이처럼 일찍 개발하느냐, 아니면 평생 동안 모르고 지나가느냐 하는 그 차이뿐이다. 그게 바로 교육의 중요성이다.

일찍 재능이 개발된 빌 게이츠는 컴퓨터로 세상을 변화시켰지만 만일 그분이 우리 동네 술주정뱅이 박 씨네 막내아들로 태어났더라면 고물 TV나 만지작거리면서 한생을 보냈을 것이다.

아들아, 아빠가 이른 새벽부터 이렇게 장황한 이야기로 너에게 남기는 훈요의 핵심은 이러하다.

사람은 누구나 태어날 때부터 어떤 이유 때문인지는 몰라도 저편에서부터 지워지지 않는 일부의 정보를 가지고 태어난다. 그 정보는 부정적인 것일 수도 있고 긍정적인 것일 수도 있다. 긍정적인 정보의 경우에 일찍 개발하면 그 아이는 대성한다.

현재의 획일적인 교육방법, 즉 '과거의 지식'으로 미래를 살도록 가르치는 교육 방식에서는 부모의 그런 역할이 무척 중요하다. 그래서 네 아이가 태어날 때부터 저편에서 지니고 온 전문 정보를 일찍 개발해 주는 것이 중요하다.

아빠는 지금 너에게 현실적으로 설명이 되지 않는, 눈에 보이지 않는 정보를 중요시하라고 말하는 것이

다. 네 아이들은 과거를 사는 것이 아니라 미래에 살 아이들이다. 그런 아이들에게 과거의 지식과 잣대로 가르치는 것은 아무런 의미가 없다.

미래에 대한 지식, 미래를 살아나갈 지식을 가르치라는 것이다. 다시 말해서 네 아이들에게 자동차를 타고 달리는 경주에 마차를 주면서 시합을 하라고 강요하지 말라는 것이다.

앞으로 네가 사는 세상에서는 인간이 상식적으로 설명하기 힘든 일들이 점점 더 많이 생길 것이다. 그래서 아버지는 너에게 무슨 일을 하든지 생각하고 또 생각하라고 말하는 것이다.

지금 세상은 단 한 번의 실수가 사람의 인생 전체를 바꾸어 버린다. 아버지가 살던 시대에는 자전거를 타고 가다 잘못해서 상대 자전거와 부딪치면 무릎이나 까지고 말았다. 그러나 지금의 자동차 사고는 하나뿐인 생명을 잃게 한다.

오라는 곳은 없어도 갈 곳은 많다

지난밤 지역 TV 뉴스를 보니 환경미화원 2명을 뽑는데 65명이 응시했다. 그중에는 대학졸업자가 56%이며 여성이 2명 있었다.

지금 이 나라에서 일어나는 모든 사회현상 중 가장 큰 문제점은 청년실업이다. 대학재학, 군 입대, 졸업, 취업, 결혼, 자녀 출생, 주택 구입, 자녀의 입학이라는 인생의 연결고리 중 가장 중요한 취업에서 고리가 끊어졌다.

그래서 그다음 과정이 형성되지 못한다. 취업을 못 하니 결혼을 못 하고 결혼을 못 하니 출생 인구가 감소하고 출생

인구가 없으니 학교가 문을 닫는다. 그리고 노인 인구가 많아져 고령화 사회가 되어 생산성은 떨어지고 국가 경쟁력은 약화된다.

이 책임이 누구에게 있다고 생각하니? 국가의 책임이라고 생각하니? 이 책임은 너보다 국가가 우선해서 해결해야 할 문제이다. 취업을 못 한 너는 집안에서 눈치가 보이니 시험공부를 한다며 용돈을 타서는 매일 PC방에 가서 라면을 사 먹으며 게임이라는 가상의 세계에서 살고 있다.

지금 이 나라에는 많은 청년들이 너처럼 절망에 빠져 그렇게 하루해를 보내고 있다. 아빠는 국가에 대한 가장 큰 불만이 청년실업이다. 만일 아빠에게 당면한 정책 중 가장 우선하고 싶은 정책을 입안하라면 청년실업의 정책을 세우겠다.

아들아, 지금 너에게 일어나는 모든 일들은 네게도 일정한 책임이 있다. 너에게도 책임이 있다고 말하니 넌 내 말에 동의를 하지 않는 것 같다.

그러나 애야, 그 원인은 바로 네 마음속의 유리잔에 물이 넘쳐흘렀기 때문이다. 그 유리잔 속에 물은 언제나 조금 부족한 듯 살아야 했는데 너의 세대는 흘러넘치게 만들어서 오늘날과 같은 사회 현상을 불러왔다.

무슨 말인지 이해를 못 하지? 그 부분에 대해서는 나중에 별도로 설명해 주겠다. 정말로 네가 취업을 하고 싶다면 우선 생각부터 바꾸어라. 그리고 매사에 좋은 인연을 걸어라.

복 짓는 일이 뭐냐고? 어두운 PC방에서 라면을 먹으며 컴퓨터 앞에서 하루를 보내는 것보다는 노인요양원이나 어려운 이웃을 찾아가서 봉사 활동을 해라. 쪽팔려서 못 하겠다고?

너는 백수니 더 이상 쪽팔릴 일도 없다. 네가 만일 오늘 하루 자원봉사 활동으로 남을 돕는 일을 했다면 너는 잠자리에 들기 전에 보람 있는 일을 했다는 생각이 들 것이다. 그게 바로 복 짓는 일이다.

좋은 인연이 뭐냐고? 오늘 하루 너는 라면으로 끼니를 때우며 외로운 노인들과 불쌍한 사람들에게 말벗이 되어 드렸다. 그게 바로 좋은 인연이다.

어떻게 그런 일들이 100번이나 입사 원서를 낸 너의 취업과 관련이 있냐고? 아주 밀접한 관계가 있다. 100번째 입사시험에서 실패한 너는 절망에 빠져 죽고 싶다는 생각을 했다. 부모님께 미안하고 여자 친구에게 부끄럽고 친구들에게 쪽팔리고 그래서 어두컴컴한 PC방에 숨어 라면이나 먹으며 사람을 피했다. 뼈에 사무치는 고독과 외로운 생각에 죽고 싶다는 마음이 들었다. 그냥 죽어 버려?

그러나 얘야, 아직도 널 환영하는 사람들이 있다. 지난주에 용기를 내 찾아가 봉사 활동을 했던 노인요양원 말이다. 그곳 할머니들이 너를 기다리고 있다. 너는 절망에 빠져 죽고 싶겠지만 그분들은 네가 다시 찾아온다는 희망에 차서 하루를 더 버티며 살고 있다.

너는 그날 할머니들에게 '처녀 뱃사공'을 불러 주었는데 가수 뺨치게 잘 불렀단다. 너는 그곳에서 인기 짱이었다.

네가 100번째 입사 원서를 낸 대기업은 급여도 많이 주는 좋은 직장이었다. 그러나 유능한 인재인 너를 알아보지 못하고 거절을 했다. 그러나 네가 101번째 찾아간 노인요양원은 월급은 없었지만 너를 가장 환영했다.

넌 어느 쪽으로 가겠느냐? 네가 필요 없다고 거절하는 쪽에 요행을 바라며 계속 그 짓을 하겠느냐 아니면 월급은 없지만 너를 필요로 하는 곳에 가겠느냐?

백수는 오라는 곳은 없어도 갈 곳은 많다. 이 조항이 백수헌장 제1조이다. 그렇다. 너를 오라고 부르는 곳이 없으면 네가 찾아서 가면 된다. 네 스스로 일을 꾸미고 만들어라. 그렇게 해서 네 맘속에 든 잔의 물이 넘쳐흐르지 않게 되면 일자리는 제 스스로 너를 찾아오게 되어 있다.

얘야, 지난번에 네가 봉사한 그 요양원 말이다. 유급사원을 채용한다는 말이 있다. 대기업보다 월급은 적지만 그래도 네가 그곳에 가장 적격자라고 했다. 지난번에 네가 봉사활동을 할 때 좋은 인상을 심어주었나 보다.

아들아, 공부 잘한 학생은 대기업에 들어가서 제 스스로 새장에 갇혀 평생을 살지만 큰 뜻으로 살고 있는 너에게는 이 세상 전부가 네 직장이다.

아빠가 어렸을 때는 경상도 말로 '아부지(아버지)'

라고 불렀다. 그런데 요즘 사람들은 아버지를 모두 '아빠'라고 부르고

있다. 아빠라고 부르는 것은 어린아이들이 그렇게 부르는 줄 알았다.

어느 날 돌아가신 할아버지께서 아빠에게 이렇게 물으셨다.

"현규와 너는 몇 촌이지?"

"6촌요."

"그럼 현우와 넌?"

"4촌이지요."

"그럼 네 동생 현수는?"

"2촌요."

"그래, 맞다. 그럼 아부지와 어무이는?"

순간 나는 말문이 막혀 버렸다. 아버지와 어머니는 도대체 몇 촌일까? 두 분은 결혼한 사이니 가장 가까운 촌수가 아닐까? 1촌보다 더 가까운 촌수는 몇 촌일까? 할아버지가 빙그레 웃으시면서 말씀하셨다.

"무촌이다. 촌수가 없다. 그러니 부부는 돌아서면 남이지. 지금 너희가 보기에는 엄마와 아빠가 가장 가까운 사이로 보이겠지만 사실은 그렇지 않단다."

부부는 남이다. 그래서 부부간에는 그것을 인정해야 서로 상대방을 존중하게 된다. 부부는 대등한 관계이며 어느 한편이 종속되는 사이는 아니다.

혈연관계에서 가장 가까운 촌수는 누군 줄 아니? 바로 아빠와 자식들의 관계, 엄마와 너희의 관계이다. 아빠와 너와의 관계는 1촌이다.

민법상 혈연으로 가장 가까운 사이다. 이제 아빠가 이 세상에 태어나서 평생을 살면서 터득한 지혜를 혈연으로 가장 가까운 너에게 전해 주고자 한다. 그 이유는 대자연의 순리(順理) 중에 아빠의 생명을 이어 가는 가장 가까운 사람이 바로 너이기 때문이다. 그것은 마치 겨울철 앙상했던 나무가 봄이면 다시 새싹이 돋아나는 것과 같은 이치이다.

인간으로 태어난 아빠의 생명은 너를 통해 계속 이어 간다. 그리고 너 또한 그렇게 다음 생으로 이어 나갈 것이다.

아버지의 아들에 대한 애정은 어느 가족이나 모두 똑같을 것이다. 다만 할아버지는 아빠에게 말씀으로 당신께서 옳다고 생각하시는 훈요를 전하셨지만 아빠는 너에게 이런 글을 남겨 삶의 지혜를 전해 줄 뿐이다.

아들아, 가족을 소중하게 생각하렴. 작금에 이르러 많은 가정이 붕괴되고 해체되고 있다. 아빠가 살던 시대의 가정은 한 촌락에서 옹기종기 모여서 일가를 이루며 살았었다. 매일 서로 얼굴을 마주 보며 일가친척들이 의좋게 모여서 살았다.

그런데 경제가 성장하고 소득 수준이 높아지며 교통이 발달하고 주거 환경이 달라지자 집성촌 일가는 해체되기 시작했다. 뿐만 아니라 근간에 들어 경제 여건이 나빠지고 정치적으로 실정이 계속되자 더 많은 가정들이 와해되고 붕괴되기 시작했다.

아들아, 어린아이들에게 아버지는 하늘에 태양이며 엄마는 굳건한 대지와 같다. 그런데 35명 학생들이 공부하는 교실에 들어가 학생들 중에서 아빠나 엄마가 없는 결손 학생들이 얼마나 되는지를 물어보렴. 애야, 얼마나 될 것 같니?

놀라지 마라. 과반수의 학생들이 엄마나 아빠와 같이 살고 있지 않는 결손가정의 자녀들이다. 그런 사실을 너는 몰라도 담임선생님들은 모두 다 알고 있다. 더구나 농촌 학교는 이보다 훨씬 더 심각하다.

너도 놀랐지? 아침마다 희망찬 얼굴로 웃으며 학교에 등교하는 어린아이들은 밥을 굶어도 표시가 나지 않는다. 엄마나 아빠가 없어도 얼굴에 쓰여 있지 않다. 집안에서 일어나는 심각한 걱정거리도 학교로 와서 또래 집단과 어울려 장난을 치고 즐겁게 놀다 보면 잊어버린다.

그러나 과반수의 학생들은 태양인 아버지가 없거나 대지인 어머니의 사랑도 받지 못한 채 외롭게 등교를 한다. 아이들은 태양이 없고 대지가 없어도 자연이 준 강인한 생명력으로 꿋꿋하게 살아간다. 그러나 그런 학생들의 가슴속에 맺힌 상처와 슬픔은 어떻게 하겠니?

요즘 청소년들이 왜 그렇게 비행이 많아지고 흉포한 줄 아니? 바로 태양과 대지의 보호를 받지 못한 새싹들이 반항을 하기 때문이다. 그 책임은 비행 학생들에게 있는 것이 아니라 스스로 태양이기를 포기한 아버지와 굳건한 대지가 되기를 포기한 어머니인 어른들에게 있다.

너는 아이들에게 하늘에 떠 있는 태양임을 절대로 잊지 마라. 가정에서 아빠는 항상 찬란한 햇빛이며 못하는 게 없는 마술사라는 것을 보여 줘라.

아빠가 어린 시절에는 동생들과 매일 함께 어울려 살았다. 그런데 넌 어떠니? 형제간에 얼굴 보기도 힘이 든다. 서로 다른 학교, 학원,

대학교 유학, 군대, 직장 등으로 떨어져 지낸다.

가족을 소중하게 생각하렴. 네 가정이 붕괴되고 해체되지 않도록 눈을 부릅뜨고 지켜보며 살아야 한다. 세월은 절대로 사람을 기다려 주지 않는다. 형제간에는 절대로 경쟁을 하지 마라. 남과 경쟁을 하면 먹을 것이 생기지만 형제간에 경쟁을 하면 우애만 상하게 된다.

아들아, 신이 있다면 신을 믿어라. 그렇지 않으면 가족을 믿어라. 가족은 소중한 것이다. 가족은 바로 네 생명을 찰나(刹那)에서 영원(永遠)으로 이어 가는 보이지 않는 끈이기 때문이다. 가족은 윤회의 바다에서 피안으로 이어 가는 유일한 네 생명의 탯줄이다.

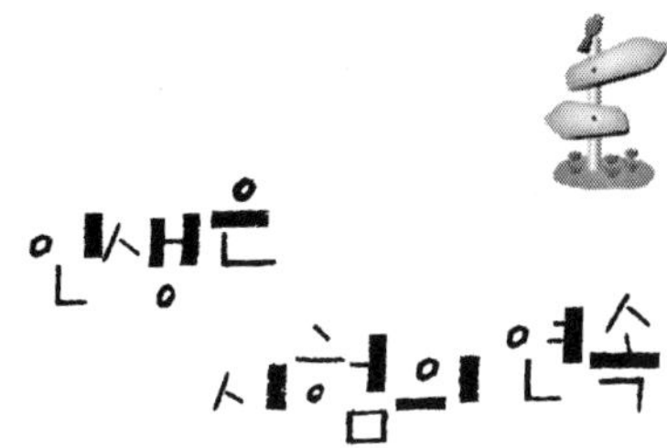

인생은 시험의 연속

"으흑흑……."

꿈속에서 네가 목 놓아 우는 꿈을 꾸다 잠을 깼다. 눈을 뜨고 시계를 바라보니 밤 2시 15분이었다.

애야, 아빠의 가슴이 찢어지듯 아프다. 어리석은 아빠가 너를 울려 놓았다. 얼마나 속이 상했으면 네가 그렇게 목 놓아 울었겠니? 아빠는 옆에서 깊이 잠든 엄마의 숨소리를 들으며 하염없이 생각을 했다. 아들아, 아빠가 어리석었다.

평소 너는 공부를 게을리했다. 초등학교 시절과 중학교 때에도 아빠는 그냥 보고만 있었다. 너는 언제나 반에서 중간 정도를 했다. 고등학교 1, 2학년 때에도 그랬었지. 그런데 고등학교 3학년이 되자 너는 다급해서 밤을 새우며 공부를 했다. 아빠는 마음속으로 고소했다.

'자식, 게으름 부리더니 고생 좀 해 봐라.'

수학능력시험이 다가오자 너는 다급한 마음에 밤을 지새우며 죽어라고 공부를 했다. 아빠는 속으로 측은한 생각이 들었지만 지켜만 보고 있었다. 너는 공부가 힘이 들어 나날이 몸이 수척해져 갔다.

그런데 수능시험 결과가 발표되었을 때 너는 생각보다 점수가 낮게 나왔다. 아빠는 그 이유를 알고 있었다. 넌, 고등학교 3학년이 될 때까지 한 번도 집중해서 공부를 하지 않고 건성으로만 했다. 아빠의 눈에 그렇게 보였다. 너는 학습에 대한 기초가 부족했다.

평소 아빠가 그 점을 지적하면 넌, 네가 잘 알아서 한다고 대답을 했다. 수능시험 성적 발표가 났을 때 예상보다 낮은 점수를 보고 아빠는 네 결점을 지적해 줘야겠다고 생각을 했다.

그날 밤에 아빠는 네 방에서 평소 아빠가 생각하고 있던 너의 결점을 신랄하게 비판하며 지적했다. 그때 아빠는 이렇게 생각을 했다.

어차피 남자는 경쟁하는 사회에서 살아가야 한다. 이 시점에서 너에게 이것을 깨우쳐 주지 않으면 더 이상 기회는 없다.

문제는 수능시험이 아니라 그다음 단계의 시험이다. 너는 대학에 입학하면 군대를 가야 하고 제대를 하면 취직시험을 치러야 하고, 그다음에는 결혼이라는 시험을 견디어 내야 한다.

아빠는 아버지로서가 아니라 남자로서 너의 결점을 여지없이 지적하고 신랄하게 비판했다. 아빠가 그렇게 했을 때 너는 목 놓아 울었다. 아빠는 그때 네가 태어나서 그렇게 통곡하는 모습을 처음 보았다.

아들아, 그까짓 수능시험이 그렇게 중요한 건 아니다. 사람은 평생을 살면서 공부를 해야 하고, 또 여러 가지 시험을 치러야 한다. 수학능력시험을 잘못 치러도 잘 사는 사람들이 얼마든지 있다. 아빠는 그것보다 네가 무슨 일을 하든지 성실하고 진지하게 하기를 바랐다.

세상 모든 아빠의 입장에서는 아들의 공부와 건강 중 하나를 선택하라면 백이면 백 사람이 모두 아들의 건강을 선택할 것이다. 아빠도 마찬가지이다. 아빠가 너에게 지적하고 싶었던 점은 그것이 공부가 되든 무엇이 되든 진지하고 성실하게 해야 한다는 것이다. 꿈속에서 네 울음소리 때문에 잠이 깬 아빠는 다시 잠을 이룰 수가 없었다. 꿈속에서 들은 네 통곡소리가 아빠의 가슴을 저미며 마음을 아프게 했다.

애야, 아빠는 최전방 GP 초소에서 근무를 하고 있는 너를 생각하며 그리움으로 눈물을 삼켰다. 그리고 회한으로 밤을 밝혔다.

아들아, 아빠는 네가 생각하는 것처럼 무엇이든지 다 할 수 있는 그런 사람이 아니었다. 그런데도 네가 어릴 때에는 아빠는 무엇이든지 다 할 수 있는 그런 사람인 것처럼 과장해서 이야기를 했다.

이제 와서 고백을 하지만 아빠는 다른 사람들보다 부족하고 못난 사람이었다. 그러나 아빠는 생활에 주눅이 들어 집에서까지 의기소침해 있으면 너희에게까지 나쁜 영향을 미칠 것이라고 생각했다. 그래서 과장된 행동을 했다. 아빠는 모르는 게 없는 박사이며 무서운 게 없는 사람이라고 뻥을 쳤다. 꿈속에서 네 울음소리는 아빠의 통곡소리였다. 아빠가 너에게 씻지 못할 아픔을 주었다. 왜 그때 아빠가 좀 더 사려 깊고 지혜롭게 대처하지 못했을까, 후회되는 마음이 끝이 없다. 그래서 아빠는 이 글을 너에게 경계의 말로 남긴다. 아들아, 삶은 시험의 연속이다. 고등학교 입학시험 때보다는 수능시험이 더 어렵고 수능시험보다는 취직시험이 더 어렵다. 사람은 살아갈수록 더 어렵고 더 큰 시험에 부딪힌다. 지나고 생각해 보면 그까짓 수능시험은 아무것도 아니었다. 사람은 살다 보면 목숨까지 건 시험을 치러야 할 때도 있다. 너는 아빠가 왜 그런 말을 하는지 이유를 잘 알 것이다. 그런 때에는 수능시험은 아무것도 아니다. 수능은 대학을 걸고 시험을 쳐서 안 되면 재수를 하면 되지만 목숨을 건, 단 한 번의 시험에는 뒤로 물러날 길이 없다. 그래서 사람들은

'신이여, 제발 시험에 들지 말게 하소서.' 하고 기도를 한다.

아들아, 인생은 죽을 때까지 시험의 연속이다. 그리고 그 시험이 사람을 진실하게 하고 성숙하게 만든다. 사람의 마지막 시험은 누가 죽음을 가장 인간답게 받아들이는가, 하는 임종이라는 시험이다.

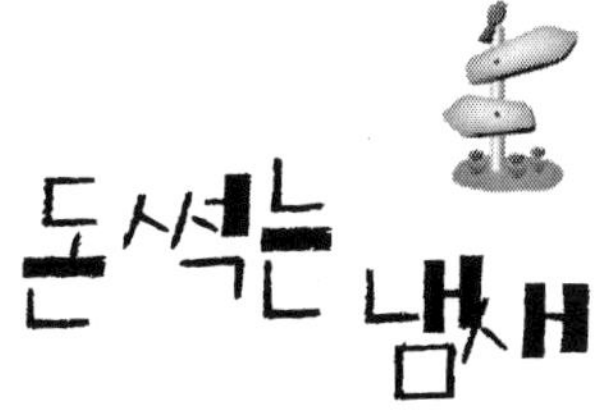

옛날에는 인간 중심의 시대였으나 지금은 물질 만능의 시대가 되었다. 그래서 돈은 더 소중하다. 돈이 없으면 고통을 당한다. 네가 병이 들었을 때 돈은 목숨을 구해 줄 수가 있다. 그러나 돈에 너무 욕심을 부리면 목숨을 잃을 수도 있다. 그래서 돈은 옳게 벌어 바르게 써야 한다. 상대방의 마음과 몸을 아프게 하고 취득한 돈은 그것이 나갈 때 나를 똑같이 그렇게 만든다. 문제는 그게 언제쯤인가, 하는 차이뿐이다.

돈을 아껴서 모으는 일은 아주 중요하다. 그러나 명심해라. 그 돈을 모아서 어디에 쓸 것인지 분명히 생

각해야 한다.

만일 가족들을 위해서 모은다고 생각하거든 검소하게 살아라. 만일 네가 모은 돈을 지키고 싶거든 남에게 베풀며 살아라. 아니면 그 돈은 재앙으로 변해 너를 해칠 것이다.

가난한 농촌의 집안에서 태어난 자식들은 재산 때문에 부모를 죽이지 않는다. 그러나 도시의 부잣집 자식들은 재산 때문에 부모를 죽인다. 그 이유가 무엇 때문이라고 생각을 하니? 가난한 농사꾼의 아이들은, 부모가 힘들게 자식들을 위해 일하는 모습을 보여 주었다. 그래서 부모와 자식 간에 끈끈한 인간관계가 형성되었다. 그러나 도시의 부모들은 바쁜 생활 때문에 그런 가족관계를 유지하지 못했다.

네가 힘들여 모은 재화가 집 안에서 썩는 냄새가 나기 시작하면 불화와 걱정과 근심이 시작되는 날이다. 지금 한창 매스컴에 오르내리는 재벌 일가의 다툼을 보아라. 그분들이 평범한 서민들의 삶이었다면 남들이 모두 부러워하는 우애 있는 집안이 되었을 것이다.

집 안에 돈 썩는 냄새가 나면 그렇게 된다. 그런 냄새가 집 안에 나기 시작하거든 신속하게 남을 위해 베풀어라. 아니면 그 돈은 비난을 받으며 한순간에 사라질 것이다. 그분들을 보렴. 세인들의 손가락질을 받으며 그 돈은 모두 국고로 환수되고 있지 않니?

돈은 절대로 부정한 방법으로 모으지 마라. 부정한 방법으로 모은 돈은 언젠가 칼끝이 되어 네게 돌아온다. 너는 매스컴을 통해 부정한

방법으로 돈을 모은 정치인들과 기업가들이 스스로 목숨을 끊는 사례
들을 수도 없이 봐 왔을 것이다. 목숨을 걸고 돈을 아무리 끌어모아도
돈을 쓸 수 있는 데는 한정되어 있다. 좋은 집에서 좋은 음식을 먹고
좋은 잠자리, 그것뿐이다.

더 이상 돈이 남아돌면 오줌대롱을 즐겁게 하기 위해 남의 여자를
탐하거나 도박을 하거나 유흥을 위해 쓰게 되어 있다. 더 이상 쓸 곳이
어디 있니?

돈은 땀을 흘려 정당한 방법으로 모아라. 그리고
아끼고 또 아껴라, 그래야 그 돈은 소중하고 참된
네 것이 된다. 쉽게 버는 돈은 쉽게 나간다.

만일 부정한 돈이 손에 들어오거든 즉시 좋은 일에 써라. 아니면 그
돈은 돌이킬 수가 없는 재앙의 씨앗이 될 것이다. 네가 지금 지갑 속에
소중하게 넣어 둔 그 돈은 귀신이 붙어 있다. 넌 그 말을 듣고 소리 내
어 웃는구나. 요즘 돈은 귀신도 부릴 수가 있다.

그러나 얘야, 그 돈은 인간 탐욕의 극치란다. 네가 지갑 속에 소중
하게 넣어 둔 그 돈은 살인자가 사람을 죽이고 빼앗은 돈일 수도 있다.
그래도 그 돈이 그렇게 소중하고 좋으냐? 돈에는 그걸 취득한 사람들
의 마음이 숨어 있다.

검고 어두운 마음을 가진 사람이 그 돈을 가지고 있으면 그 돈은 귀
신이 되어 사람의 마음을 혼란(混亂) 속으로 빠뜨리고 재앙의 근원이

된다. 그러나 밝은 마음을 가진 사람이 그 돈을 가지고 있으면 그 돈은 그 사람의 맑고 깨끗한 정신이 되어 많은 사람들의 생명을 구할 수가 있다.

아들아, 영원히 죽지 않는 사람도 없고 영원히 망하지 않는 부자도 없다. 빌 게이츠도 죽을 때는 아무것도 가져가지 못하는 빈손이 된다. 그러나 애야, 네가 자린고비 10년 동안 아껴서 모은 돈으로 어려운 사람들을 도와주면 너는 악취가 나는 더러운 돈을 이 세상에서 향기가 가장 좋은 돈으로 만들게 된다.

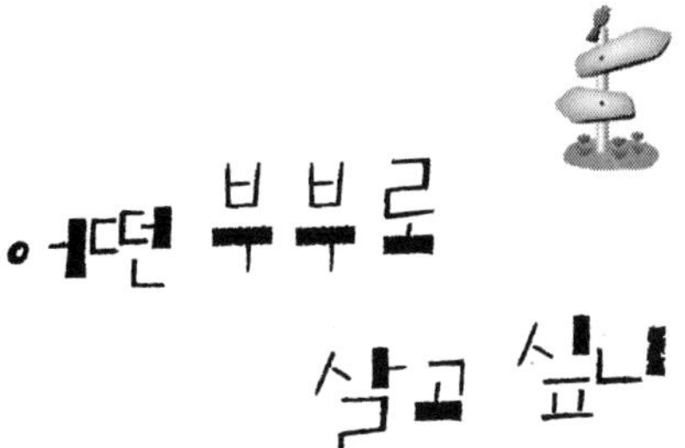

'좋은 인(因)을 지은 사람은 좋은 결과를 받게 되고 나쁜 인을 지은 사람은 나쁜 과(果)를 받게 된다.'

너는 이 말에 대해 어떻게 생각하니? 정말 그럴까, 하는 생각이 드니? 아니면 이 세상에는 나쁜 죄를 짓고도 잘만 사는 사람들이 아주 많이 있다는 생각이 드는 거냐? 그러나 애야, 아빠가 가장 사랑하는 너에게 왜 근거 없는 헛말을 훈요로 일러 주겠느냐?

너는 지금 신문 앞면의 기사만 읽어 보고 있다. 유위법(有爲法) 세계에서는 눈에 보이는 현상만 보니까 그렇게 생각된다. 그러나 이 세상은 눈에 안 보이는 무위법(無爲法)의 세계가 더 무섭다. 인과(因果)의 이치들은 절대로 피해가 갈 수가 없는 인연생기(因緣生起)의 결과이다.

이 세상에서 부부의 인연을 맺은 사람들은 세 가지의 유형들로 살고 있다.

첫째는 결혼했으니까 그냥 산다. 싫어도 그만, 좋아도 그만. 그냥 무덤덤하게 자식 낳고 살고 있다.

둘째는 서로가 돕고 이해하며 사는 부부이다. 아내는 남편을 진심으로 아끼고 남편은 아내만을 사랑한다. 가장 이상적인 부부의 형태이다. 이런 유형의 부부들은 결혼하여 남편과 아내가 서로 도와주고 협력하여 자신들의 영혼을 한 단계 더 진화시키는 부부들이다.

셋째는 부부가 서로를 해치는 유형이다. 아내가 남편을 독살한다. 남편이 아내를 구타하여 죽인다. 서로가 미워하고 증오하며 사는 부부들이다. 흔히 매스컴에서 많이 보는 악연(惡緣)의 부부들이다.

이런 인연의 부부가 만났을 땐 빨리 헤어지는 것이 상책이다. 억지로 결혼 생활을 계속하다가는 결국 한쪽을 죽이거나 해치게 된다. 그렇지 않으면 그 자식들의 장래를 망치는 새로운 악연을 만들게 된다.

아들아, 이 모든 인연의 중심에 네가 있다. 그리고 너로 인해 이런 인연들이 발생한다. 이 지구상에 태어난 65억 인구 중에 왜 하필이면 한 번도 본 적이 없는 배우자가 월남 여자가 되며 어떻게 카자흐스탄 여자가 되겠느냐?

그것은 전생(前生)에서부터 물려받은 필연(必然)적인 인연에 의해 그렇게 만나는 것이다. 부부의 인연에서 우연(偶然)이란 결코 없다.

역학(易學)에서 보는 남녀 간의 궁합(宮合)은 미신이 아니라 조상들이 대대로 물려준 하나의 지혜이다. 부부간에 좋은 인연을 맺어 주기 위한 조상들의 뛰어난 혜안이었다.

이 지구상에 살고 있는 모든 종족들은 젊은 남녀들에게 좋은 짝을 골라 부부의 인연을 맺어 주기 위해 노력을 하고 있다. 그래서 이런 지혜는 동서양 모든 곳에 있었다. 우리만 있는 것이 아니다. 그것은 민족과 종교와 전통에 따라 조금씩 다를 뿐이다.

세 번째 부부들의 인연은 각자가 서로를 해치는 궁합을 가지고 있다. 불가에서 말하기를 이런 부부는 전생에서 나쁜 인(原因)을 지어 금생에서 다시 원수로 만나 서로에게 해를 끼치거나 고통을 주게 된다고 한다.

궁합을 무시하지 마라. 궁합은 이런 불상사를 사전에 예방할 수 있는 또 하나의 지혜이며 남녀 간에 인연생기의 이치이며 통계이다. 그렇다고 너무 맹신하라는 이야기는 아니다. 단지 이런 이치를 알고 배우자를 선택하라는 것이다. 인륜지 대사에서 좋은 게 좋은 것이 아니냐.

네가 만일 배우자와 궁합이 좋지 않은데도 사랑에 빠져 결혼을 하게 되거든 반드시 이런 이치를 마음속에 새겨 두고 살아야 한다.

그리고 부부간에 서로 배우자에게 하심(下心)하며 살아야 한다. 그렇게 해야 네 가정은 평온무

사할 것이다. 애야, 넌 아빠의 이런 말을 못 믿겠다는 표정이구나.

남녀 간에 처음 만나 사랑에 빠질 때에는 그런 것들이 문제가 되지 않는다. 그러나 사랑이 식고 나면 그때부터 이런 인과(因果)가 시작된다. 그리고 평생을 다 살고 나면 그땐 그 결과의 무서움을 알게 된다.

아들아, 너를 위해 아침밥을 짓고 네 자식을 낳은 아내에게 항상 고맙게 생각하렴. 한 이불 덮고 자는 형제간에도 싸우는데 서로 다른 생활 방식으로 27년간을 살아온 너희 두 사람이 어떻게 매일 좋을 수가 있겠느냐? 통계에 의하면 결혼을 한 신혼부부들은 1년이 지나면 결혼 생활의 주도권을 잡기 위해 서로 싸운다고 한다.

너는 그렇게 살지 마라. 남과 싸우면 먹을 것이 생기지만 부부간에 싸우면 밥그릇만 깨지고 어린 네 자식들은 평생 동안 지울 수가 없는 큰 상처를 입게 된다.

아들아, 너는 세 가지 부부의 형태 중에 어떤 유형의 부부가 되고 싶으냐? 만일 네가 두 번째, 서로 사랑하는 부부가 되고 싶다면 한 가지만 명심해라. 부부간에 사랑은 받는 것이 아니라 주는 것이다.

네가 배우자로부터 사랑을 받기만 원한다면 결혼 생활은 지옥으로 변할 것이다. 그러나 네가 배우자에게 먼저 사랑을 베풀면 모양과 소리는 서로 다르지만 너희 두 사람은 행복한 결혼 생활을 할 것이다.

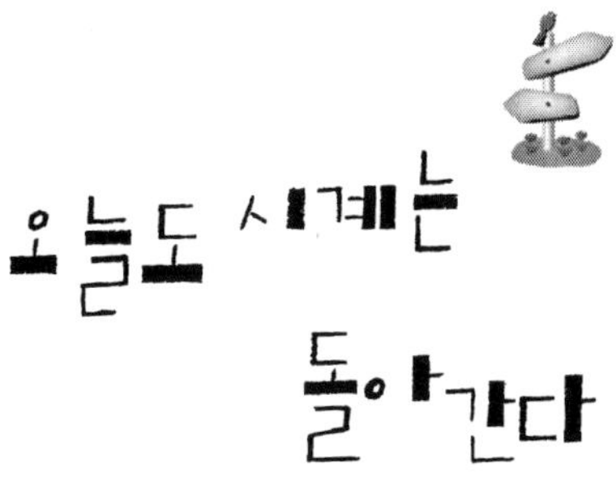

"그만 자거라."

"잠이 안 와요, 아빠."

입대 전날 밤에 너는 잠이 오지 않는다고 했다. 너의 그 심정을 아빠는 잘 안다. 넌, 한 번도 집을 떠나 멀리 가 본 적이 없지 않느냐. 이 밤이 지나고 내일 아침에는 4시간 동안 차를 타고 논산훈련소로 가야 한다. 그 더러운 기분, 아빠도 잘 알고 있다.

40년 전에 아빠도 그랬으니 말이다. 예측을 할 수 없는 미래에 대한 막연한 공포와 두려움으로 마음이 불안하고 편치 않을 것이다.

논산훈련소로 떠나는 당일 아침, 네가 현관문을 나설 때

"빠진 것 없지?"

"아빠, 다 챙겼어요. 엄마, 물 한 컵."

"주스 줄까?"

"싫어요, 냉수."

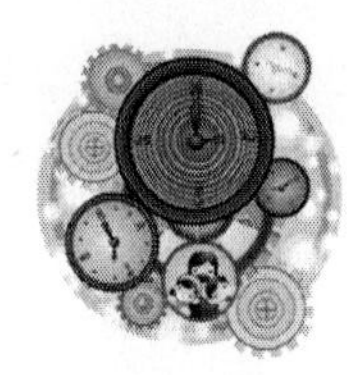

너는 엄마로부터 냉수를 한 컵 받아 벌컥벌컥 달게 마셨다. 애야, 얼마나 속이 타겠느냐.

"할머니 다녀오겠습니다."

너는 빙그레 웃으면서 할머니에게 거수경례를 했다. 그리고 씩씩한 모습으로 현관문을 나섰다. 할머니께서 눈물을 보이셨다. 그러나 너는 의젓한 모습으로 할머니를 껴안아 주며 위로를 했다.

안동에서 올라온 작은아버지가 운전을 하시고 아빠가 조수석에 앉았고 엄마와 너는 뒷좌석에 탔다. 작은아버지가 네 기운을 돋우려 애를 쓰시며 농담을 하였다.

그래도 너는 담담한 표정을 지으며 웃기만 했다. 승용차가 중앙고속도로를 지나 경부고속도로에 접어들자 너는 점점 더 침울해졌다. 넌 한 번도 경부고속도로까지 와 본 적이 없었지?

엄마가 아무리 음식을 권해도 너는 먹지를 못했다. 엄마는 어제 저녁부터 아무것도 먹지 않는 네가 안타까워 자꾸만 음식을 권했다.

엄마는 지금 네 심정을 잘 모른다. 군대에 가지 않는 여자들은 지금의 그 묘한 기분을 알지 못한다. 금강 휴게소에 도착하자 작은아버지

가 쉬어 가자고 했다. 작은아버지가 음료수와 빵을 사 가지고 오자 네가 아빠에게 작은 목소리로

"아빠, 오징어가 먹고 싶어요."

하고 말했다.

"그래, 매점으로 가자."

아빠는 어제 저녁부터 아무것도 먹지 못하는 네가 오징어라도 먹겠다는 것이 하도 반가워 같이 매점으로 갔다. 이거라도 배를 채워야지.

"먹으렴."

갓 구운 오징어를 건네주자 너는 겨우 오징어 다리 하나를 베어 물고 말없이 도로 건네주었다.

아들아, 평소 너는 오징어를 무척 좋아했다. 그런데 그것도 목구멍으로 넘어가지 않았다. 아빠의 가슴은 미어지는 듯 아팠다.

아빠는 지금 너의 그 묘한 기분을 잘 알고 있다. 군대를 안 갈 수도 없고, 가자니 미지의 세계에 대한 막연한 불안감과 두려움 때문에 입맛마저 잃었다.

점심 무렵에 논산훈련소 앞에 도착했다. 전국에서 많은 입소 장병들이 모여들었다. 우리도 재빨리 식당을 찾아 해물탕을 시켰다. 그런데 너는 역시 한 숟가락도 입에 대지 못했다. 훈련소 연병장에서 입소식을 한다고 모이라고 했다.

"아빠, 걱정하지 마세요."

너는 씩씩하게 거수경례를 하고 엄마와 포옹을 했다. 그리고 아빠를 껴안았다.

아들아, 어릴 때 너는 아빠가 껴안으면 작은 체구가 품 안에 쏙 들어왔다. 가냘픈 작은 어깨와 따뜻한 체온, 심장의 고동 소리까지 아빠는 느낄 수가 있었다. 그런데 이젠 아빠보다 키도 더 크고 가슴도 더 넓어져 군대를 간다.

연병장에서 입소식이 시작되었다. 식이 끝나자 악대에 맞춰 '진짜 사나이'를 부르고 너는 다른 장병들과 함께 걸어서 먼지 속으로 사라졌다.

아빠는 다른 장병들보다 더 키가 큰 네 모습을 오랫동안 지켜보았다. 네가 보이지 않게 되자 의연하게 행동하시던 엄마가 눈물을 보였다. 작은아버지가 엄마를 위로하며 차를 몰고 귀갓길을 재촉했다.

아직도 잔설로 뒤덮인 들판을 바라보며 아빠는 이런 생각을 했다. 6·25전쟁 중에 피란길에 오르며 네 증조모님께서 아빠에게 이렇게 말씀을 하셨다.

"애야, 넌 나중에 군대를 안 가도 될 거야. 암, 그때는 군대가 없어질걸."

그런데도 40년 전에 아빠는 군대에 갔다. 그리고 그 아들인 네가 이제 입대를 했다. 아들아, 자식을 군대에 입대시키는 아빠의 마음은 남과 북, 모두가 똑같을 것이다. 아직도 남과 북의 군대시계 바늘은 멈추지 않고 계속 돌아가고 있다.

아들아, 너와 나는 이런 분단국가에서 태어났다. 아빠가 입대했을 때에 네 증조모님 말씀처럼 내 아들은 군대에 가지 않는 세상이 될 줄 알았다. 그런데도 그런 세상은 오지 않았다.

우리는 밤이 깊어서야 집에 도착했다. 저녁을 먹고 엄마는 기운을 잃고 일찍 잠자리에 들었다. 아빠는 울적해서 네 방을 정리하였다. 아무렇게나 함부로 벗어 던진 옷가지와 책들을 가지런히 정리를 하기 시작했다. 그리고 마지막으로 책상 서랍을 정리하고자 서랍문을 열었다. 그런데 하얀 편지 봉투 하나가 있었다. 아빠는 무심코 편지를 꺼내 읽었다.

"사랑하는 아빠

이 밤이 지나면 집을 떠나야 된다고 생각하니 잠이 오지 않아요. 왜 이렇게 입맛이 없고 잠이 안 오는지 모르겠어요. 아빠 그동안 고마웠어요, 마음 많이 쓰셨죠."

아들아, 아빠는 네 편지를 읽는 순간에 울음을 참을 수가 없었다. 아빠는 네 마음을 너무 잘 안다. 아빠도 옛날에 그랬으니까 말이다.

40년 전에 아빠는 폭설 내리는 북풍한설에 집을 떠나 최전방으로 갔다. 그리고 한 해 겨울 동안 배고픔과 추위에 떨며 간신히 목숨을 이어 갈 수 있었다. 그리고 국가의 명령으로 낯선 나라에 가서 생사를 넘나드는 목숨을 건 전투를 했다. 그리고 밤이면 집에 남겨 둔 어린 동생들과 어머니를 생각하며 눈물을 삼켰다.

　아빠는 평소 남자는 군대를 갔다 와야 사람이 된다고 생각했다. 남자는 집을 떠나 낯선 환경에서, 규율과 조직 속에서 24개월을 견디어 내야 후일 자기 가정을 지켜 낼 수가 있다고 생각했다. 남자는 군대에서 인내심, 고독, 규율, 적응, 가족의 소중함을 배워야 한다고 생각했다.

　너는 우리나라 아버지들의 가족에 대한 유별난 애착심이 어디에서 온다고 생각하니? 바로 군대가 그것을 가르쳐 준 것이다. 40년 전에 아빠는 최전방의 혹한 속에서 가정의 소중함을 뼈저리게 느꼈다.

　분단국가에서 태어난 남과 북, 모든 아버지들이 자기 아들에게 이런 내용의 말을 하고 싶었을 것이다.

　사랑하는 아들아,

　너와 나는 반만 년 유구한 역사 속에서 분단의 시기에 이 땅에 태어났다. 우리 부자가 사는 한반도의 과거는 분열과 통합을 반복하는 역사였다. 이런 역사 속에서 너와 나는 한 점 작은 티끌로 태어나 똑같은 일을 반복하고 있다.

　군대에서 보내는 시간을 낭비하는 소모의 시간이라 생각하지 마라. 해병대에서 일주일간 체험 훈련을 하는 데 거액의 돈이 든다고 했다. 너는 24개월간, 공짜로 의식주를 지원받으며 체험 훈련을 한다고 생각하렴.

군대생활이 끝이 나고 사회에서 되돌아보면 그 기간은 네 인생에서 낭비의 시간이 아닌, 학교에서도 배우지 못한 가장 귀중한 공부를 한 것임을 알게 될 것이다. 이거야말로 남자에게는 진짜 인생 공부이다.

이제 너는 24개월 동안 집을 떠나 외로움을 견디며 가정과 가족들의 소중함을 뼈저리게 배우게 될 것이다. 한 남자로서, 한집의 가장으로서 네가 지금 경험하고 배운 그 교훈은 평생을 두고 잊지 못하며 삶의 지표가 될 것이다.

아들아, 남자는 잃는 것이 있으면 반드시 얻는 것도 있어야 한다는 아빠의 지론처럼, 너는 이제 24개월의 시간을 잃는 대신 남자로서 가장 소중한 네 가정을 지키는 방법을 배울 것이다. 애야, 그만하면 손해나는 장사는 아니다.

아빠가 효도에 관한 이야기를 하니 넌 웃음이 나오니? 그러나 얘야, 아빠는 네게서 효도를 받을 생각이 없으니 그런 걱정은 하지 마라.

젊은 시절 아빠는 이런 것을 본 적이 있었다. 당시는 다람쥐가 애완 동물로 아주 인기가 높아 사람들이 다람쥐를 잡아 수집상에게 넘기면 일본으로 수출을 하여 돈을 벌었다. 농민들은 그 수입이 제법 짭짤하여 모두 다람쥐를 잡으러 다녔다. 그땐 모두 어려운 때였으니까 말이다.

아빠도 친구와 함께 다람쥐 2마리를 잡아 통에 집어넣어 두고 쳇바퀴 돌리는 것을 보며 좋아했다. 돈이 되니까 그랬다. 그때 아빠와 친구는 매일 다람쥐를 잡으러 다녔지.

그런데 어느 날 저녁에 2마리가 살던 다람쥐 통에 1마리를 더 잡아다 넣어 두고 아침에 일어나 보니 1마리가 죽어 있었다. 그리고 남아 있는 2마리 다람쥐 몸에는 상처가 나 있었다. 몇 번이나 그런 경험을 했다.

우리는 그 이유를 알지 못했다. 어느 날 우리는 운이 좋아 8마리의 다람쥐를 잡아 2마리가 살고 있는 다람쥐 통에 집어넣어 두고 잠이 들었다. 그런데 아침에 일어났을 때 어떻게 된 줄 아니? 깜짝 놀랐었다.

다람쥐 10마리가 모두 몸에 상처가 난 채 피투성이가 되어 죽어 있었다. 비좁은 공간 속에 넣어 둔 다람쥐가 스트레스를 받아 밤새도록 서로 물어서 죽인 것이다. 엄청 손해가 많았다. 그제야 아빠는 다람쥐는 비좁은 통에 2마리 이상을 집어넣으면 생활공간 때문에 서로 물어 죽인다는 사실을 알게 되었다.

아빠는 그때 모든 동물들은 각자가 생존에 필요한 최소한의 고유영역, 즉 면적이 필요하다는 것을 알게 되었다. 그리고 그 영역 속에 일정한 개체 수가 넘치면 적정 개체 수를 유지하기 위해 서로 죽인다는 사실을 알게 되었다.

아빠가 어린 시절에 살았던 도뭇골 집은 150평의 대지 위에 안채에는 부모님 내외분이, 사랑채에는 조부님 내외분이 거처하셨고 아래채에는 아빠와 동생들이 살았다.

집 3채 모두 합쳐 봐야 건평은 얼마 되지가 않았지만 마당 전체가 생활공간이며 활동영역이었다. 마당뿐만 아니라 집 앞에 논과 밭, 시냇물과 뒷동산, 모두가 생활영역이며 삶의 공간이었다. 지금처럼 비좁은 공간에서 서로 부대끼며 스트레스를 받을 일이 없었다.

그런데 지금은 고층 아파트에 대다수의 사람들이 살고 있다. 살고 있는 아파트가 30평이면 그 면적이 생활영역이며 삶의 공간이 된다. 좁은 공간 속에 부모님과 아들 내외, 아이들이 북적대며 살아가니 가족들끼리 과도한 스트레스를 받게 된다. 뿐만 아니라 집을 나서는 순간부터 복잡한 지하철, 버스, 승용차, 직장, 길거리에서 사람에 치여 북적거리며 스트레스를 받게 된다.

그래서 휴일만 되면 자동차를 타고 나와 고속도로는 마비가 되고 산은 등산객으로 몸살을 앓고 있다.

몇 해 전에 부천에 사는 전직 농사꾼 아들이 늙은 노모를 모시고 밤새도록 기차를 타고 부산진역에 와서 역 대합실에 어머니를 버리고 간 사건이 있었다. 노모의 손에는 아들이 떠나면서 사 준 서울우유 한 통이 쥐여 있었다.

어머니를 유기하고 밤새도록 고민하며 열차로 상경하던 아들은 너무 괴로워 대전역에서 발길을 돌려 부산진역으로 다시 내려가 어머니를 찾았다. 그런데 어머니는 아들이 사 준 우유 한 통을 손에 쥔 채 이미 운명하시고 말았다.

52살의 아들은 어머니와 단둘이서 문경 고향에 내려가 살려고 했다며 목 놓아 울었다.

그 노동자는 13평 아파트에 부인과 과년한 딸 둘과 대입 재수생인 아들 하나, 노모까지 여섯 식구가 살았다.

결국 5명의 다람쥐는 가장 늙고 나약한 다람쥐 1마리를 생활영역 공간에서 내다 버린 것이다. 이것은 천륜의 문제가 아니라 동물 고유 영역의 다툼의 문제였다.

문경에서 농사를 지으며 살 때 그 가족의 생활공간은 마을 전체였다. 인간의 생활공간도 다람쥐와 마찬가지이다. 이젠 아파트와 같은 주거 환경의 변화로 효의 가치 개념도 바뀌었다.

아들아, 복잡한 문명세계에 오늘을 사는 우리 가족들은 각자의 생활에 충실히 하며 살자. 간혹 서로 왕래하며 가족으로서 부자지간의 정을 확인하며 살아도 절대로 어리석은 다람쥐는 되지 말자.

아빠의 친구들은 우리 세대를 마쳐족(마지막으로 효도를 하고 처음으로 자식들에게 차이는 세대)이라고 말을 한다.

그러나 아빠는 마사족(마지막으로 부모에게 효도를 하고 처음으로 자식들에게 사랑을 받는 세대)이 되고 싶다.

아빠는 네게 아무것도 바라지 않는다. 단지 바람이 있다면 네가 행복한 가정을 이뤄 사는 모습을 지켜보는 것뿐이다. 애야, 넌 이미 지난날 부모에게 효도를

충분히 했다.

부모가 자식에게 바라는 마음이 있다면 마처족이 된다. 그리고 그게 불행의 시작이다. 그러나 부모가 자식에게 바라는 마음이 없다면 마사족이 된다.

아빠는 네가 성장하는 모습을 지켜본 것만으로도 충분히 본전을 뽑았다고 생각한다. 그때가 제일 행복했으니까 말이다.

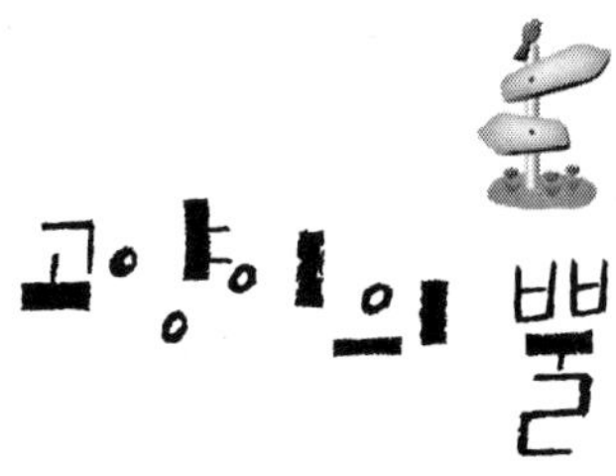

밤하늘에 둥근 달을 보렴. 내 마음이 즐거우면 그 달은 아름답고 기쁘게 보인다. 내 마음이 슬퍼지면 저 달도 슬프게 보인다.

이 세상에 모든 사물과 현상들은 네가 보는 시각에 따라 같은 물체가 이렇게 서로 다르게 보이기도 한다.

왜 그렇다고 생각하니? 그 이유는 네가 눈으로 달을 인지하는 순간, 가슴속에 들어 있는 네 마음이 그렇게 느끼기 때문이다. 바로 네 마음이 어떤 색깔의 안경을 쓰고 있느냐에 따라 이렇게 정반대의 현상으로 보이기도 한다.

달을 그렇게 보이게 하는 것은 눈에 안 보이는 네 마음의 장난 때문이다. 마음이 쓰고 있는 안경의 색깔에 따라 그렇게 다르게 보인다.

넌 어떤 색깔의 안경을 쓰겠느냐? 세상을 밝게 보는 안경을 쓰겠느냐 아니면 탐욕과 성냄과 어리석음으로 가려진 검은 안경을 쓰겠느냐?

아빠는 사는 것 자체가 기쁘고 즐거운 것이라고 생각을 했다. 푸른 하늘을 바라보렴. 얼마나 아름답고 깨끗하니? 푸른 하늘이 아름답지 않다고?

그럼 두 손으로 눈을 가리고 보렴. 두 눈을 가리고 평생을 산다고 생각해 보렴. 그래도 하늘이 아름답다고 생각하지 않니?

하늘을 보거든 하늘이 아름답다 생각하고 들판에 나가도 그렇게 생각을 하렴. 강물을 보거든 강물이 아름답다 생각하고, 네 눈에 보이는 모든 사물과 현상들을 그렇게 생각하렴.

사는 것은 고생이 아니라 즐겁고 행복한 것이다. 내 말을 믿지 못하거든 종합병원 중환자실에 가 보면 알 것이다. 건강하게 사는 것이 왜 기쁘고 즐거운지 알게 될 것이다. 아니면 자유를 구속당하고 사는 형무소의 수인들을 생각해 보렴.

그런 일들이 나와는 전혀 상관이 없는 일이라고? 그렇게 생각이 되니? 그러나 세상일은 그렇지가 않다.

명심해라. 이 세상에 일어나는 모든 일은 전부가 나의 일이다. 위

암, 교통사고, 비행기 추락, 감방, 강도, 거지, 환자, 부도, 보증, 도난, 이혼, 죽음, 불행도 모두 나에게 일어날 수 있는 일이다.

만일 나만은 저런 일들이 절대로 일어나지 않는다고 생각하는 사람들이 있다면 아빠는 그가 세상에서 가장 어리석은 사람이라고 생각한다.

인간으로 태어나 평생을 사는 사람들은 이 모든 사건들을 눈으로 직접 보고 경험하게 된다. 그래서 종교가 필요하고 삶의 지혜가 필요하다. 현명한 사람들은 평소에 공부한 삶의 지혜와 종교로 이 모든 어려움과 고난을 극복한다.

그 이치는 인간의 삶에서 끝없이 올라가는 언덕도 없고 한없이 내려가는 내리막길도 없기 때문이다. 어리석은 사람은 한없이 올라만 가는 언덕에 힘이 들어 중도에 삶을 포기하고 불행의 늪으로 빠져든다. 그러나 현명한 사람은 힘겹게 올라온 언덕이 끝이 나면 이제 곧 쉬운 내리막길이 있다는 것을 알고 있다.

만일 네가 계속 힘겨운 언덕길만 올라가고 있다는 생각이 들거든 조금 전에 아빠가 말한 달의 이치를 생각해 보아라. 그럼 너는 그 힘든 언덕길이 곧 내리막길임을 알 수가 있을 것이다.

마음의 색깔에 대해 한 번 더 이야기를 해 보자. 장님에게 밤의 색깔은 언제나 까만색이다. 그러나 그분들의 마음의 색깔은 언제나 밝은 색깔이다.

　인간이 살면서 마음공부를 하는 것은 바로 안경의 색깔을 없애고 사물을 있는 그대로 바라보는 지혜를 키우기 위한 것이다. 그렇게 살다 보면 우리의 삶은 고통이 아니라 기쁨이요, 즐거움이 된다. 삼라만상 모든 생명체 중에서 인간으로 태어났다는 그 하나만으로도 너의 삶은 기쁨이요, 희망이다. 내 마음속에 안경을 쓰는 공부는 고양이에게 뿔을 구하는 일과도 같다. 마음공부란 말은 이렇게 쉽게 하지만 무척 어렵다. 고양이의 뿔은 지극히 미묘해서 깨달은 지혜로만 알 뿐 모양이 없어 이름뿐이다.

운동만은 대신해 줄 수가 없다

몸이 안 좋아 헬스장에 가서 40분 정도 운동을 했더니 이제 컨디션이 좀 좋아졌다. 나이가 들어갈수록 몸이 굳어지는 속도가 빨라지는 것 같다. 이전에는 일주일 정도 운동을 안 해도 괜찮더니 이젠 3일만 쉬어도 몸의 상태가 좋지 않다.

아빠는 직장생활을 시작하고부터 운동을 했다. 젊은 시절에는 평행봉과 철봉을 했지. 그 종목이 좋아서 한 건 아니고 짧은 시간 안에 많은 운동을 하는 데는 그게 제일 좋을 것 같아서 그렇게 했다. 평행봉과 철봉은 순간 동작에서 많은 에너지가 소모되지. 그래서 그걸 했다.

사람의 몸은 자신의 자동차와 같다. 꾸준히 정비하고 가꾸지 않으면 고장이 나게 되어 있다. 아빠가 결정적으로 운동의 중요성을 뼈저리게 느끼게 된 것은 너와의 그 사건 때문이었다.

애야, 너는 기억이 나니? 그때가 아마 지금쯤 되었을 게다. 네가 3살 때였지. 모처럼 쉬는 날에 네가 자꾸 자전거를 태워 달라고 졸랐다. 할 수 없이 너를 자전거 앞자리에 태우고 서천 강변을 한 바퀴 돌았다. 그런데 삼존불 앞에 왔을 때 갑자기 자전거가 거꾸로 서며 신작로 바닥에 나동그라졌다. 눈앞에서 불이 번쩍했다. 그리고 왼쪽 팔꿈치가 전기가 통하듯 찌릿했다. 아빠는 속으로 골절이다, 생각을 했다.

그러나 그보다 더 급한 건 길 한복판에 나동그라져 있는 너였다. 언제 자동차가 달려와서 덮칠지 모르는 상태였다. 그래서 재빨리 너를 안고 길가로 나왔다. 그런데도 넌 울지도 않았다. 몸 상태를 살펴보니 왼쪽 발끝 윗부분이 조금 벗겨지고 피가 묻어나고 있었다. 다행히도 심하게 다치진 않았다. 아빠는 통증을 참아가며 손수건으로 팔의 골절 부분을 싸 묶었다. 그리고 자전거에 너를 태우고 한쪽 손으로 운전을 하며 집으로 돌아왔다. 엄마가 깜짝 놀라며 네 왼쪽 발등에 약을 발라 주었다. 아빠는 택시를 타고 병원으로 가서 팔에 깁스를 했다.

그때까지 아빠는 왜 갑자기 자전거가 그 넓은 도로 한복판에서 곤두박질을 쳤는지 몰랐다.

팔에 깁스를 한 지 1개월 정도 지나 여름방학이 시작되자 깁스를 풀었다. 병원에서 물리 치료도 계

속 받았다. 그런데 자꾸 평행봉이 다시 하고 싶었다. 다친 사람은 그 이전의 몸 상태로 다시 되돌아가고 싶어 하는 속성이 있는 것 같았다. 그래서 체조선수들처럼 두 팔을 번쩍 치켜들며 폼을 잡고 평행봉 손잡이에 뛰어올랐다. 그런데 바로 뚝 떨어졌다. 깜짝 놀랐다. 겨우 한 달 정도 운동을 안 했는데 왼쪽 팔에 힘이 없고 허수아비 같았다. 아빠는 그때 절실하게 느꼈다. 사람의 몸은 움직이지 않으면 퇴화되며 약해진다는 것을 말이다. 그래서 평행봉을 처음부터 다시 시작하기로 했다. 3주 정도 지나니 원상태로 회복이 되었다. 지금도 왼쪽 팔이 조금 굽어 있지만 괜찮다.

아빠가 여기서 네게 하고 싶은 말은 운동을 하라는 것이다. 네 몸은 너 스스로가 관리하고 가꾸지 않으면 고장이 난다. 자동차는 고장이 나면 다시 구입하면 되지만 네 몸은 다시 살 수가 없다. 넌 시간이 모자라고 운동할 장소가 없다고 했다. 그럼 네가 앉아 있는 의자를 잡고 매일 팔굽혀펴기 300개를 일주일 동안만 해 보렴. 그럼 너는 곧 운동의 중요성을 알게 될 것이다. 팔굽혀펴기, 그게 바로 제일 좋은 운동이다. 점심시간에 의자를 잡고 팔굽혀펴기 300회를 한다고 흉보는 상사는 없을 것이다. 어쩌면 자기 관리를 잘하는 사람이라고 칭찬을 할 것이다.

마당에 묶어 놓은 개를 풀어 놓으면 제일 먼저 무엇을 하는 줄 아니? 마당을 가로질러 힘껏 달리기를 하며 운동을 한다. 그다음 목이 말라 물을 먹는다. 미물의 짐승도 그렇게 하거늘 하물며 사람의 몸을 가진 너는 왜 운동을 하지 않니? 네 몸은 너 혼자만의 소유가 아니다. 3분지 1은 너, 그다음 가족, 그리고 이 사회의 소유이다.

운동을 시작해라. 보약보다 더 좋은 것은 바로 운동뿐이다. 어리석은 사람들은 몸에 이상이 생긴 뒤에 운동을 하고 현명한 사람은 평소에 운동으로 건강관리를 한다.

아참, 그걸 빠뜨렸구나. 그 뒤 초등학교에 입학하고 어느 날 네가 아빠에게 양심고백을 했다.

"아빠, 그때 자전거가 거꾸로 선 건 제가 슬리퍼를 신은 발로 장난을 치다 자전거 앞바퀴 살 속에 끼어 그랬어요. 죄송해요."

그까짓 아빠 팔 부러지고 자전거 망가진 게 대수냐? 네 발이 그만했기에 다행이지.

아들아, 아무리 돈이 많은 재벌 총수도 운동만은 대신해 줄 수가 없다. 절대 권력을 가진 왕도 운동만은 대신해 줄 수가 없다.

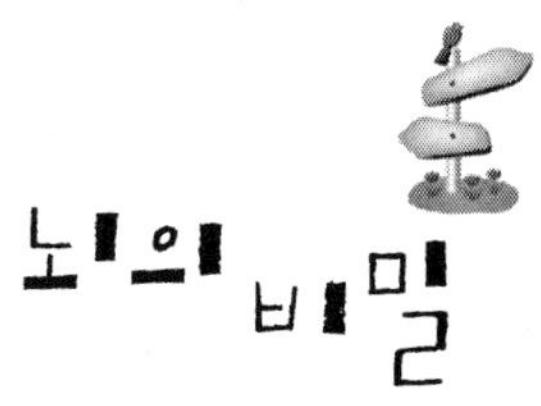

뇌의 비밀

아버지 친구 중에 한 사람은 신장이 나빠 재작년에 중국에 가서 신장 이식 수술을 받고 왔다. 마치 자동차 부속품처럼 바꾸어 달고 왔다. 아버지가 아는 또 다른 분은 중국에 가서 간 이식 수술을 받고 왔다.

이제 사람들은 자기 몸의 장기를 자동차 부속품처럼 이식을 하거나 교체할 수 있는 의학적인 기술을 보유하고 있다. 심장, 간, 신장 등 모든 장기를 이식할 수가 있다. 그러나 인간의 뇌는 아직까지 이식 수술이 불가능하다.

애야, 네 머릿속에 다른 사람 뇌가 이식되었다고 생각해 보렴. 그럼 넌, 누구냐?

인간 신체의 장기 중에 오직 뇌만은 이식이 불가능하며 미지의 학문으로 남아 있다. 최근 들어 뇌의 비밀이 조금씩 밝혀지고 있다만 아직도 미개척의 분야로 갈 길이 멀다. 뇌에 대한 아빠의 견해는 이러하다. 인간은 언젠가는 뇌 이식을 성공시킬 것이다. 이것은 어디까지나 의학적인 견해에서의 성공이다. 그러나 뇌의 비밀을 완전히 푸는 것은 불가능할 것이다. 그 이유는 유위(有爲)의 세계(의학적인 견해)에서는 뇌의 기능을 해석할 수가 있으나 뇌가 가진 무위(無爲)의 세계[혼(魂), 식(識)]를 과학적으로 입증하지 못하기 때문이다. 그래서 뇌는 신의 영역으로 남아 있을 것이다.

법의학에서는 인간의 사망을 심장과 뇌파 기능의 정지로 정의하고 있으나 뇌파의 기능이 살아 있다면 사망으로 규정하기가 어렵다는 견해이다.

인간의 미래학은 뇌 과학이 될 것이다. 뇌의 비밀을 모두 푸는 자가 미래를 지배할 것이다. 그러나 인간은 뇌의 비밀을 완전하게 풀 수는 없을 것이다. 그 이유는 뇌에 관한 비밀은 이편과 저편 모두를 풀어야 하기 때문이다. 이편에 관한 수수께끼는 모두 풀 수가 있으나 저편에 관한 비밀은 풀 수가 없기 때문이다. 그래서 저편에 관한 뇌의 비밀은 신의 영역이라고 말하는 것이다.

인간의 뇌는 이편(이승)과 저편(저승)을 연결시켜 주는 유일한 통로라고 생각한다. 인간은 뇌가 가진 능력을 활용하여 저편의 세계를 인지하는 사람들은 있지만 과학적으로 입증하지는 못하고 있다.

비디오카메라로 저편의 세계를 찍어서 TV 방송으로 보여 준다면 사람들은 저편의 존재를 믿을 것이다. 마찬가지로 저편이 존재하지 않는다는 것도 인간은 입증하지 못할 것이다.

만일에 저편의 세계가 존재하지 않는다는 것이 과학적으로 증명된다면 인간은 악행을 서슴지 않아 자멸하고 말 것이다. 그 이유는 저편을 전제로 한 종교가 필요 없기 때문이다. 모든 종교는 내세라는 또 다른 세계를 전제로 성립하기 때문이다. 그래서 아버지는 뇌의 완전한 비밀은 이편과 저편을 동시에 풀어야 하기 때문에 뇌는 영원히 미지의 학문으로 남는다고 말한 것이다.

인간의 뇌에 관한 아버지의 견해는 이러하다. 뇌는 인간이 가진 결코 열 수 없는 판도라의 상자이며 신의 영역이다. 그러나 인간은 끊임없이 그 상자를 열기 위해 도전을 할 것이다.

인간은 출생을 해서부터 사망할 때까지 뇌라는 메모리칩에 식[앎(識)]이라는 이름으로 수많은 정보를 저장한다. 그 정보가 부정적이거나 진화에 도움이 되지 않는 것이라면 그 영혼은 퇴보할 것이다. 그러나 긍정적이고 청정한 정보라면 인간의 영혼은 저편에서 이편으로 와서 한 단계 더 진화할 것이다. 인간의 뇌는 평소 자기가 믿고 따르는 것만큼의 정보를 저장한다. 그리고 그 뇌는 저장된 정보를 저편으로 보내는 메일 역할도 한다. 그래서 항상 옳고 바른 정보를 입력하도록 노력해야 한다.

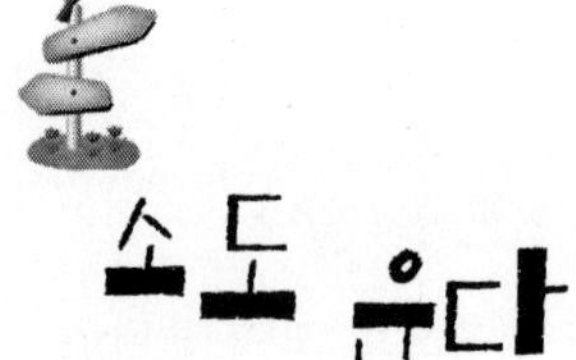 소도 운다

오늘 오전 경북약국 의자에 앉아 병원 처방
전을 주고 약이 나오기를 기다렸다. 약국 안은 단산 가는
버스를 타기 위해 기다리는 노인들로 가득 차 있었다. 단
산으로 가려면 약국 앞에서 버스를 타야 하는데 날은 덥지, 땡볕에 서
서 기다릴 수가 없었다. 그래서 노인들이 모두 에어컨이 나오는 비좁
은 약국 의자에 앉아 병원에서 받아 온 처방전으로 약도 짓고 버스를
기다리며 있었다.

열다섯 명의 할머니들이 비좁은 의자에 앉아 잡담을 하는데 한 노
인이

"아이고! 참 희한합디더. 소가 우는데 닭똥 같은 눈물을 줄줄 흘리대요. 입이 삐죽삐죽하면서 그저 눈물이 뚜글뚜글 굴러 내리는데 글쎄 짐승이 사람보다 낫디더."

옷차림이 깨끗하고 머리가 하얗게 센 팔순 할머니가 옆 자리에 앉은 노인에게 말하자

"그케, 나도 봤다카이, 우째 소가 그래 우노? 그 말이 참말인가 싶어 내가 일부러 소여물을 주면서, 아이고 우째꼬! 니 주인 할망구는 다리가 뿌라져 안즉도 두 달 더 성소병원에 입원해야 한다카더라. 그라이 우째겠노? 니 밥 마이 묵고 주인 올 때까지 집 잘 지키고 있거래이, 그랬더니 고마 소가 입이 삐죽삐죽하면서 닭구똥 같은 눈물을 뚝뚝 흘리면서 울데요. 흑흑 느끼면서 우는데 꼭 사람처럼 웁디데이."

두 할머니가 이야기하는 내용은 이러했다. 노인만 일곱 명이 사는 단산면 한 마을에 어느 할머니가 밭에서 고추를 따다가 그만 미끄러져 오른쪽 다리가 부러졌다. 그 노인은 암소와 둘이서 살고 있는데, 남편은 일찍 죽고 외동딸과 둘이서 살던 중 그 딸이 나이 열아홉 살에 병이 들어 죽고 말았던 것이다. 할머니는 혼자서 농사를 지으며 살다가 암소 한 마리를 키웠는데 정 붙일 곳이 없어 소를 딸 대하듯 하였다.

그런데 그 할머니가 고추 밭에서 일을 하다 미끄러져 다리가 부러졌다. 한쪽 다리가 부러져 안동 성소병원에 입원을 했다. 그래서 할머니는 아침저녁으로 이웃 할머니들에게 전화를 걸어 자기 소 여물을 챙

겨 달라고 부탁을 했다. 그 마을엔 나이가 비슷한 할머니만 일곱 명이 살고 있었다.

영감님과는 모두 일찍 사별을 하고 도시의 자식들과 함께 지내지 않고 혼자서 시골에서 살았다. 요즘 시골에는 그런 할머니들이 많이 있었다. 할머니들은 자식들의 간섭도 받지 않고 그렇게 자유롭게 사는 것이 편하다고 했다.

그런데 전화를 받은 옆집 할머니가 첫날 소를 돌봐 주었는데 암소가 여물을 먹지 않고 자꾸만 주인을 찾는 눈치였다. 그래서 그 할머니가 소여물을 주면서 무심코

"아이고 소야, 네 주인은 다리가 부러져 성소병원에 입원해 있다. 밥 잘 먹고 주인 올 때까지 집 잘 지켜라." 했는데 그만 소가 입을 삐쭉삐쭉하며 흐느껴 울기 시작했다. 이 소문을 들은 할머니들이 신기해서 소여물을 줄 때마다 일부러 소가 들으라고

"네 주인은 다리가 부러져……." 하면 소가 또 운다.

아빠의 이야기를 들으니 어떤 생각이 드니? '세상에 이런 일이' 프로에 제보를 하자고?

이런 일들은 신기할 것도 없다. 소도 사람처럼 말귀를 다 알아듣는다. 아빠가 어린 시절 조부님께서 소에게 벌을 주시는 걸 본 적이 있었다. 조부님은 소를 가족처럼 돌보셨는데 하루는 그 소가 밭을 갈다 조부님을 떠받아 밭고랑에 처박아 놓았다.

집으로 돌아오신 조부님은 소에게 매질을 하시며 사람처럼 꾸짖었다. 그때 소가 자기 잘못을 알고 조부님께 저항을 하지 않고 벌을 달게 받는 모습을 본 적이 있었다. 소는 자기가 잘못한 것을 잘 알고 있었다.

미물의 짐승도 함부로 대하지 마라. 주인이 다리 부러진 것을 알고 밥을 먹지 않는 소를 보아라. 지난밤에 TV 뉴스를 보니 머리 검은 사람은 자기를 키워 준 어머니를 제주도까지 가서 버리고 왔다.

그런데 소는 다친 주인을 생각하며 음식을 먹지 않고 슬프게 운다. 사람보다 더 낫지 않니? 이게 바로 정(情) 때문이다.

매일 씻어라

금년 여름은 무척 덥다. TV에서는 지구 온난화로 인한 기상이변이라고 말했다. 에어컨을 계속 틀어 놓고 싶지만 엄마가 전기요금 걱정을 해서 선풍기만 틀어 놓았는데 온몸이 땀에 흠뻑 젖어 마치 사우나라도 한 것 같다.

요즘은 하루라도 샤워를 하지 않으면 견디기가 힘들다. 끊임없이 흘러내리는 끈적끈적한 땀과 시큼하고 퀴퀴한 냄새, 찐득한 피부의 감촉과 몸에 달라붙는 러닝셔츠.

그래서 하루에도 몇 번씩 시원한 물로 몸을 씻고 나면 기분이 상쾌하고 날아갈 것만 같다. 엄마는 에어컨은 못 틀게 해도 샤워하는 건 잔소리를 하지 않는다.

어제는 샤워를 하다가 갑자기 이런 생각이 들었다. 요즘같이 이런 더위 속에서는 하루만 씻지 않아도 몸이 끈적끈적하고 퀴퀴한 땀 냄새로 가득 차 견디기가 어렵다. 그런데 마음은 며칠을 안 씻어도 냄새가 나지 않고 생활하기에도 불편이 없다.

사람들은 몸과 마음을 '영육(靈肉)'이라고 부른다. 그런데 몸은 하루만 안 씻어도 더러운 땀 냄새로 불쾌감을 느끼는데 마음은 한 달을 안 씻어도 냄새가 나지 않는다.

왜 그렇다고 생각하니? 몸은 흘러내리는 땀이 보이고 마음은 더러운 때가 끼어 있는 것이 보이지 않아서 그럴까? 그럼 몸과 마음은 어떤 함수 관계일까? 너는 마음속으로 화를 내면서 몸으로 즐거워하는 표정을 지을 수가 있니?

사람은 그럴 수가 없다. 마음이 성을 내면 몸이 뒤따라 행동을 한다. 마음이 화를 내야 몸이 상대방의 따귀를 때릴 수가 있다. 거꾸로 몸이 화가 나서 마음이 뒤따라 상대방에게 폭력을 행사할 수는 없다. 마음이 감사하면 몸은 그저 고맙습니다, 하고 고개 숙여 인사를 한다.

마음이 자기 몸을 속일 수가 있을까? 속일 수가 있다. 성낸 마음으로도 얼굴 가득히 웃음을 지을 수가 있다. 그렇다면 몸이 마음을 속일 수가 있을까. 속일 수가 있다. 몸에게 거짓 정보를 줘 웃게 하면 마음이 속을 수도 있다. 그러나 아빠는 일부 학자들의 그런 견해에 동의하지 않는다. 마음은 자기 몸을 속이지 못한다. 단지 인간은 자기 마음이 몸을 속였다고 착각할 뿐이다.

사람들은 마음이 암을 이길 수 있다는 거짓 정보를 줘서 몸이 불치의 암을 이겨 냈다고 말한다. 그렇다면 왜 다른 사람들은 그렇게 하지 못할까? 사람들은 그것이 마음이 만들어 낸 신념의 차이 때문이라고 말을 한다. 착각이 아니고 정말 신념의 차이일까?

몸에 상처가 나면 피가 흐른다. 그런데 마음에 상처가 나면 피는 보이지 않는다. 몸을 하루라도 씻지 않으면 땀 냄새가 난다. 그런데 마음은 아무리 씻지 않아도 냄새가 나지 않는다.

너는 눈에 보이는 몸의 땀 냄새만 자꾸 씻으며 살겠니? 아니면 눈에 보이지 않는 마음의 때를 씻겠니? 사회가 혼탁해지면 사람들은 겉으로 드러나는 몸의 상처보다 보이지 않는 마음의 상처를 더 많이 받는다. 몸에는 작은 상처가 나도 황급히 병원에 쫓아간다. 그러나 마음의 상처는 병원에 가지 않는다. 서두에 아빠는 몸은 마음을 속일 수가 있어도 마음은 몸을 속이지 못한다고 했다. 생사의 기준에 심장이 멎으면 사망에 이른다고 명시하고 있다. 그렇다면 심장(心臟)을 몸이라고 봐야 하니, 마음의 장기이니 마음이라고 봐야 하니?

내 마음이 화를 내면 심장의 박동수가 빨라진다. 혈압은 올라가고 안색이 달라지며 주먹을 불끈 쥐게 된다. 마음이 몸을 지배하는 것이다. 그래서 마음이 굳어

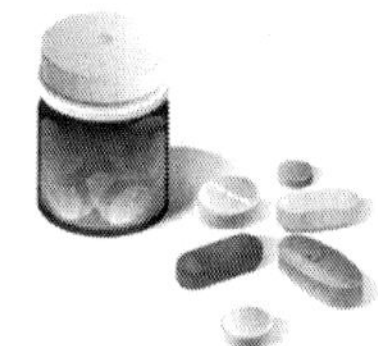

서 심장마비가 일어나고 마음이 좁아져 협심증이 일어나고 마음이 스트레스를 받아서 각종 암이 발생한다. 그렇다면 어떻게 하면 내 마음이 성을 내지 않고 평상심을 유지하며 고요하게 살 수가 있을까? 그건 내 마음의 그릇을 키우면 된다.

아빠가 도사 같은 소릴 하니? 엊그제 아빠의 블로그를 자주 찾아오는 어떤 분이 마음의 갈등에 대해 호소를 했다. 인간 삶, 그 자체가 사람과 사람 사이의 부딪침이며 마음의 갈등이다. 단지 그 갈등을 이겨내는 방법이 문제이다. 그 갈등은 얼마나 네 마음을 자주 샤워하느냐에 달려 있다. 몸에 땀만 씻어내고 찌들어 있는 마음의 때를 그냥 두면 상처받은 마음이 만들어 내는 병을 안고 종합병원의 문을 두드리게 될 것이다.

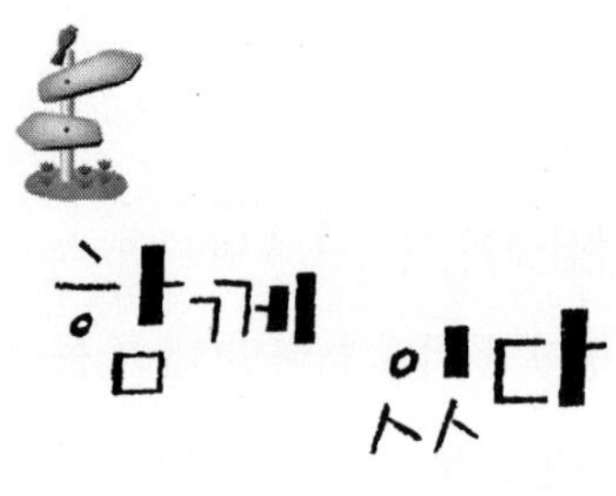

몹시 실망했지? 이번 인사에서 힘든 교통계로 발령이 났다지? 그 부서는 민원이 많아 모두가 피하는 자리라고 말했다. 대민 관련 부서의 공직자들이 모두 힘들어한다.

어젯밤 TV 뉴스를 보니 어떤 술 취한 남자가 경찰 지구대에 들어와서 담당공무원에게 행패를 부리고 집기를 때려 부수는 화면이 나왔다.

예로부터 난세에는 공권력이 제일 먼저 무너진다고 했다. 지금이 그런 시대인 것 같다. 국가의 기강이 바로 서지 못하고 극소수의 사람들이 국가의 근간을 무너뜨리고 있다. 우리는 그런 시대에 살고 있다.

이번 인사에서 힘든 부서로 발령이 났다고 너무 실망을 하지 마라.

인간 생활에서 좋고 나쁜 일은 언제나 함께 있다. 하루 종일 불볕더위 속에 고추 밭에서 일을 하면 일당 4만 원을 받는다. 너는 시원한 에어컨이 켜진 사무실에서 비록 안 되는 일에 억지로 떼를 쓰는 민원인들과 실랑이를 하더라도 일당을 최소한 5만 원은 받지 않느냐.

하루만 고추 밭에서 일을 해 보면 네가 얼마나 편하게 사는지 알게 될 것이다.

이야기가 옆길로 샜다. 오늘은 너에게 인간의 길흉은 언제나 함께 있다는 것을 말해 주고 싶었는데 다른 이야기를 했다.

옛날 아버지가 도뭇골에 살 때 말이다, 동호네 집 암소가 밭두렁에서 고삐를 풀고 달아난 적이 있었다. 당시에는 소 한 마리가 그 집의 전 재산이었다. 요즘 말로 하면 아파트 한 채와 맞먹는 큰 재산이었다. 마을 사람들이 인근 들판을 모두 뒤져 소를 찾아다녔다. 그런데도 소는 찾을 수가 없었다. 그 집 식구들은 울고불고 난리가 났고 동호 부인은 화병으로 자리에 몸져누웠다. 사람들은 모두 그 집 불행을 안타까워했다.

그런데 그 암소가 가출을 한 지 한 달 만에 30리 떨어진 곡강동(曲江洞)에서 낯선 소가 있으니 한번 찾아와 보라는 연락이 왔다. 마을 사람들이 모두 달려가서 보니 동호네 암소였다. 그렇게 한바탕 난리를 치고 동호네 소는 되찾아 왔다.

도뭇골 사람들이 모두 자기 일처럼 기뻐했다. 그런데 그 암소가 얼마 뒤에 송아지를 낳았다. 가출했던 암소가 수소를 만나 새끼를 배서 돌아온 것이다. 이번에는 마을 사람들이 모두 그 집 행운을 부러워하며 축하를 했다.

인간들의 삶은 위에서 사례를 든 동호네 집 암소와 같다. 좋은 일이 있다고 너무 자랑하지 말고 나쁜 일이 있다고 너무 실망하지 마라. 사람의 길흉화복은 언제나 함께 있다.

좋은 일이 있으면 나쁜 일이 뒤를 따라오고, 나쁜 일이 있으면 또 좋은 일이 생긴다. 그걸 아는 사람은 마음의 종지가 굳어 함부로 흔들리지 않는다.

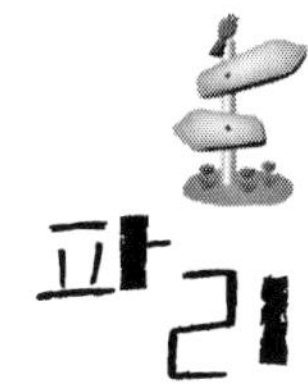

날씨가 많이 쌀쌀해졌다. 어제 찬 서리가 내리기 전에 밭에 가서 고추를 딴다고 무리를 했더니 감기가 든 것 같다.

그래서 오늘은 사무실에서 일을 하기로 했다. 남향의 사무실 유리 창을 통해 밝은 햇살이 들어오자 금방 공기가 따뜻해지며 삭신이 노곤 해졌다. 아버지도 이젠 따뜻한 것을 좋아하는 나이가 되었나 보다.

그런데 얘야, 이건 또 뭐지? 컴퓨터 모니터 위에 파리 한 마리가 날 아와 앉아 글씨가 보이지 않는다. 이놈을 책으로 때려 버려?

조금 전부터 어디서 들어온 파리인지 한 놈이 코에 붙었다 손등에

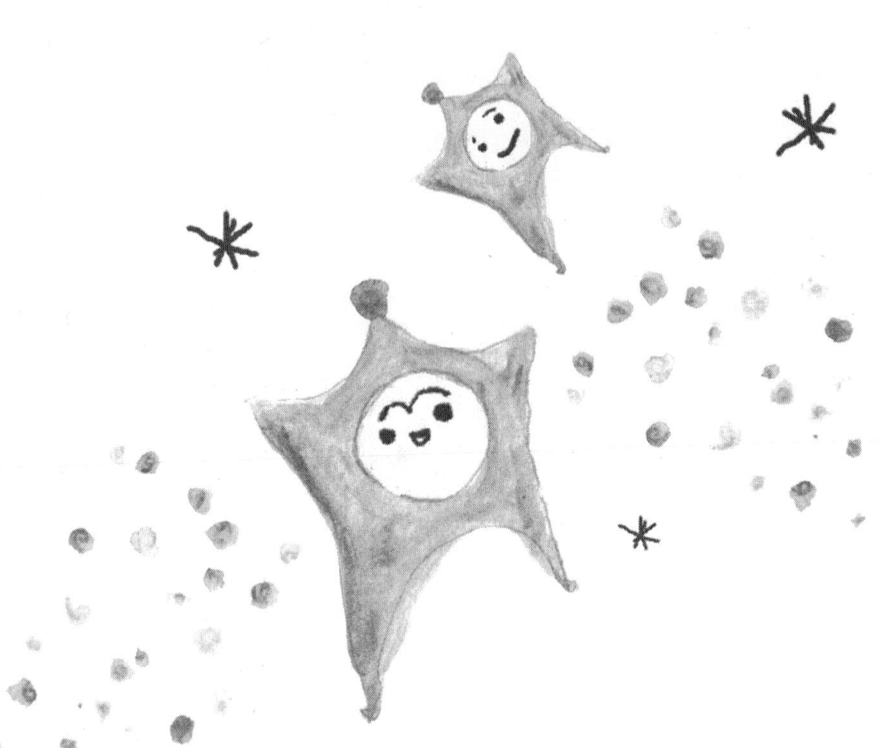

내려앉으며 귀찮게 했다. 요놈을 그냥? 에고 또 날아가서 컴퓨터 자판 'ㅁ' 자 위에 앉았다.

파리는 내가 살기를 품고 자길 죽이려고 하는 줄도 모르고 두 발로 머리를 비비다가 뒷다리로 날개를 싹싹 문지르며 놀고 있다.

저 파리는 아빠가 하지 못하는 한 가지 재주를 가지고 있다. 아빠는 공간을 자유롭게 날아다니지 못하지만 파리는 작은 날개로 자기 몸뚱이를 마음대로 공간 이동시킨다. 신기하지 않니?

내가 마음만 먹으면 파리를 죽일 수도 있다. 적어도 저 파리의 생명을 마음대로 할 수 있는 운명의 손을 가진 사람이다. 파리에게는 아빠가 생명을 마음대로 앗아 갈 수 있는 신과 같은 존재이다.

그러나 내일부터는 날씨가 영하로 떨어진다고 하니 오늘 하루를 그냥 살려 둬도 저 파리는 죽게 될 것이다. 그런데 굳이 내가 힘들여 저 놈을 파리채로 때려죽일 필요가 뭐가 있니?

아빠가 저 파리를 손으로 때리는 순간, 파리에게는 내일이라는 시간이 없어진다. 모양도 없어지고 움직임도 없어지며 모든 것이 끝이 난다. 저 파리는 지금 살아 있기 때문에 햇빛이 있고 밤과 낮이 있으며 형체가 있다. 그러나 파리가 생명을 잃는 순간부터 그 모든 것이 정지하게 된다.

지난밤, 9시 TV 뉴스에서 우리나라 사람들의 자살률이 세계 4위라고 말했다. OECD 국가 중에서는 1위라고 했다. 국어사전을 찾아보면 자살이란 "스스로 자기의 목숨을 끊음"이라고 나온다. 또 목숨이란 "살아 있기 위한 힘의 바탕이 되는 것"이라고 표기하고 있다. 그렇다면 자살이란 "살아 있기 위한 힘의 바탕을 스스로 끊는 것"이라고 해석해야겠다.

언젠가에는 너도 나도 살아 있는 힘의 바탕을 잃고 이 아름다운 세상을 떠나야 할 사람들이다. 저 태양은 내일 아침에 다시 떠오를 수가 있지만 사람은 한 번 가면 다시 돌아오지 않는다. 아빠 나이가 되면 이편에서 알고 있는 사람들보다 저편으로 떠나간 사람들이 훨씬 더 많이 있다. 아빠는 때때로 그들이 모두 어디로 갔을까, 하는 생각이 들기도 한다.

생명을 가진 시간들이 모두 지나가고 나면 사람의 몸은 물거품과 같이 생각되며 저 파리처럼 오래 머물지 않고 찬 서리가 내리면 곧바로 떠나가야 한다.

몸에 뼈와 살은 모두 땅으로 돌아가고 피와 눈물은 물이 되며 움직이는 기운은 바람이 되고 따뜻한 것은 불이 되어 흩어진다.

사람들은 이것을 무상(無常: 덧없음)이라고 말하며 이 세상 모든 것이 헛되고 무상한 것이라고 말을 했다. 그러나 아빠는 그렇게 생각하지 않는다. 인간의 삶은 무상(無常: 덧없음)이 아니라 무상(無相: 일정한 형태나 모습이 없음)이라는 생각이 든다. 다시 말해 공(空)의 모습이라고 생각한다. 공(空)은 텅 빈 것이 아니라 유(有)와 무(無)를 함께 가지고 있다.

아빠의 말이 어렵니? 바꿔 말하면 인간의 삶은 헛된 것[無常]이 아니라 공(空)의 모습[無相]에서 유(有)를 새로 창조하는 창의적인 형태를 말한다. 많은 선지식들이 인간의 삶을 '無常(무상)'이라고 말하더라만 아빠는 '無相(무상)'이라고 규정을 짓고 싶다.

인간의 삶은 덧없고 헛된 것이 아니라 공(空)에서 유(有)를 창조하는 희망찬 것이다. 아빠를 보렴. 이편으로 혼자 와서 엄마를 만나 가정을 이루고 아들을 낳았다. 그리고 너와 부자지간의 인연을 맺고 행복하고 아름다운 삶을 살아왔지 않느냐.

갑자기 아버지가 이 훈요에서 귀신 이야기를 하면

무척 황당하겠지? 그러나 애야, 이 이야기들은 아빠의 삶의 경험담이

니 이해하고 들으렴. 딸에게 주는 글에서도 귀신에 대해 이야기한 바

가 있다만 오늘은 아빠가 경험한 옛이야기를 너에게 해 주마.

아빠는 옛날 대학입시에서 재수를 한 경험이 있다. 그때 재수생들

은 지금처럼 학원에서 공부를 하지 않고 주로 절에서 시험공부를 했

다. 아빠도 고향 영양읍 현동(현리)에 있는 영선사(단편 땅콩 밭에 여

우들의 작품 배경)에서 입시 공부를 했다. 영선사는 현강을 건너 깎아

지른 듯한 절벽 위에 서 있는 작은 암자이다. 이 암자는 신라 시대의

고찰이었으나 화재로 소실이 되어 법당을 새로 신축하였다.

현강을 건너 절벽 위에 오르면 길은 새로 신축한 법당 앞을 지나 요사채로 가게 되어 있다. 그런데 그 법당 앞의 오솔길은 사람이 겨우 다닐 정도의 좁은 길이었다. 그 길의 우측 절벽 아래는 바로 천길 낭떠러지였다. 절에 오는 사람들은 절벽 위에 생긴 위험한 그 길을 지나야 겨우 요사채로 갈 수가 있었다.

아빠는 법당 안에서 기거를 하며 대학입시 공부를 했다. 앉은뱅이 작은 책상과 담요 한 장, 그리고 대학입시 수험서 몇 권이 전부였다. 아빠는 부처님을 찾아오는 신도들이 있으면 법당 앞 화단가로 나와 백합꽃 향기가 가득한 축대 위에 앉아 책을 봤다.

문을 꼭꼭 닫은 법당 안에서 밤에 공부를 하다 보면 촛불이 바람에 일렁일 때마다 온갖 색깔의 불화들이 그림자가 되어 춤을 추었다. 그리고 명부전에는 타계하신 분들의 사진들이 걸려 있어 처음에는 무섭기도 했다. 그런데 언제부터인가 법당 뒤편 담장 너머로 아가씨들이 깔깔거리며 웃고 떠드는 소리가 들려 왔다.

마을은 오솔길을 따라 1㎞ 정도 아래쪽에 있어 사찰은 인가와는 왕래가 없었다. 그런데 자정이 지나 깊은 밤중에 법당 뒤편 담장 너머에서 들려오는 아가씨들의 웃음소리는 한창 혈기가 왕성한 아빠에게는 무척 참기 힘든 유혹이었다.

책에 시선을 집중하다 보면 아가씨들의 웃음소리가 점점 더 크게 들려왔다. 무슨 말을 하는지 귀를 기울여 자세히 들어 보려 하면 그 소리는 더 멀어져 알아들을 수가 없었다.

그날은 보슬비가 추적추적 내리는 자정이 지난 여름밤이었다. 그런데 또 그 소리가 너무나 선명하게 법당 뒤 담장 밖에서 들려왔다. 그래서 어떤 아가씨인지 확인을 해 보기로 했다. 법당 문을 열고 비가 내리는 뜰 앞을 지나 요사채 앞으로 나오자 팔순 노장 스님이 툇마루 위에 턱 버티고 서서

"학생 어딜 가노?"

"바람 좀 쐬려고요."

"안 돼, 당장 법당 안으로 돌아가지 못해!"

하고 호통을 치셨다. 할 수 없이 법당 안으로 쫓겨 다시 들어왔다. 그땐 솔직히 스님이 원망스러웠다. 잘하면 아가씨와 데이트도 할 수가 있었는데 말이다.

이튿날 요사채에서 아침밥을 먹는 자리에서 노장 스님이 지난밤에 어딜 가려고 했느냐, 물었다. 그래서 그 아가씨들 이야길 했더니

"그건 네 마음이 어두워서 만들어 낸 귀신이야, 작년에도 한 학생이 법당에서 공부를 하다 밤에 밖에 나갔다가 절벽에서 떨어져 죽었어. 네 마음이 밝으면 그런 데 혹하지 않아."

하고 말씀하셨다.

당시에 아빠가 경험한 그 이야기의 진위는 지금도 궁금하다. 귀신

이었을까, 환청이었을까? 아니면 또 다른 초자연적인 현상? 그 무엇보다 분명한 것은 그 웃음소리를 들었던 당시의 청년이 지금은 노인이 되어 그때의 이야기를 훈요로 남기는 데 있다. 당시 노장 스님이 아빠에게 하신 말씀은

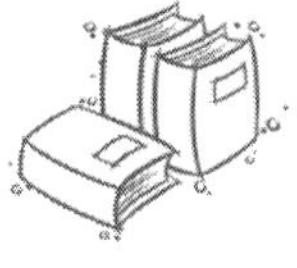

"네 마음이 어두우면 귀신이 되고 네 마음이 밝으면 청정한 정신이 된다."였다.

아들아, 노장 스님이 남기신 이 한마디의 말씀은 50년 세월이 지난 지금까지도 썩지 않고 남아 아빠의 귓가를 맴돌고 있다.

아침에 동사무소 2층 헬스장에 가 혼자서 운동을 하고 있는데 초등학교 3학년 학생 4명이 들어왔다.

"야, 자전거다. 타라."

1명은 자전거를 타고 1명은 달리기, 또 다른 1명은 근육 운동에 매달리자 순식간에 헬스장은 "쿵, 꽝!" 하는 요란한 소리로 가득 찼다.

"야, 고것밖에 몬 달리나."

러닝머신을 타고 있는 친구 뒤에 또 다른 녀석이 잽싸게 발판에 뛰어오르자 2명이 속도를 9로 높여 장난을 치며 함께 뛰기 시작했다. 아이들과 노인이 달리기를 할 때 차이점이 무엇인 줄 아니? 아이들은 발끝으로 달리고 노인은 발뒤꿈치로 뛴다.

3명 중 한 녀석은 여자애들처럼 머리를 길게 길러 파마를 했다. 또 다른 녀석은 스포츠머리를 했다. 그런데 4명 중에 한 아이는 또래에 비해 과체중으로 혼자서 헬스장 의자에 앉아 가만히 친구들이 놀고 있는 모습을 지켜만 보고 있었다.

"애, 넌 왜 운동 안 하니?"

하고 말하자

"동훈이요? 저 새끼는요, 돼지처럼 처먹기만 하고 공부만 해요. 핵핵핵……."

달리기하던 머리를 짧게 깎은 녀석이 뛰면서 말을 했다.

초등학교 3학년 남자아이에게 가장 큰 벌이 무엇인 줄 아니? 꼼짝 못하게 그 자리에 가만히 세워 두는 것이다. 저 나이 또래의 남자애들은 몸에 에너지가 넘쳐흘러 감당을 하지 못한다. 그래서 뛰고 달리고 치고받고 해야 그 에너지가 제대로 발산이 되고 몸이 건강해진다.

너에게 묻겠다. 네 아들이 반에서 공부는 1등을 하는데 몸이 병약한 학생이 되기를 바라니, 아니면 공부는 중간 정도 하고 몸과 마음이 건강한 학생이 되기를 바라니?

이 질문은 네가 고등학교 2학년 너의 담임선생님을 만났을 당시 아빠가 한 이야기였다. 아빠는 공부 잘하는 것보다는 건강한 아들이 되기를 원했다. 아빠가 그렇게 생각하는 이유는 이러하다. 몸이 건강한 아이들은 공부는 조금 뒤떨어져도 대학이나 취업시험 준비를 할 때 또래에 비해 정신력이 강하고 지구력이 뛰어나다.

초등학교에서 아무리 공부를 잘해도 대학을 졸업하고 정말 생존을 위한 취업공부를 할 때 과체중으로 체력이 약해 공부를 제대로 하지 못한다면 아무 소용이 없다. 남자는 꼭 공부를 해야 할 필요가 있을 때 그걸 할 수 있는 힘과 능력이 있어야 한다.

지금 저 3명의 아이들이 헬스장 운동기구 위에서 마음 놓고 뛰놀며 장난을 칠 때 그 옆 의자에 앉아 친구들이 노는 모습을 멍하니 구경만 하고 있는 저 아이를 봐라.

그 아이는 공부는 잘할지 몰라도 나중에 정말 생존을 위한 공부가 필요할 때 또래의 경쟁자들에 비해 체력과 지구력이 떨어져 패배자가 된다.

그 이유는 이러하다. 남자는 한 가지 일을 경험하지 못하면 한 가지 지혜를 취득하지 못하기 때문이다. 지금 저 또래 아동들은 달리기를 하다가 엎어져 무릎이 까져야 이다음 더 큰 사고를 미연에 방지하는 지혜를 얻게 된다. 저 또래 아이들이 경험하는 매사가 모두 그러하다. 그런데 만일에 네 아이들에게 학교, 학원, 아파트, 인스턴트식품, 과체중, 자가용 등교, 과보호를 자꾸 하다 보면 그 애는 지금 의자에 가만히 앉아서 구경만 하고 있는 저 아이처럼 스스로 살아갈 수 있는 자생력을 잃게 된다.

그리고 야생의 들판에서 먹이 사냥을 위해 홀로서기를 했을 때 냉

혹한 동물의 세계에 적응을 하지 못하고 도태가 되고 만다.

한생을 모두 경험한 아빠는 헬스장에서 운동을 하고 있는 아이들을 바라보며 그 아이들의 미래를 걱정하면서 점을 치고 있다.

아들아, 네 자식들을 너무 과보호하지 마라. 어차피 그 애도 성장을 하면 새둥지를 떠나 더 넓은 세계로 날아가서 험한 세파를 헤쳐 가며 살아야 한다. 그 애가 네 품 안에 있을 때 한 가지라도 더 배우고 경험하게 해라. 그렇게 해야 한 가지라도 더 많은 삶의 지혜를 얻게 된다. 그것이 실패한 경험이 되더라도 그렇게 해야 한다. 어린 시절에 실패한 경험은 한 가지 새로운 지혜를 배우는 교육이 된다. 그러나 저 아이가 성인이 되었을 때 실패한 경험은 지혜를 터득하기 전에 그것을 만회할 기회조차 없게 만든다.

아빠가 이 훈요에서 너에게 남기고 싶은 말의 핵심은 네 자식들은 과거에 사는 사람들이 아니라 미래에 살 사람들이다. 과거의 지식, 과거의 교육 방식에 얽매여 너무 과보호하지 마라. 네 아이들은 미래에 적합한, 미래를 사는 데 필요한 창의적인 지식을 배우고 습득하게 해라. 그렇게 해야 개똥밭에서 인물이 난다. 온상에서 자란 아이들은 절대로 큰 인물이 되지 못한다. 개똥밭에서 넘어지고 엎어지며 무릎이 까진 아이들은 실패에 대한 두려움이 없다. 그래서 한 나라의 지도자가 되고 세계를 지배하는 리더가 된다.

관(棺)에 들어가는 소

담배 끌 필요가 없다. 피워도 돼. 넌 아빠가 방 안에 들어가니 서둘러 담뱃불을 껐다. 꼭 그렇게 할 필요는 없다. 우리나라는 아직도 서양 영화처럼 부자지간에 맞담배를 피우지 않는다.

아빠는 네게 굳이 담배를 끊으라고 권유는 않겠다. 그러나 이걸 알고 담배를 피워라. 아빠는 10년간 피우던 담배를 너를 낳던 해에 끊었다. 특별히 끊어야 할 이유는 없었고 담배가 싫어지는 계기는 있었다.

그때가 여름방학 때였다. 학교를 가기 위해 울진행 완행버스를 탔는데 마침 장날이라 버스가 만원이었다. 당시는 지금처럼 도로가 포장되지 않았다. 비포장도로를 버스가 달리니 열어 놓은 창문으로 누런 흙먼지가 자욱하게 들어왔다.

옆 좌석 창문가에는 70대의 촌로가 타고 있었는데 더위에 속이 타는지 담배 한 개비를 꺼내 불을 붙이며 깊숙이 빨아들였다. 8월의 더운 열기와 자욱한 먼지, 콩나물 승객들의 체온, 탁한 분진과 공기.

창가에 앉은 그분께서는 담배 연기를 입속으로 깊숙이 빨아들였다가 누런 흙먼지 속에 파란 연기를 길게 내뿜었다. 그때마다 버스 속에 누런 흙먼지와 분진, 그리고 온갖 것들이 그분의 콧속으로 들어가 폐를 가득 채웠다가 다시 밖으로 나왔다.

무심히 옆 좌석에 앉아 담배를 피우는 그분의 모습을 지켜보다가 문득 이런 생각이 들었다. 내가 지금 이 자리에서 담배를 꺼내 피운다면 저렇게 되겠구나. 그때부터 담배가 싫어졌다.

담배 농사를 어떻게 짓는 줄 아니? 봄에 담배 모종을 심고 키워서 여름에 담뱃잎을 딴다. 그 잎을 건조장 줄에 엮어 매달아 다시 불에 찐다. 그렇게 하면 파란 담뱃잎이 누렇게 변한다. 그런 복잡한 과정 중에 담뱃잎을 세척하거나 물에 씻는 과정은 없다. 담뱃잎을 쪄서 건조하는 과정에도 잎에 묻은 농약을 세척하는 과정도 없다.

그래서 담뱃잎에 살포된 농약이 그대로 묻어 있지. 그렇게 건조한 담뱃잎은 다시 묶어 가을에 생산조합에 납품한다.

담배는 고추와 달리 목돈을 손에 쥐게 된다. 파란 담뱃잎을 딸 때 긴 소매 옷을 입지 않으면 잎을 딸 때 나오는 하얀 진액이 살갗에 닿아 피부 알레르기를 일으킨다. 담뱃잎이 그렇게 독하다.

아빠가 여기서 네게 일러두고 싶은 말이 있다. 지금 네가 피우고 있는 담뱃잎이 건조될 때까지 살충제 농약을 몇 번을 쳐야 되는 줄 아니? 담배벌레는 엄지손가락보다도 더 굵고 크다. 그런데 약을 치지 않으면 엄청나게 먹어치워 잎을 너덜너덜한 걸레로 만들어 놓는다. 담뱃잎을 상품 가치가 없도록 만든다. 그래서 살충제를 자주 쳐야 한다. 만약에 한 번만이라도 담배에 농약을 치는 모습을 봤더라면 너는 그 자리에서 당장 담배를 끊을 것이다.

하얀 살충제를 듬뿍 뒤집어쓴 그 잎사귀의 연기를 귀중한 네 폐 속에 가득 채웠다가 다시 내뱉는다고 생각해 보렴. 그럼 생각이 달라질 것이다. 네가 아침에 먹은 배춧잎은 농약을 쳐도 잘 씻어서 먹으면 되지만 담뱃잎은 세척의 과정을 거치지 않고 만들어진다. 사람들은 농약이 잔뜩 묻은 담뱃잎을 태워 생긴 연기를 그대로 마신다. 그렇게 하니 왜 폐암에 걸리지 않겠니? 그것은 마치 어리석은 사람이 자동차 엔진 배출구에서 나오는 매연을 자기 폐에 깊숙이 흡입하는 것과 같다. 마치 제 발로 도살장을 찾아가는 소와 같지 않니?

아들아, 지금부터 3분간 숨을 멈추고 있어 보렴. 넌 당장 죽을 것만 같을 것이다. 사람은 3분만 호흡을 하지 않아도 죽는다. 네 몸의 장기 중에서 가장 중요한 폐가 그 역할을 담당한다.

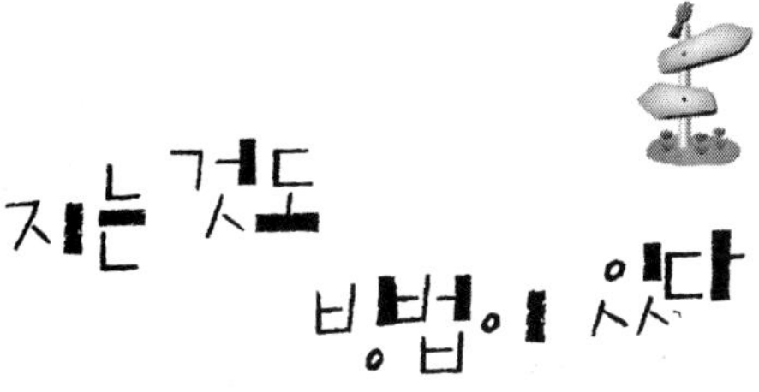

네가 어릴 때 우리 집 거실에 걸려 있던 '유지자사의성(有志者事意成)' 이라는 액자 기억나니? 아빠가 우리 집 가훈이라고 말했지. 이 말은 삼국지에 나오는 제갈공명이 한 말이다. 직역을 하면 '뜻을 가진 자는 반드시 이룬다.' 라는 의미를 가지고 있다.

그러나 아빠가 '유지자사의성'을 가훈으로 정할 때에는 다른 의미도 있었다. 사람은 아무리 좋은 뜻을 가지고 있어도 노력만으로는 안 된다. 시운이 따라 줘야 한다. 그래서 "사람은 노력을 하고 뜻은 하늘이 이룬다."고 제갈량은 말했다. 노력과 인력만으로 안 되는 일도 있다는 것이다.

135

사람은 평생을 살다 보면 실패도 하고 경쟁에서 질 때도 있다. 일생 동안 네가 하는 일이 잘되고 성공할 수만은 없다. 사업을 하다 보면 망할 때도 있고 경쟁에서 패할 수도 있다. 그러나 애야, 경쟁에서 지는 것도 방법이 있다. 자기가 하는 일이 성공하고 번창할 때는 걱정이 없다. 그러나 실패했을 때는 견디기가 어렵다. 그래서 오늘은 지는 방법에 대해 너에게 훈요를 남긴다.

아들아, 네가 시도하던 일이 실패를 했을 때, 그때부터는 지는 방법이 아주 중요하다. 패배도 잘못하면 영원히 다시 재기할 수가 없기 때문이다.

조부님(너의 증조부님)께서는 평소 남자는 한 번 넘어지면 15년 안에는 다시 일어날 수가 없다고 자주 말씀하셨다. 아빠는 살아오면서 왜 조부님께서 하필 15년이라는 기간을 그렇게 정해서 말씀하셨는지 궁금하게 생각했다. 그러나 아빠가 그 일을 겪고 나서 조부님의 깊은 뜻을 이해할 수가 있었다.

사람은 평생을 살다 보면 한 번쯤은 큰 위기를 맞게 된다. 사업을 하든 직장생활을 하든 한 번은 목숨이 위태로울 정도의 위기를 맞게 된다. 그때를 잘 넘겨야 한다. 내게는 그런 일이 절대로 없다고 생각하지 마라. 그런 사람이 있다면 아빠는 그 사람이 가장 어리석은 사람이라고 생각한다. 지금처럼 불확실한 시대에 살면서 뭘 믿고 그렇게 큰소리를 치겠니?

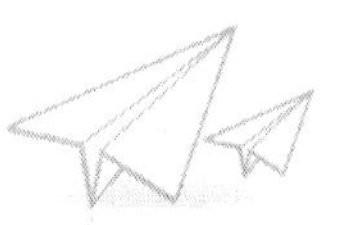

이젠 누구나 그런 위험 요소들을 안고 살아간다. 그래서 아빠는 세상을 겸손하고 하심(下心)하는 마음으로 살아가라고 말하는 것이다.

애야, 평생을 살다가 네가 졌다는 생각이 들거든 이렇게 마음을 가져라.

첫째, '나만 왜?'라고 생각하지 마라. 이젠 누구나 그런 일을 당할 수가 있는 시대에 살고 있다. 나도 거기에 포함되었을 뿐이다.

둘째, 내가 패배한 것은 상대방 때문이 아니라 '나' 때문이라고 생각을 해라. 사람은 그럴 경우 책임을 상대방 탓으로 돌리는 습성을 가지고 있다. 그렇게 생각을 하면 분별심이 생겨 자기를 정확하게 볼 수가 없다. 자기를 정확하게 보지 못하면 나쁜 인[原因]이 더 겹쳐 재기하기가 점점 더 어려워진다. 겹경사는 드물다. 그러나 불행은 언제나 엎친 데 또다시 덮친다.

아빠가 그렇게 말하는 이유는 네가 있기에 패배도 있는 것이기 때문이다. 만일 네가 이 세상에서 죽고 없어져 봐라, 패배도 경쟁도 없다. 네가 살아 있기 때문에 그런 것도 있는 것이다. 그런데 못난 사람들은 패배의 원인을 남의 탓으로 돌리며 원망만 한다. 그런 사람들은 결코 재기할 수가 없다.

셋째, 경쟁에서 패배하거나 졌다는 생각이 들거든 절대로 새로운 것을 급하게 시도하지 마라. 패자의 마음으로 새로운 것을 시도하면 조급한 마음 때문에 판단에 착오를 일으켜 실패하기 쉽다.

넷째, 살고 있는 집을 담보로 돈을 빌려 사업을 하지 마라. 조부님께서는 그 이유를 이렇게 설명하셨다. 사람이 자기가 살고 있는 둥지를 담보로 돈을 빌려 사업을 하다 보면 밤에 집에서 잠을 잘 때마다 조급한 마음이 생겨 일에 실패하기가 쉽다.

조부님께서 남자는 한 번 엎어지면 다시 일어서는 데 15년이 걸린다고 말씀하신 뜻은 이러했다. 실패의 원인을 남의 탓으로 돌리지 말고 자숙하며 다시 재기할 수 있는 때를 기다리라는 의미였다. 바로 선지식들이 남긴 이 한마디 경계의 말 속에 그 모든 게 들어 있었다.

진성심심극미묘(眞性甚深極微妙)

(참된 성품은 깊고 깊어 지극히 미묘하나)

불수자성수연성(不守自性隨緣成)

(자기 성품 지키지 않고 인연 따라 이루더라)

사람은 평생을 살다 보면 경쟁에서 지기도 하고 이기기도 한다. 인생 전체를 두고 보면 영원한 승자도 없고 영원한 패자도 없다. 현자와 우둔한 자의 차이점은 현자는 이걸 알고 우둔한 자는 이걸 모른다는 것뿐이다.

아들아, 경쟁에서 질 때도 지는 방법이 있다. 패배에서 지는 방법이 나쁘면 다시 재기할 수 있는 기회는 없다.

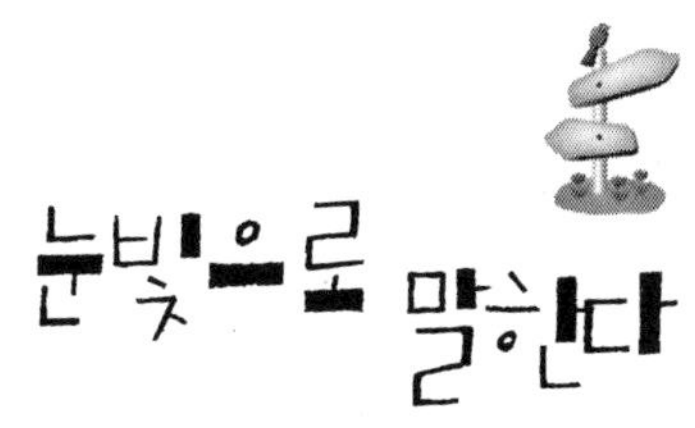

새벽에 잠이 깨서 이 글을 쓴다. 나이가 들면 새벽잠이 없어진다는 말이 맞는 것 같다. 옛 어른들 말씀에 동지를 지나 열흘이 지나가면 해가 바늘 길이만큼 길어진다고 하였다. 그래서 그런지 해가 조금 일찍 뜨는 것 같다.

지난밤에 엄마와 TV 연속극을 보고 있는데 갈증이 나는 걸 참고 있었다. 그런데 엄마가 부엌으로 나가더니 식혜를 한 그릇 떠 가지고 왔다. 목이 마르던 참에 달게 마셨다.

"목마른 걸 어떻게 알았노?"

"당신 눈빛만 보면 알지."

이젠 눈빛만 마주쳐도 엄마는 아빠의 생각을 알며 마음을 읽는다. 부부란 그렇다. 말을 안 해도 서로 상대방의 눈빛만 봐도 마음을 읽고 단번에 알아차린다. 매일같이 한 이불 속에서 잠을 자는 부부는 오랜 세월이 지나가면 일심동체가 된다.

만일 아빠가 다른 여자를 사귄다면 엄마는 단번에 알아차린다. 어떻게 아냐고? 일심동체(一心同體)의 부부니까 안다. 결혼 생활 50년을 한 노인 부부에게 물어보렴. 그분들은 말이 필요 없다. 마음으로 서로 상대방에게 말을 한다.

요즘 결혼을 한 3쌍의 부부 중 1쌍이 이혼을 한다. 사랑할 때는 서로 좋아 결혼을 했고 싫어지면 미워하며 헤어진다. 여러 사람들의 축복을 받으며 한 결혼이, 도리어 이혼의 원인이 된다. 그리고 그 원인이 서로의 탓이라고 비방을 하며 인연을 복잡하게 만들고 있다.

이 세상의 이치는 만나면 헤어지고, 만들어 놓은 것은 언젠가는 부서지기 마련이다. 그러나 낯선 타인끼리 만나 평생을 쌓은 부부간의 정은 다르다. 눈빛 하나로 상대방의 마음을 읽는 부부도 마음 한 번 돌리면 남이 된다. 그만큼 서로를 잘 알기 때문에 증오 또한 남다르다. 그래서 부부는 서로 신의를 지키고 신뢰를 쌓아 가야 한다.

남녀가 처음 만나 젊은 시절에는 사랑으로 살고 중년에는 자식 때문에 살고 노년에는 정으로 산다. 요즘 세상에는 너무 쉽게 이혼을 하더라만 서로 믿고 인내하며 결혼 생활 30년을 해 봐라. 그땐 젊은 시절에 의심하고 질투하며 다투었던 일들이 모두 한바탕 짧은 꿈인 것을 알게 된다.

그리고 그때 왜 그런 어리석은 짓을 했는지 웃음만 나올 뿐이다. 그런 나이가 되면 부부간에 그 잘난 자존심도 필요가 없게 된다.

아들아, 네가 살아가야 할 앞으로의 세상은 부부가 서로 신의를 지키며 살아가기가 점점 더 힘들어질 것이다. 그러나 부부가 서로 흉금을 털어놓고 결혼 생활을 오래하다 보면 가장 가까운 사람이 되고 그때는 눈빛으로 말하는 사이가 된다.

유름하라

밤 9시 뉴스를 보니 휘발유 값이 리터당 1,900원으로 올랐다. 밀가루 값이 50% 뛰어올라 관련 제품과 라면 값도 오른다고 한다.

"여보. 내일 라면 좀 사지."

무심코 엄마에게 그렇게 말했다.

"라면이 아직 남았는데 또 사요?"

엄마는 라면 사는 일이 마음에 내키지 않은 모양이다. 그래도 아빠 생각에는 휘발유 값이 오르면 승용차를 타지 않으면 된다. 그러나 비상식량 라면은 꼭 필요하다는 생각이 들었다.

갑자기 조부님 생각이 났다. 아빠가 어린 시절 조부님께서는 "남자는 유름성이 있어야 한다."고 자주 말씀하셨다. 또 "미리 유름을 해 두어야지." 하고 말씀하셨다. 조부님이 '유름' 이라고 말씀하시는 뜻을 아빠는 '준비성 혹은 미래에 대한 대비성' 이라고 생각했다. 그 말씀을 잊지 않고 1972년 연탄파동이 있었을 때는 미리 연탄을 비축해 두었다. 그래서 11식구 대가족이 혹한의 월동기간을 무사히 넘길 수가 있었다. 하여 아빠는 평생을 살면서 조부님이 유름이라고 어릴 때 말씀하신 뜻이 어떤 일에 미리 대비하여 준비하는 것이라고 생각하며 살아왔다.

기억나니? 너희가 어린 시절 태풍이 올라오면 아빠가 배낭에 비상식량을 챙기고 너희를 대피시키려 준비하던 모습을 말이다.

그때 너희는 아빠가 불필요한 일을 한다고 불평을 했지. 그러나 아빠의 입장에서 너희는 어리고 미리 그렇게 준비를 하지 않으면 갑자기 닥치는 재난을 피할 수가 없다고 생각했다. 그렇게 해서 우리 집은 여름철에는 연탄을 비축했고 겨울철에는 선풍기를 샀다.

난세에 서민들이 살아남는 방법이 무엇인 줄 아니? 어떤 사안에 대해 미리 대비하고 준비를 하는 것이다. 이것은 바로 서민들이 살아남기 위한 만고불변의 진리인 유비무환, 즉 아빠가 말하는 '유름의 법칙' 이다.

정부가 사재기를 한다고 아무리 만류를 해도 서민들은 그 말을 믿지 않는다. 당신들이 앞일을 예측하고 원유 구입정책을 미리 세우고 유름하였더라면 휘발유 값이 이렇게까지 폭등하지 않았을 것이다. 국제 곡물시장에서 밀가루 값 폭등을 미리 예상하고 유름을 하였더라면 라면 값이 이렇게까지 오르지 않을 것이라고 생각을 한다. 그래서 정부의 정책을 믿지 않는다.

당신들은 돈이 많아 사재기를 할 필요가 없지만 우린 가난하니 미리 유름을 해야 한다. 이것이 서민들이 살아남는 유일한 방법이기 때문이다. 이것은 정부가 신뢰성을 잃었기 때문이다. 요즘 농촌사람들은 정부의 정책과 반대로 하면 살아남는다고 생각한다. 농민들은 정부에서 소를 키우지 말라고 하면 육우를 하고 양파를 심지 말라고 하면 양파를 심는다. 그 이유는 정부가 지금까지 영농지도를 한 것이 전부 실패했기 때문이다. 정부의 영농지도를 믿고 따랐던 농가는 모두 빚더미에 올라 있기 때문이다.

지난밤 아빠가 엄마에게 라면을 좀 사자고 했더니 엄마는 반대를 하셨다. 돈만 있으면 바로 옆 홈플러스에 가서 사면 된다고 했다. 그러나 아빠의 생각은 조금 다르다. 농촌에서도 지금은 중국 도라지를 먹는다. 땅콩도 중국 것을 사 먹는다. 중국이 수출을 중단하면 3일 내에 우리 집 밥상에는 도라지가 없어질 것이다. 글로벌 시대에 가장 큰 특징은 자국의 필수적인 생필품을 타국의 수출에 너무 의존하는 데 있다. 만일 기상재해로 수출을 중단하면 우리는 바로 생필품에 중대한 타격을 받는다.

이 글을 쓰다가 뉴스를 들으니 중국이 곡물의 수출을 중단한다고 발표했다. 그래서 국제곡물 시장에서 가격이 폭등하고 있다고 한다. 아버지가 걱정하던 일이 현실로 다가온 것 같다. 중국이 경제성장으로 소비수준이 높아지면 자국민을 위해 농산물의 수출을 중단해야 한다.

그렇게 되면 대다수 농산물을 중국에서 수입하고 있는 우리 입장에서는 큰 타격을 받게 된다. 가까운 장래에 중국 사람들의 소득수준이 높아지면 우리 밥상에는 큰 문제가 생길 것이다.

평소 아빠는 사람들이 음식물을 아끼지 않고 함부로 버리는 걸 볼 때마다 소름이 끼쳤다. 반쯤 먹은 하얀 쌀밥을 그냥 버리는 걸 볼 때마다 두려움을 느꼈다.

너에게 주는 이 훈요를 쓰면서 어릴 때 조부님이 그렇게 강조하셨던 '유름'이라는 말의 바른 뜻이 무엇인지, 국어사전을 찾아봤더니 사전에는 그런 단어가 없었다. '유름'이란 말은 안동지역의 반가 사람들이 쓰던 말인 것 같다. 조부님이 이송촌(二松村) 출신이니 그런 생각이 든다.

아들아, 난세에 서민들이 살아남는 방법은 오직 유름뿐이다. 부자들보다 한 걸음 앞서 식량을 유름하고 연료를 준비하여 앞일을 대비해라. 돈이 없으면 앞일을 먼저 내다보는 그런 눈이라도 있어야 살아남는다.

요즘 젊은 사람들은 앞일에 대해 너무 유름을 하지 않는 것 같다. 너는 조부님이 남기신 소중한 교훈인 '유름'을 잊지 말고 살아야 한다.

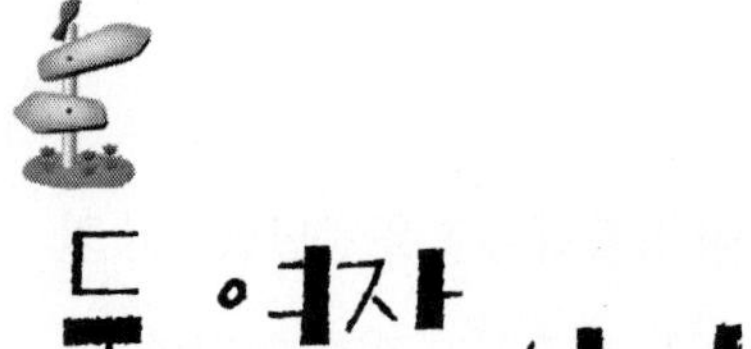

아빠의 외삼촌은 중학교에서 교감으로 계시다가 순직하셨다. 외아들이었는데 참 미남이셨다. 그래서 여자들에게 인기가 좋았다. 외조모님께서는 안동 권씨 가문의 반가 출신으로 법도가 반듯하였다.

일찍 홀로 되신 외조모님께서는 자식 사랑이 대단하였다. 외삼촌께서도 효자이셨다. 외숙모도 외삼촌을 무척 사랑하셨고 두 분은 금슬이 아주 좋았다. 그런데 언제부턴가 외삼촌께서 과음을 하시기 시작하였다. 그땐 외삼촌께서 왜 과음을 하시는지 몰랐다. 할머니께서는 하나뿐인 외삼촌께 무척 집착을 하였다. 그런데 외숙모도 그러신 것 같았다.

두 분 모두 성품이 좋으시고 하자가 없으셨는데 언제부턴가 아들과 남편을 사이에 두고 관계가 나빠졌다. 외삼촌은 무척 괴로워하셨고 결국 일찍 타계를 하였다. 두 여자의 다툼 속에서 외삼촌은 어머니 편을 들어야 했겠니, 아니면 아내 편을 들어야 했겠니? 결국 괴로운 마음을 술로 달래다 돌아가시고 말았다. 아빠에게는 모두 어제 일 같다.

외할머니, 외삼촌, 외숙모, 모두에게 아빠는 신세를 참 많이 졌는데 갚을 길이 없다.

어제 저녁 식탁에서 할머니와 엄마가 다투었다. 할머니는 왜 된장을 냉장고에 넣지 않아 쉬게 했냐고 엄마에게 꾸중을 하셨고 엄마는 방금 된장을 냉장고에서 꺼냈는데 쉬었다고 대꾸를 했다.

아빠도 조금 전에 엄마가 냉장고에서 된장을 꺼내는 걸 봤다. 그런데 아빠는 아무 말도 하지 않았다. 왜 그랬는 줄 아니?

아빠가 만일 된장을 꺼내는 걸 봤다고 말하면 할머니는 아빠가 제 마누라 편을 든다고 생각하시며 더 마음이 상하실 것이다. 그리고 엄마와 사이가 더 나빠지고 두 사람의 관계는 더 멀어진다. 반대로 아빠가 아무 말도 하지 않으면 두 사람은 더 이상 다투지 않게 된다.

나중에 엄마가 왜 냉장고에서 된장 그릇을 꺼내는 걸 봤으면서 아무 말도 하지 않았느냐고 따지고 들면, 그때는 내가 두 눈으로 모두 봤는데 무슨 말이 더 필요하냐고 대답을 하면 된다.

어머니와 아내가 다투거든 누구 편도 들지 마라. 아내 편을 들면 두 사람 사이가 더 벌어진다. 이 경우 어머니 편을 들어도 마찬가지다. 그 땐 승용차를 타고 슬며시 집을 나와 자정이 지나도록 놀다가 늦게 귀 가해라. 그럼 아내와 어머니는 네가 집을 나가 밤이 늦도록 귀가하지 않자 걱정하며 자지 않고 기다릴 것이다. 그때 네가 슬며시 나타나면 언제 말다툼했냐는 듯 사이좋게 맞아 줄 것이다.

여자들은 남자들과 달리 작고 사소한 일에도 시비가 생기며 다투게 된다. 그 싸움에 말려들면 결국 너만 불행해진다. 작은 일로 원수처럼 다투던 고부간도 그보다 더 큰 일이 생기면 언제 그랬냐는 듯 힘을 합 쳐 외부 세력에 대항하는 것이 여자들의 특성이다.

어머니와 아내, 어느 한쪽 편을 들어 고부간의 싸움에 끼어들지 마 라. 그럼 너만 괴롭게 된다. 언제나 두 사람의 사이가 좋아지도록 중간 역할을 잘하여라. 그런 경우 선의의 거짓말도 필요하다. 때로는 상대 편이 칭찬하더라고 말해 봐라. 그럼 정말 그랬느냐며 좋아할 것이다.

이젠 핵가족 시대가 되어 아빠처럼 어머니를 모시고 살 일도 없겠 지만 그 원리는 떨어져 살아도 마찬가지이다. 대다수 가정에서 고부간 에 사이가 좋아지고 나빠지는 것은 그 중간 자리에 서 있는 남편과 아 들인 네 처신에 달려 있다. 아내가 어머니에 대해 험담을 하거든 못 들 은 척하고 동조하지 마라. 그럼 재미가 없어 더 이상 하지 않는다. 어 머니도 마찬가지이다.

아들아, 아내와 어머니는 남편과 아들에게 평소 상대편에 대해 느끼고 생각했던 사소한 감정들을 자기와 가장 가까운 너에게 호소하는 것뿐이다. 그걸 네가 심각하게 받아들여 옳고 그른 것을 밝히고 시비를 가리려 들면 더 큰 문제가 생길 것이다. 그냥 웃으며 받아 주면 된다.

말(言)을 가장 잘하는 법

TV에 출연을 한 변호사 출신의 국가 지도자가 1시간 동안 국민을 상대로 정부 정책을 설명하면서 자기가 의도한 원고의 20% 밖에 말을 하지 못했다며 안타까워했다.

그분은 평소 말을 많이 하시는 분으로 토론이나 포럼으로 다른 사람들을 설득하는 데 뛰어난 재능을 가지고 있다는 평을 듣는 사람이었다. 그리고 말을 많이 하는 분이었다.

말이 많은 사람은 가볍고 책임감이 없는 사람들이다. 그런 사람들은 믿을 사람이 못 된다. 너도 평소 말을 많이 한다. 사람은 평소에 세 가지 방법으로 다른 사람들을 해친다.

말로, 몸으로, 뜻으로 다른 사람을 상하게 한다. 그중에서도 말이 가장 사람을 많이 상하게 한다. 앞에서도 말한 바가 있다만 의처증 환자가 밤마다 멀쩡한 그 부인을 "너 외도했지, 했지?" 하고 자꾸 다그치면 그의 아내는 스트레스를 받아 암에 걸려 죽게 된다. 말이 바로 독이 되어 사람을 죽인다. 또 의처증 환자가 속으로 오늘은 자기 부인이 외도를 했다는 자백을 꼭 받아내야지, 하고 마음을 먹고 "너 외도했지." 하고 말하며 따귀라도 한 대 때리면 그는 세 가지 방법, 즉 몸(손)과 입(말)과 뜻(마음)으로 자기 부인을 해친 것이 된다.

그래서 옛 어른들은 말이 씨앗이 된다고 했으며 똑같은 말을 하더라도 가려서 하라고 했다. 그 이유는 '말[言]은 썩지 않기 때문' 이다.

너도 말할 때 보니 '힘들다' 는 표현을 '죽겠다' 고 하더구나. 자꾸 '죽겠다' 고 말하다 보면 정말 죽을 일이 생기게 된다.

말을 가장 잘하는 방법이 무엇인 줄 아니? 말을 하지 않는 것이다. 그래서 선지식들이 묵언 수행을 한다. 그러나 사회생활을 하는 너는 말을 하지 않고 살 수는 없지 않느냐?

말을 잘하는 방법은 대화를 할 때 상대의 말을 들어 주며 고개를 끄덕끄덕하는 것이다. 상대방은 자기 의견에 동조 및 공감을 해 주는 것으로 받아들이고 있는 말, 없는 말을 모두 털어놓게 된다. 넌 그저 들어 주기만 하면 된다. 그러다가 간혹 "정말 그래!" 한마디만 하면 상대방은 자기 의견에 공감을

하는 것으로 생각하고 너를 믿게 된다.

그러나 남의 말을 들어 주는 일이 쉬운 것 같지? 쉽지 않다. 되먹지도 않은 상대방의 억지 말을 듣고서 고개만 끄덕끄덕하는 일도 자기 수행이 없으면 정말 어렵다. 인간이 스트레스를 푸는 방법 중에는 '말'이라는 도구가 있다. 사람은 말을 많이 해서 속에 쌓인 자기 스트레스를 풀고 일종의 쾌감을 느낀다.

"나쁜 놈, 개새끼!" 하고 욕을 해서 속에 맺힌 응어리를 푸는 것이다.

정신과 의사들이 무엇으로 먹고사는 줄 아니? 바로 환자들의 말을 들어 주며 먹고산다. 환자들의 말을 들어 주고 고개를 끄덕끄덕하며 받는 진료비가 시간당 얼마나 비싼 줄 아니? 알면 너도 깜짝 놀랄걸. 엄청나게 비싸다.

그럼 정신과 의사들은 환자들의 말을 듣고 받은 스트레스를 어떻게 푸는 줄 아니? 의사들 중에서 가장 술을 많이 마시는 사람들이 바로 정신과 의사들이다.

아들아, 말을 가장 잘하는 방법의 결론은 이러하다. 대화 상대자의 말 70%를 들어 주며 고개를 끄덕끄덕해 주고 넌 30%만 말을 하면 된다. 그럼 상대방은 너를 자기 편으로 생각하게 된다. 그게 가장 말을 잘하는 방법이다. 그중에서도 가장 말을 잘하는 사람은 말하기 전에 먼저 생각을 하고 남에게 해서는 안 되는 말은 절대로 하지 않는 사람들이다.

조금 전 서울에 사는 김 사장님한테 전화를 했는데

"선생님, 여긴 함박눈이 오는데 거기도 눈이 와요?"

하고 물었다.

아빠는 "여기도 눈이 와요." 하고 대답을 했다. 사실 이곳에는 눈이 오지 않고 비가 내리고 있었다. 그런데도 아빠는 그냥 눈이 온다고 대답을 했다. 이젠 아빠도 그런 걸 따지기가 싫어졌다.

비에 대해 말하니 갑자기 생각이 나는 일이 있다. 오늘은 아빠가 옛날 비가 오던 날에 있었던 사이다 병에 관한 이야기를 너에게 말해 주마.

아빠가 학교에서 퇴임하던 해, 3월로 기억이 된다. 정확하게는 3월

10일이었다. 당시 아빠는 흰색 에스페로 승용차를 타고 출근을 했는데 그날은 아침부터 가랑비가 내리고 있었다.

아빠의 승용차가 서천교를 건너 우회전하여 여중 앞에 이르자 우산을 쓴 여중생들과 맞은편 초등학교 학생들이 등교하느라 교문 앞 도로가 미어터질 듯 복잡하였다.

영주여중과 서부초등학교는 교문이 서로 마주 보고 있어 아침 등굣길에는 학교 앞 도로가 아주 복잡하고 혼잡스러웠다.

여중생 680명과 초등학생 600명이 7시 50분부터 8시 30분까지 불과 40분 사이에 모두 등교를 해야 하니 얼마나 복잡하겠니? 더구나 오늘처럼 비라도 오는 날은 시장처럼 번잡하고 시끄러웠다.

영주여중은 맞은편 초등학교보다 학교 부지가 2m 정도 높아 학교 앞 도로에서 좌회전을 하여 경사진 노면을 4m 정도 올라가야 교문 안으로 진입할 수가 있었다.

승용차로 출근을 할 때는 짧은 시간 안에 2개 학교의 많은 학생들이 등교를 하기 때문에 아주 조심을 해야 했다.

천천히 학생들 사이로 승용차를 몰고 좁은 교문 앞 경사로를 올라가기 시작하였다. 학생들은 등교를 하며 친구들과 떠드느라 뒤에 차가 올라가도 모른다. 이럴 때 경적이라도 울리면 애들이 화들짝 놀라 다치기가 쉽다. 그래서 아주 천천히 학생들 뒤를 따라가야 했다.

그런데 저건 뭐지? 사이다 병 깨진 것 아니냐?

승용차 창밖으로 학생들이 올라가는 교문 앞 경사로에 깨진 사이다 병 조각들이 흩어져 있는 것이 보였다. 어떤 학생들은 파란색 사이다 병의 날카로운 유리조각 파편을 밟으며 지나가기도 하고 또 다른 학생들은 비명을 지르며 피해서 지나가기도 했다. 당장 승용차를 세우고 칼날 같은 저 유리조각들을 치우고 싶었지만 차가 경사로를 올라가고 있어 그럴 수가 없었다.

그냥 지나쳐서 출근을 했다. 그리고 간편한 옷차림으로 갈아입고 서랍 속에 들어 있던 검정 비닐봉지를 꺼내 들고 유리 파편을 치우기 위해 중앙현관 앞을 지나 운동장으로 내려갔다.

운동장에 나오니 불과 10분 정도 사이에 학생들이 모두 교실로 들어가고 없었다. 어쩌다 늦은 학생들만이 동동걸음으로 교실로 달려가고 있었다. 어느새 가랑비는 그치고 하늘이 맑아져 있었다. 아빠는 국기게양대 앞을 지나 교문 쪽으로 걸어갔다. 교문은 이제 학생들이 모두 등교를 하고 텅 비어 있었다.

그런데 저건 또 뭐지? 교문 앞 경사로에 쪼그리고 앉아 있는 남자아이의 뒷모습이 보였다. 건너편 초등학교에 금년에 입학을 한 신입생 같았다.

병아리처럼 노란색 비옷을 입은 옆구리에 빨간색 우산을 끼고 등에는 책가방을 메고 있었다. 영락없이 신입생이었다. 그런데 도대체 저 애가 땅바닥에 쪼그리고 앉아 무엇을 하고 있지? 학교 가기 싫어 땡땡

이를 치고 있나?

　아빠는 궁금한 생각이 들어 슬며시 녀석의 등 뒤로 다가가 어깨 너머로 들여다보았다. 그런데 그 애는 고사리 같은 손바닥에 680명의 학생들이 치우지 않고 지나간 깨진 사이다 병 조각을 줍고 있었다.

　아빠는 모른 척하고 슬며시 다가가

　"너 뭐 하니, 학교 안 가고?"

　하고 물었더니 녀석은 뒤도 돌아보지 않고

　"유리조각이 있잖아요."

　하고 말했다.

　"학교 늦었잖아, 빨리 가야지."

　하며 손에 들고 있던 검정 비닐봉지를 내밀자 녀석은 손바닥에 들고 있던 사이다 병 조각들을 모두 털어 봉투 속에 넣었다. 그리고 자리에서 발딱 일어서며

　"안녕히 계세요."

　하고 꾸벅 인사를 했다.

　녀석은 깡충깡충 까치걸음으로 뛰며 텅 빈 저희 학교 교문 쪽으로 달려가고 있었다. 마치 한 마리의 노란 나비가 날아가는 것 같았다. 아빠는 아직도 그 애가 나를 쳐다보던 해맑은 눈동자를 잊을 수가 없다.

　아들아, 요즘 젊은이들은 다른 사람을 너무 배려하지 않는 것 같다.

함부로 보도 위에 껌을 뱉어 놓거나 대로변에 담배꽁초를 버려 놓는다.
너는 그런 사람이 되지는 마라. 아빠는 사람으로 태어나 남을 배려하는
그 철부지 꼬마의 아름다운 모습을 본 것만 해도 즐겁고 행복하다.

"**여보, 된장이** 좀 짠 것 같아."

"난 괜찮은데, 어머님은 어떠세요?"

"싱거운 것 같은데."

할머니와 아빠, 엄마, 셋이서 식사를 하는데 된장 맛이 전부 다르다고 말을 한다. 연세가 높으신 할머니는 근간에 들어 음식 맛이 자꾸만 싱겁다고 말씀하신다. 그런데 나는 음식이 짜게 느껴진다. 노인 셋이 사는 우리 '쓰리 옹'은 입맛이 제각기 다르다. 음식이 제 맛이 아닌 것 같다.

네가 어린 시절 우리 집 식탁은 가족들이 많아 앉을 자리가 없었다. 그래서 거실에 밥상을 차려 놓고 빙 둘러앉아 저녁을 먹었다. 그땐 삼촌, 고모, 너희 4남매까지 모두 11명의 대가족이 함께 모여 떠들썩하게 저녁밥을 먹었다. 항상 음식이 모자라 네 엄마가 쩔쩔매곤 하였다. 그런데 이젠 아무리 맛있는 음식을 만들어 놓아도 먹는 사람이 없다. 엄마는 음식을 먹을 사람이 없어 밥을 짓기가 싫다고 말했다.

가운(家運)이 왕성한 집은 가족들이 모두 함께 모여 식사를 한다. 요즘처럼 남편은 회사에서 밥을 먹고 아내는 모임에서 저녁을 먹고 아이는 학원을 갔다가 패스트푸드로 저녁을 때워서 가족 세 명이 한 달을 가도 함께 밥을 먹을 시간이 없다면 그 가족은 곧 해체가 될 게 뻔하다. 더구나 지금처럼 부부가 직장생활을 하는 경우에는 더욱 그러하다. 작금에 이르러 결혼을 한 부부 3쌍 중 1쌍이 이혼을 하는 이유가 여기에 있다. 그래서 되는 집안은 가족들이 모여 함께 식사를 한다는 말이 나오게 된 것이다.

사회생활을 할 때, 중요한 부탁을 하거나 청탁을 할 때면 우리 관습에는 반드시 식사를 함께하는 자리를 마련한다. 밥을 같이 먹는다는 것은 동물적인 동류의식을 갖게 한다. 그래서 가까운 사이니 청탁을 할 수가 있다. 가족관계에서도 마찬가지이다. 머리를 맞대고 가족들이 함께 모여 식사를 한다는 것은 혈연관계를 확인하는 자리가 된다.

그런데 부부간에 맞벌이를 핑계로, 또는 바쁘다는 구실로 가족들이 각자 흩어져 식사를 하거나 조기유학으로 부부가 떨어져 산다면 그 가정은 당연히 해체가 되기 마련이다.

근간에 부인과 자녀를 외국으로 유학 보내고 혼자서 사는 기러기 아빠가 의외로 많이 있다. 누굴 위해 자녀를 유학 보내니? 자녀를 위해? 천만의 말씀이다. 너는 자녀를 위한다는 핑계로 자기의 욕심을 합리화하려 한다.

그런 못난 짓은 하지 마라. 어차피 그 애는 한국 사회에서 경쟁을 하며 살아야 할 아이다. 그런 아이를 네 욕심으로 아내와 함께 외국으로 보낸다면 가정이 온전할 것 같으냐?

옛말에 "여자와 그릇은 외부로 나돌리면 깨진다."는 속담이 있다. 부부는 몸이 떠나 있으면 마음도 남이 된다.

낯선 외국에서 네 아내가 그 외로움을 혼자서 감당할 수 있을 것 같으냐? 국내에서 같이 살면서도 함께 식사를 하지 않으면 부부 사이가 멀어진다. 그런데도 너는 아내와 아들을 외국으로 조기 유학을 보낸다고? 못난 짓거리 하지 마라.

아들아, 명심해라. 잘되는 집은 아무리 바빠도 가족이 함께 모여 머리를 맞대고 식사를 한다. 아무리 너와 네 처가 맞벌이를 하는 부부이고 아이들이 학원에 다니느라 바쁘다고 하지만 하루 한 끼는 반드시 가족들이 함께 모여 식사를 해야 한다. 작고 사소한 문제 같지만 이건 가족의 개념에 관한 중요한 문제이다.

나이가 들어 세상을 살다 보니 별 희한한 일도 다 있다. 아버지의 옛 동료 중에 부부가 직장생활을 하는 사람이 있었다. 이젠 두 분 모두 정년퇴임을 하였다.

그런데 근간에 그 남편 되시는 분이 부인에게 이혼을 요구하였다. 이혼사유가 젊은 시절에 남편 되시는 분이 밤에 전화를 받았는데 어떤 남자분이 술이 취해 거나한 목소리로

"어이 송 여사, 빨리 나와, 한잔 더 하자고."

"집사람은 지금 자고 있는데요, 누구세요?"

"당신은 누구야?"

“남편입니다.”

“남편 좋아하네, 내가 당신보다 그 사람과 더 가까워. 우리 사이는 말이야. 끄윽…….”

하고 전화가 끊어졌다.

아버지가 그래서 그분에게 그게 이혼사유냐고 물어봤더니 또 있다고 했다. 한 번은 남편 되시는 분이 친구들과 고스톱을 치러 갔는데 그 자리에서 어떤 사람이 말하기를 송 과장이 직장 어떤 남자 동료와 가까운 사이라고 말했다.

남편 되는 사람은 그걸 지금까지 가슴속에 넣어 두고 혼자서 삭이며 살아왔는데 이젠 괴로워서 더 이상 참고 견딜 수가 없다며 이혼을 요구했다. 그 부인은 펄쩍 뛰면서 다 늙어 무슨 소리를 하느냐고, 놀라서 고민을 했다.

그 부인은 맏며느리로 3남매를 키워 필혼을 했으며 시부모가 타계할 때까지 모시고 병 수발을 하였다. 그런데 이제 와서 무슨 소리를 하느냐고 억울하다고 말했다. 그리고 그 현장을 본 사람이 있으면 말하라고 다그쳤다. 남편 되는 사람은 자기 눈으로 현장을 목격한 일도 없고 그 현장을 목격했다는 사람을 밝히지도 못했다. 그런데도 그 부인이 부정을 저질렀다며 이혼을 요구했다.

너는 이 사례를 어떻게 생각하니? 만일 네 처가 직장생활을 한다면 남자 동료 직원들과 회식 후 노래방에 가서 같이 춤을 추고 놀 수도 있다. 또 직장 동료가 술에 취해 밤늦게 집에 전화를 해서 그런 소리를 할 수도 있다. 네 처의 미모가 뛰어났다면 그런 오해의 소리를 더 많이 들을 수가 있다. 너도 남자들끼리 모이면 술자리에서 동료 여직원에 대해 루머 만들기를 좋아하지 않니?

아들아, 이 경우 너는 두 가지 가능성을 생각해 볼 수가 있다. 첫째는 네 아내가 자식을 양육하고 가사를 돌보면 된다. 그리고 직장생활을 하지 않으면 된다. 이 경우 너 혼자서 생계를 책임져야 하니 경제적으로 힘이 들겠지. 그러나 그걸 감수해야 한다.

둘째는 네 아내와 직장생활 하기로 합의를 했으면 그 모든 것을 감수하고 아내를 신뢰해야 한다. 설사 아내가 외간 남자와 같이 승용차를 타고 호텔에서 나오는 걸 봐도 설명할 수 있는 기회를 줘야 한다.

아내가 만일 그런 부정한 일은 없었다고 말하면 그 말을 믿어야 한다. 부인의 말을 믿지 못하고 혼자서 온갖 상상을 다 하면 그때부터 넌 의처증 환자가 된다. 만일 상사의 지시로 호텔 예약을 하기 위해 두 사람이 그곳에 갔다 왔다면 부인은 얼마나 억울하겠니?

만일 부인이 "그래 좋다, 이혼하자. 너 같은 의처증 환자와는 더 이상 살기 싫다."라고 하면 서로 남이 된다. 작금에 와서 많은 여성분들이 사회생활을 한다. 아버지 시대에는 자기 혼자 벌어서 살 수 있었지만 지금은 맞벌이를 해야 살 수가 있다. 그래서 본의 아니게 위 사례처럼 직장생활을 하는 부부간에 많은 오해의 소지가 생기게 되었다.

네 아내가 그런 일이 없다고 말을 하면 믿어야 한다. 그 이유는 이러하다. 아내는 10개월 동안 배가 아파 네 자식 셋을 낳아 주었다. 그리고 맏며느리로 시동생과 시누이를 성혼시켜 주었으며 늙은 시부모가 옷에 싼 똥을 치워 준 고마운 사람이다. 그리고 너를 위해 오늘 아침 밥을 지어 준 사람이다. 그런 사람의 말을 믿지 못하고 남의 뜬소문을 듣고 아내를 의심한다면 넌 그런 아내의 복을 까부는 소인배에 불과하다.

그 부인이 정말 좋다 이혼하자, 더 이상 너 같은 소인배와 같이 살기 싫다고 한다면 그땐 어떤 일이 생기는 줄 아니? 여자는 늙어서도 혼자서 살 수 있지만 남자는 노후에 혼자 살면 말로가 아주 비참하다.

아들아, 명심해라. 네 마음이 아내를 의심하는 어둠으로 가득 차면 그때부터 넌 의처증이라는 병에 걸린 환자가 된다. 그러나 네 마음이 아내를 믿고 신뢰하고 사랑하면 넌 진정한 지아비가 된다. 그리고 노후에는 아내로부터 대접을 받으며 편안하게 살게 될 것이다.

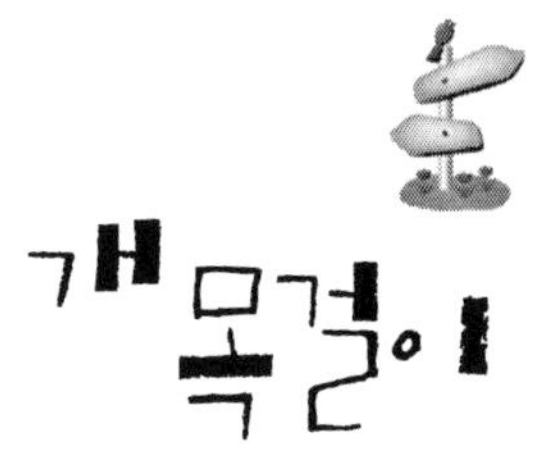

직장생활은 참 지겨웠다. 매일 똑같이 반복되는 생활에 어떤 때에는 마치 기계처럼 느껴질 때도 있었다.

아버지는 35년 동안 그렇게 직장생활을 했다. 아빠는 천성이 어떤 틀에 구속되는 것을 싫어하는 성품을 타고났다. 어린 시절부터 들판을 마음대로 뛰노는 그런 자유분방한 성격이었다. 그런데 세상은 마음대로 되지 않았다.

1년만 하겠다던 직장생활이 어느새 35년을 하고 퇴임을 했다.

청년 시절에는 아침에 출근을 할 때마다 목걸이에 걸려 억지로 질질 끌려가는 개처럼 느껴졌다. 아빠가 소설에 전념한 이유도 그런 굴

레에서 벗어나고 싶은 욕망 때문이었다.

어제 저녁 서가를 정돈하다 보니 아빠가 젊은 시절에 노트에다 습작을 한 '개 목걸이' 라는 단편이 있었다. 다시 한 번 읽어 보니 그 시절에는 직장생활의 구속 때문에 무척 고민을 많이 했던 것 같다.

장남인 아빠는 생계를 위해 직장생활을 시작했다. 그땐 직장 구하기가 지금처럼 어렵지 않았다. 그런데 엄마를 만나 결혼을 하고 너희들 4남매를 낳고 보니 개 목걸이는 더욱 조여 와 아빠의 자유를 구속했다.

그런데 직장생활을 오래하다 나이가 들어 보니 어느 날 문득 이런 생각이 들었다. 이 직장이 아니었다면 그 많은 동생들을 어떻게 공부시키고 성혼을 시켰으며 내 아이들을 어떻게 공부시켰겠는가? 그리고 한집 가장 노릇을 어떻게 했겠는가, 하는 생각이었다.

그런 생각이 들고부터는 목을 꼭 조이고 있던 개 목걸이는 사라지고 직장에 대해 한없이 고마운 생각이 들었다. 그래서 더욱 열심히 일을 했다

애야, 네가 지금하고 있는 직장(직업)을 소중하게 생각하고 고마워해라. 그 직장(직업)이 네 가족들을 먹여 살리고 그 직업이 네 가족들을 보호해 준다.

너, 한 사람이 고달픔을 이겨 내면 온 가족들이 모두 행복하고 즐겁게 산다. 네 처는 마음 편히 가사를 돌보고 아이들은 즐겁게 공부할 수가 있다.

남자로 태어나 목걸이에 걸린 개처럼 질질 끌려가며 살더라도 네 가족들이 즐겁고 행복하다면 한집 가장으로 그보다 더 큰 보람이 어디 있겠느냐?

사람은 일을 할 수가 있다는 것만 해도 행복하다. 인간에게 가장 무서운 형벌이 무엇인 줄 아니? 아무 일도 하지 않고 하루 세 끼 밥을 먹는 일이다.

아들아, 한생을 모두 살고 나서 아버지는 그 개 목걸이를 고마워하며 그리워한다. 지난밤 꿈속에서 출근 시간이 늦어 허둥대다 잠을 깼다. 그런데 이젠 더 이상 출근을 할 필요가 없다는 생각이 들어 다시 잠을 청했다.

꿈속에서라도 옛 직장에 다시 한 번 가 보고 싶다. 아빠의 젊음이 모두 그곳에 있었으니 말이다.

열흘이 묻힌다

어제 일 년에 한 번씩 만나는 고향마을 모임에서 아빠의 어릴 때 친구 김정태를 만났다. 정태는 초등학교 5학년 때 집이 가난하여 학교를 그만두었다.

정태 큰형이 준태라고 아주 똑똑한 사람이었다. 그는 5일마다 서는 인근지역의 장을 찾아다니는 장돌뱅이였다. 당시는 장사꾼들이 트럭에 사람과 물건을 함께 싣고 각 지방에 5일마다 서는 장터를 찾아 돌아다니며 물건을 팔았다.

그런데 그 트럭이 안동 가랫재에서 굴러 여러 사람들이 죽는 큰 사고가 있었다, 그때 준태 형도 같이 죽었다. 그 뒤부터 정태는 사람이 변하기 시작했다. 절도, 강도 등 마을에서 물건이 없어지면 그건 정태 소행이었다. 갓 스무 살에 정태는 범죄자로 낙인이 찍혀 고향을 등졌다.

그런 정태가 부산에서 건설 사업으로 큰돈을 벌었다. 그는 동네사람들을 모두 불러 잔치를 벌이고 마을 회관에도 3천만 원 상당의 비품을 구입해서 넣어 주었다. 냉장고, 에어컨, TV, 헬스 기구 등을 사 주었다. 그리고 마을 진입로 200미터를 사비를 들여 포장까지 해 주었다.

잔치 때 보니 정태는 칙사 대접을 받았다. 마을 사람들 모두가 정태는 어릴 때부터 똑똑하고 남다른 재능이 있었다고 입이 마르도록 칭찬을 했다. 그중에서도 친구 대학이가 더 많이 칭찬을 하며 정태 자랑을 하였다. 옛날 정태는 대학이네 소를 훔쳐서 팔아먹다가 감옥에 간 적이 있었다. 그래서 그 집은 정태와는 원수지간이었다.

마을에서 어릴 때부터 악동으로 문제를 일으켰던 사람도 돈을 버니 하룻밤 사이에 착하고 똑똑하며 공부도 잘하고 좋은 사람으로 평가를 받았다. 참 돈의 힘이란 무서웠다.

내가 돈이 없어 가난하면 사람들은 나를 보고 반기지 않는다. 내가 상대방을 칭찬하면 아부한다고 비방을 하며 내가 친근하게 하지 않으면 교만하다고 말을 한다. 남의 말에 순응하면 줏대가 없는 사람이라고 욕을 하고 자기 뜻에 따르지 않으면 제 마음대로 한다고 흉을 본다.

그래서 사람들은 가난의 고통은 죽는 것보다 더 무섭다고 말한다.

  마을 회관에서 잔치를 마치고 집으로 귀가한다고 나오자 정태가 동구 밖 느티나무 앞까지 나를 배웅해 준다며 따라나섰다. 동짓달 짧은 겨울 해는 서산에 지고 집집마다 전깃불이 환하게 들어왔다. 내가 추운데 그만 회관으로 돌아가래도 그는 동구 밖 주차장까지 따라 나왔다.

  "그만 들어가."

  "괜찮아. 집까지 가려면 차로 2시간은 더 걸리겠지?"

  "응, 쉬엄쉬엄 가지 뭐. 바쁠 것도 없는데."

  "잘 가, 친구야!"

  갑자기 정태가 나를 꼭 껴안으며 귓가에 대고

  "친구야, 소는 살이 찌면 흉이 묻히고 사람은 돈을 벌면 열 흉이 묻힌다더니 옛말 틀린 거 하나도 없더라. 나 참 고생 많이 했다."

  하며 목이 메어 울먹였다. 정태의 등을 도닥거려 주고 차에 올라 창문을 열고 밖을 내다보니 정태는 두 손을 바짓주머니 속에 찔러 넣은 채 추위에 덜덜 떨며 쓸쓸하게 지켜보고 있었다.

  아들아, 명심해라. 소는 살이 찌면 흉이 없어지고 사람은 돈을 벌면 모든 흉이 칭찬으로 바뀐다.

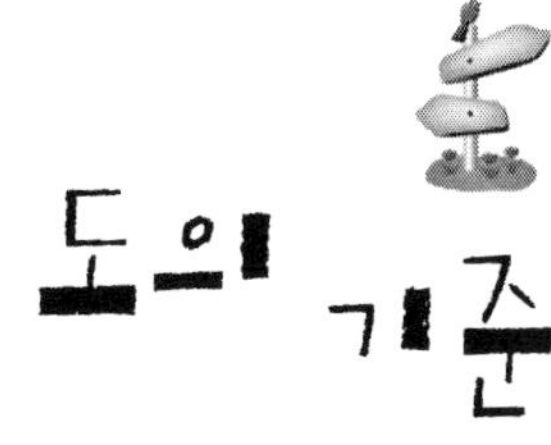

TV 방송을 보는데 일본의 작은 어촌이 화면에 나왔다. 그런데 이상한 것은 길거리에 쓰레기봉투와 휴짓조각들이 보이지 않았다.

그 사람들은 쓰레기를 어떻게 처리하지? 그런 생각을 하고 있는데 뒤이어 우리나라 도시의 뒷골목이 나왔다. 광고 전단과 휴짓조각들이 여기저기 흩어져 있었다. 미국과 중국의 뒷골목도 마찬가지였다.

일본을 가 보지 않은 아버지의 눈에는 그게 아주 이상하게 보였다. 지난번 상경 길에 버스 터미널 화장실에 갔더니 용변 후에 좌변기에 물은 내려가 있지 않고 두루마리 화장지는 풀어져 여기저기 흩어져 있었다. 그리고 바닥에는 가래침이 함부로 뱉어져 있었다. 평소 아빠는 일본사람들을 좋게 보지 않았다. 침략으로 얼룩진 그들의 역사가 싫었기 때문이다. 그러나 길거리가 깨끗한 것은 달리 보였다.

지난주에 철탄산에 등산을 갔더니 노인 한 분이 검정 비닐봉지를 들고 등산로에 버려진 빈 담뱃갑과 음료수 캔, 꽁초와 휴짓조각들을 줍고 있었다. 그런데 우리 두 사람 옆으로 젊은 청년이 껌을 "퉤" 하고 뱉으며 지나갔다. 노인분이 얼른 그 껌을 집어서 말없이 봉지에 넣기에 민망해서

"수고하십니다. 요즘 사람들이 버릇이 없어서……."

하고 말했더니 그분이 껄껄 웃으시며

"버리는 사람은 버릴 이유가 있어 버리고, 줍는 나는 주울 이유가 있어 주우니 각자가 서로 알아서 할 일이지요."

하고 말했다. 그분 말씀에 감동이 되어 같이 쓰레기를 수거하며 하산을 했다. 그분 말씀이 어떤 때는 젊은 아가씨들이 지나가며

"할아버지 쓰레기 치우면 돈 얼마 받아요?"

하고 묻더라고 했다.

그래서 뭐라고 대답했느냐고 물어봤더니

"일당이 제법 짭짤한데 아가씨도 한번 해 보시게."

하고 말했더니 저만치 도망을 쳐 버리더라고 했다.

도(道)의 기준은 거창한 데 있는 것이 아니다. 작고 사소한 것에 있

다. 여러 사람들이 쓰는 공중 화장실을 깨끗하게 쓰는 것도 도(道)이고 등산로에 함부로 버린 휴지를 줍는 것도 도(道)의 정신이다. 그분이 등산로에 쓰레기를 줍는 이유는 자기 눈에는 그것이 보기 싫어 그렇게 한다고 했다. 그리고 내가 조금 귀찮더라도 휴지를 치우면 다른 사람들이 즐거워진다고 했다.

하늘을 마음대로 날아다닌다고 해서 도사가 아니다. 남을 배려할 줄 아는 그 마음이 도인이고 도사이다. 물질 시대에 살고 있는 요즘 사람들은 다른 사람들을 배려하지 않고 자기 위주로 살고 있다.

아들아, 어려운 일은 쉬운 것에서부터 시작이 되고 큰일은 작은 것에서부터 시작이 된다.

목숨은 연습이 없다

옛날 아버지가 젊은 시절에 서울 가는 고속버스를 탔는데 옆자리에 노인 한 분이 타셨다.

지루하던 터에 그분과 이야기를 나누다가 어머니가 고혈압이라고 걱정을 했더니 그분께서 어떤 비방을 일러 주셨다.

그분은 대구 약전골목에서 누대에 걸쳐 의원을 하시던 분으로 서울에 있는 모 한의대로 특강을 가는 길이라고 말씀하였다. 그분께서는 양복 안주머니 속에서 작은 전화번호 수첩을 꺼내 들었는데 그 수첩 속에는 새로 산 와이셔츠에 꽂혀 있는 작은 핀이 들어 있었다. 당시에는 지금처럼 사혈침이 나오지 않았을 때였다.

174

그분께서는 풍(뇌출혈 및 뇌경색)이 왔을 때 응급처치로 손가락에 사혈을 하는 방법을 손수 그 핀으로 찌르며 위치를 자세히 알려 주셨다. 그리고 덧붙이기를 이 사혈 방법은 누대에 걸쳐 대구 약전골목에서 의원을 하셨던 선대 조상님들의 응급처치 비방이라고 말씀하였다.

끝으로 그분께서는 이런 말씀을 하였다. 자기는 만나는 사람들에게 이 비방을 알려 주는데 배운 사람들이 이것도 무슨 비법이라고 남에게 가르쳐 주는 데 인색하더라는 것이었다.

그리고 마지막으로 당부하기를 자기 혼자만 알고 있으면 아무 소용이 없고 주변 사람들이 모두 알고 있어야 자기에게 무슨 일이 생기면 응급처치를 해 줄 수가 있다고 말씀하였다.

아버지는 여행을 마치고 집으로 귀가해 갱지에 손바닥 그림을 그려 엄마에게 주며 그분이 가르쳐 준 사혈하는 방법을 알려 주었다. 혹시나 할머니에게 무슨 일이 생기면 그렇게 하라고 말했다. 그리고 학교 선생님들에게도 연수시간에 알려 주었다.

아빠가 젊은 시절, 봉화 소천중학교에 근무할 때였다. 그땐 영주로 가는 버스가 하루 2회뿐이었다. 오후 6시 차가 막차였는데 저녁을 먹고 나니 이가 몹시 아프기 시작했다.

밤 9시가 되자 치통은 견딜 수가 없었다. 옛날에 산적이 살고 있었다는 노룻재를 넘어 춘양에 가면 무면허 치과 의사가 있었지만 날이 밝아 울진에서 첫 버스가 와야 춘양까지 타고 갈 수가 있었다. 그땐 그

흔한 진통제 같은 것도 없었다.

하도 답답해서 학교 도서관에 가서 책을 모두 뒤졌더니 지압책이 있었다. 거기에 치아 통증을 완화시키는 지압점이 있어 그걸로 밤새워 압통점을 눌러 통증 치료를 하고 그 이튿날 첫 버스로 춘양에 갔다.

아버지가 여기서 네게 이런 말을 하는 까닭은 이러하다. 사람이 살다 보면 어떤 이유로 병원까지 가기 전에 자기 혼자서 응급조치를 취해야 할 때가 있다. 왜냐하면 순간에서 영원까지 가는 데는 오래 걸리지 않는다. 사람의 목숨이 걸린 일엔 연습이 없다. 그땐 자기가 가진 의학적인 상식과 판단에 의해 사람이 살기도 하고 죽기도 한다.

아버지의 생사 분기점인 운명의 그날은 이렇게 시작되었다. 그날은 겨울방학 때였다.

점심시간에 버스를 타고 집으로 와서 점심밥을 먹고 몸이 안 좋아 바로 잠이 들었다.

오후 2시경에 잠이 깨서 일어나 바지를 입으려는데 자꾸만 옆으로 쓰러지려 했다. 엄마가 이상하다고 말을 했다. 그래도 아빠는 잠에 취해 그런 줄 알았다.

그런데 엄마가 이상하니 사혈을 하자고 말했다. 앞에서 아빠가 엄마에게 일러 준 사혈방법 말이다. 엄마가 아빠의 오른쪽 5지를 사혈하고 왼쪽 3, 4지를 했을 때 피가 나오지 않고 노란 물이 조금 나왔다. 마음속으로 '아차' 했다. 병원에 전화했더니 빨리 오라고 했다. 택시를 타기도 하고 250m 정도 걷기도 하며 병원까지 갔다.

아빠는 병원까지 가는 데 시간이 많이 지체되어 사혈을 한 지 3시간 뒤에 병원에 도착해 CT를 찍었다. 그런데 놀랍게도 밤알 크기의 출혈이 있었다. 그 뒤 아버지는 병원에 입원을 해서 3일 동안 잠만 잤다.

아버지의 친구 문 교수는 점심식사 중 쓰러져 병원까지 가는 데 15분이 걸렸다. 바로 병원에서 MRI를 찍었을 때 출혈이 손바닥 크기로 퍼져 있어 손을 쓰지 못했다. 평소 아버지는 술자리에서 사혈 방법을 그 친구에게 그렇게 일러 주었는데 그분은 부인에게 일러 주지 않고 혼자만 알고 있었다.

애야, 아빠는 지금도 그때를 잊지 못한다. 당시 아빠가 잠에 취해 옷을 입었을 때 출혈은 이미 시작되고 있었다. 그런데 엄마가 사혈을 해서 뇌의 모세혈관에 압력이 낮아져 출혈이 멈추었다. 아니면 출혈이 계속되는 상태에서 그 후 3시간 동안 돌아다닌 일을 어떻게 설명할 수 있겠니?

오늘 오전 헬스장에서 운동을 하고 있는데 아빠의 블로그를 자주 찾아오는 어떤 따님이 전화를 했다. 얼마 전 혼자 사시는 부친이 뇌경색으로 쓰러져 병원에 입원을 했다고 말했다.

그래서 아버지가 그 옛날 버스 속에서 우연히 일러 준 노 의원의 비방을 알려 주었다. 당시 그분께서는 많은 사람들에게 널리 알려 주라고 말했기 때문이다.

이름도 모르는 그분에게 아버지가 큰 은혜를 입었으니 이젠 그분의 비법을 세상에 알려 은공에 보답해야겠다.

아들아, 그분이 당부하시던 말씀이 아직도 귓가에 생생하다. "자기만 알면 아무 소용이 없다. 주변 사람들이 모두 알아야 응급상황에서 당신을 구해 줄 수가 있다."
바로 아빠를 두고 하는 말이었다.

아침을 먹고 서천 강둑으로 산책을 나갔다. 영일초등학
교 뒤편 강둑을 지나가다 아빠 나이 또래의 한 남자를 보게 되었다. 그
분은 이 추운 겨울에 여름철 홑잠바를 입은 채 마른입에 빵을 먹고 있
었다.

그분 옆에는 소주 빈 병도 2개나 놓여 있었다. 날씨도 추운데 술을
자신 분이 저런 싸늘한 음식으로 요기가 되나 걱정을 하며 지나가는데
"몇 시나 되었어요?" 하고 물었다.

"열 시 이십 분입니다." 하고 대답을 했다.

그리고 나서

“버스 시간 기다리세요?” 하고 물었더니 그렇다고 대답을 했다. 마침 산책 중 먹으려던 우유 하나가 호주머니 속에 있기에 그분에게 권했더니 고맙다며 빵과 함께 달게 마셨다. 그리고 하시는 말씀이

“바람 한번 잘못 피웠다가 말로가 비참하게 됐습니다.”

하며 고개를 숙였다.

아빠가 무슨 말씀인지 물어봤더니 그분은 공직에서 퇴직을 하신 분으로 봉화에 있는 부인 산소를 다녀오는 길이라고 말했다. 그분은 슬하에 2녀를 두었는데 중년에 처와 자식들을 모두 버리고 사랑에 눈이 멀어 다른 여자와 동거를 시작했다.

그분이 한창 잘나갈 때는 그 여자와 사이가 좋았는데 퇴직을 하자 그녀는 어느 날 퇴직금을 몽땅 챙겨 도망을 쳤다. 살고 있던 아파트까지 몽땅 팔아 젊은 남자와 함께 도망을 쳐 버렸다고 한다.

할 수 없이 결혼할 때도 만나지 않았던 출가한 두 딸을 찾아갔더니 모두 만나기 싫다며 거절을 했다. 그래서 마지막으로 조강지처 산소나 찾아 사죄를 하고 세상을 하직할 생각이라고 말했다.

그의 부인은 자기가 다른 여자와 도망을 치자 병이 들어 어린 두 딸을 데리고 친정에 와서 살다가 암으로 사망을 했다고 말했다.

과도한 음주로 그분도 건강을 많이 상하신 것 같았다. 말씀 도중에도 몸을 와들와들 떨며 술 냄새를 풍기셨다.

아빠가 과거의 일을 모두 잊고 이젠 새로 재기를 하시라고 권유를 해도 그분은 자기가 조강지처에게 지은 죄가 너무 커서 죽음으로 사죄해야 한다고 말했다.

그리고 자신의 어리석음을 한탄하며 한없이 넓고 텅 빈 강변을 바라보며 울음을 삼키셨다.

요즘 사람들은 이 글을 보면 웃을 수도 있겠다. 그러나 애야, 기억해라. 남자는 순간의 쾌락을 잘못 좇다 보면 자신의 말로를 비참하게 만든다. 여자들의 몸은 모두 똑같은 구조로 생겼다.

그런데 그 짜릿한 한순간에 마음을 빼앗겨 자신이 평생 공들여 쌓은 가정을 무너뜨린다면 그보다 더 못난 짓이 어디 있겠느냐?

아들아, 명심해라. 노후에 삭풍이 불어오는 강둑에서 얼어붙은 빵조각을 씹어 먹으며 자신의 지난 세월을 후회하는 그런 사람은 되지 마라. 그런 어리석은 사람이 되지 않도록 언제나 자신에게 엄격해라. 잘못된 쾌락은 순간이고 후회는 죽을 때까지란다.

하부 조직을 중요시해라

지난주 토요일, 번개시장에 갔는데 난전에서 채소 파는 아주머니와 반찬 파는 부인이 무섭게 싸움을 하고 있었다. 두 분은 물건 파는 것 때문에 다투는 것 같았다.

그런데 오늘은 시장에 갔더니 두 사람이 다정한 자매처럼 떡을 나눠 먹으며 웃고 있었다. 참 이상했다. 지난번에 싸울 때는 원수처럼 악을 쓰고 다투더니 오늘은 화해를 한 모양이었다.

뿐만 아니라 들리는 소문에 의하면 채소 파는 부인의 아들이 이번에 명문대학에 진학을 했는데 등록금이 모자라 쩔쩔매자 반찬 파는 부인이 번개시장에서 상인을 대상으로 모금운동을 하고 있다고 한다.

어렵게 생활을 하는 서민들의 삶은 서로가 그 고통을 잘 알기 때문에 싸워도 금방 화해를 하고 서로를 도와준다. 한마디로 의리가 있다.

그러나 상류층의 사람들은 그렇지 않다. 서로를 도와주기보다는 상대방을 이겨서 내가 잘살려 한다. 한마디로 의리가 없다.

너는 직장에서 상사에게만 잘 보이려 노력을 한다. 그러나 얘야, 직장에서 소외된 사람, 청소부 아주머니, 경비원, 심부름 하는 사람, 잡부, 비정규 계약직 등 그런 분들을 소중하게 생각해라.

그분들이 네 직장에서 중요한 정보는 모두 가지고 있다. 물론 상사와의 인간관계도 중요하다. 그러나 네가 모르는 정보를 그분들은 모두 가지고 있다.

그분들은 자기들 위치가 불안하기 때문에 언제나 정보에 아주 민감하다. 네 동료들은 너와 경쟁 관계에 있기 때문에 직장 내에 중요한 정보는 자기들만 소유한다. 그러나 하부조직의 사람들은 그렇지 않다.

하부조직의 사람들은 경쟁을 하는 것보다 서로 도와주려 한다. 고생을 한 사람들은 경쟁을 하는 것보다 서로가 상생을 하려 하기 때문이다.

그건 상대방의 어려움과 고통을 내가 겪어 봐서 잘 알기 때문이다. 그래서 네가 어려움을 당하면 그들이 도와준다. 그들은 네 상사들보다 더 의리가 있다.

자신이 먼저 다친다

옛날 아버지의 동료 중에 한 분이 있었는데 이상하게 그분과는 의견이 맞지 않았다. 그분은 노처녀 교사인데 사사건건 시비를 걸며 트집을 잡았다.

나중에는 미운 생각이 들었다. 직장 동료들은 그 선생님의 성격이 이상하다며 모두 피했다. 그분은 직원회의 때면 동료 여교사들과 다투기도 했다.

당시 아버지는 둘째 제수씨가 갑자기 타계를 해서 무척 힘이 들었다. 그래서 틈만 나면 혼자서 학교 주변을 산책하며 마음을 달래려 무척 애를 썼다.

동생을 생각하면 안타까운 생각이 들어 많이 상심을 했다. 학교 뒤편 산에 올라 한 바퀴 돌며 젊은 나이에 타계한 제수씨와 어린 조카들, 그리고 동생을 생각하며 눈물을 흘렸다.

그런데 그 선생님과 자주 다투게 되었다. 아빠는 그 선생님의 이해하지 못할 행동에 점점 분노가 느껴지기 시작했다.

더구나 이유 없이 반복되는 사사건건의 시비로 인해 그녀의 행동이 더 미워졌다. 아빠의 마음속에는 그녀에 대한 미움이 증오심으로 변해 산책만으로 마음을 달랠 수가 없게 되었다. 한마디로 패주고 싶었다.

그런데 어느 날, 아침에 자고 일어나 출근을 하기 위해 세수를 하고 거울을 보니 두 눈이 이상한 것 같았다. 눈에 핏발이 서 있었다. 자세히 들여다보니 두 눈이 모두 붉게 충혈되어 있었다. 눈병도 아닌데 영화에 나오는 귀신의 눈처럼 핏빛으로 붉게 변해 있었다. 그래서 안경을 쓰고 출근을 했다.

사람은 다른 사람을 지나치게 증오하면 먼저 자신이 다친다. 아빠는 그녀의 행동에 대해 화가 나서 견딜 수가 없었다. 그러나 그녀의 따귀를 때려 줄 수도 없었고 욕설을 퍼붓고 싸울 수도 없었다. 아빠는 그녀의 부당한 행동에 대해 화를 풀 수 있는 방법을 찾지 못했고 그 지나친 증오심 때문에 두 눈을 핏빛으로 만들었다.

그러던 어느 날, 학교 뒷산을 산책하던 중 갑자기 이런 생각이 들었다. 젊은 나이에 갑자기 심장마비로 타계를 한 제수씨가 못난 시숙에게 그 선생님을 통해 억울함을 하소연하고 있다는 생각이었다.

그래서 그 부근에 있는 부처 바위에 108배를 드렸다. 하도 답답한 마음과 속상함, 원망, 증오심, 그런 것 때문에 마음을 달래려 그렇게 했다.

그런데 산책 후 학교 현관에 들어서는데 갑자기 그녀를 만나게 되었다. 겁이 덜컥 났다. 이거 또 무슨 시비를 걸려나, 하는 생각이 들었다. 그런데 갑자기 그녀가 박카스 한 병을 불쑥 내밀며

"선생님 드세요, 그동안 제가 너무 지나쳤죠. 죄송합니다."

하고는 밝게 미소를 지었다.

참 이상도 하지. 그 순간 그녀에 대한 증오심이 눈 녹듯 사라져 버렸다. 왜 갑자기 그녀가 그런 행동을 했는지 지금도 이해가 되지 않는다. 그 후부터 그녀는 아빠에게 그런 행동을 하지 않았다.

아빠의 증오심을 푸는 데는 장군의 무서운 목소리보다 음료수 한 병과 그녀의 미소가 약이었다. 우린 그 뒤부터 사이좋게 지냈다.

아들아, 미워하고 증오하고 원망하는 마음은 상대를 다치게 하기 전에 자신을 먼저 다치게 한다. 그래서 증오심은 어리석은 자의 마음이라고 말한다.

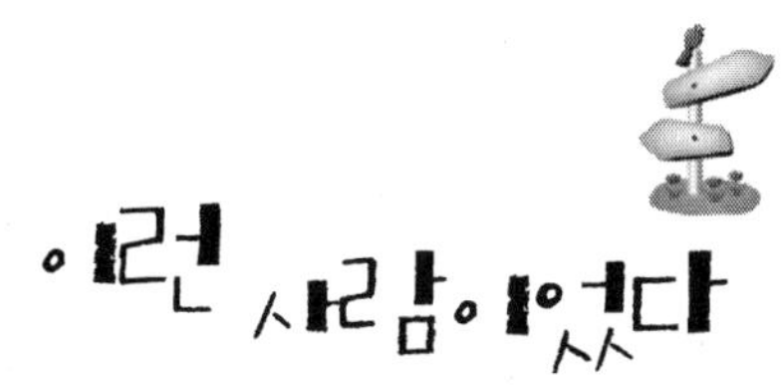

아들아, 너도 남자니 성인이 되면 배우자를 찾아 결혼을 하고 자식을 낳아 아버지가 되겠지. 그러나 애야, 넌 아버지와 같은 사람은 되지 마라. 아버지는 가족을 부양하고 가정을 돌보느라 못난 남자로 살아왔다.

이제 너에게 솔직히 고백하건대 아버지는 출근을 할 때마다 로마의 검투사처럼 긴장을 했다.

양복이라는 갑옷을 입고 넥타이라는 목걸이를 하였으며 금테 둘린 안경으로 두려움에 가득 찬 눈빛을 가렸다.

그리고 손목에 찬 시계를 바라보며 적들과 싸울 시간을 준비했다.

아버지의 갑옷 호주머니 속에는 적과 싸워 혈압이 오를 때를 대비해서 먹는 혈압약과 격한 감정을 진정시킬 진정제, 그리고 적과 동맹을 하거나 우군과 연맹을 하기 위해 술을 마셔야 할 때를 대비해 소화제와 술 깨는 약이 들어 있었다.

아버지의 지갑 속에 실탄(돈)은 언제나 부족해 한 번도 마음 놓고 쏘아 보지 못했다.

적이나 우군과 술을 먹을 때마다 이 돈이면 네 엄마의 너덜거리는 구두를 사 줄 수가 있다는 생각이 들었으며 너에게는 메이커 있는 운동화를 사 줄 수가 있다는 생각이 들었다.

그리고 이 술값이면 우리 집 화장실에 깨진 유리 거울을 갈아 끼울 수가 있으며 할머니에게는 더 좋은 돋보기를 사 줄 수가 있는 돈이라는 생각이 들어 아까워서 쓸 수가 없었다.

그래서 아버지는 때때로 술자리에서 먼저 도망쳐 적과 우군으로부터 비겁한 자라는 소리를 들었으나 이튿날이면 궁색한 변명과 너털웃음으로 그 자리를 모면하려 애를 썼다.

아버지의 마음은 잘 깨어지는 유리그릇처럼 약하다. 그러나 남에게 절대로 금이 간 유리그릇을 보여 줘서는 안 된다.

특히 아내와 자식들에게 그런 약한 모습을 보여 줘서는 안 된다. 너는 언제나 강한 남편이며 머리에 뿔이 두 개 달린 강한 아빠임을 과시해야 가족들이 안심하고 네 품속에서 편히 쉴 수가 있다.

앞에서도 강조하였다만 네 몸은 로마의 검투사임을 항상 명심해라. 몸에 병이 들거나 아파도 절대로 죽는 시늉을 하지 마라. 네가 가족들과 같이 사는 성곽을 빠져나온 순간부터 너는 냉철한 동물의 세계에 살고 있음을 항상 명심해야 한다.

동물의 세계를 보렴. 사자는 언제나 한 무리의 짐승들 중에서 가장 연약한 놈부터 먼저 공격을 한다. 이제 너는 집을 나서는 순간부터 공격의 대상임을 항상 잊지 마라.

만일 네가 약육강식의 경쟁에서 져서 다른 무리들의 먹이가 된다면 네 암사자는 새끼를 키우기가 힘이 들어 19층 아파트에서 뛰어내릴 것이다.

아들아, 너는 언제나 강하며 가족을 잘 지키는 용맹한 사자임을 잊지 마라. 그리고 언제나 날카롭게 발톱을 세우고 적들의 공격으로부터 가족들을 지키는 강한 아버지가 되도록 노력하렴.

아침에 수도가 단수되어 아직까지 세수도 못 했다. 엄마는 정수기에 있는 물로 겨우 아침밥을 지었다만 불편이 많다.

지금 기상은 아빠가 어린 시절, 60년 전보다 너무 많이 변했다.

그땐 겨울이 엄청나게 추웠다. 그리고 눈도 많이 내렸다. 그리고 우수, 경칩이 지나가면 해동 비가 내려 겨울 동안 쌓여 있던 오물들을 모두 씻어 내려갔다.

그런데 근래에 와서는 춥지도 않고 눈이 많이 오지 않는다. 해동 비가 오지 않아 취수장에 가뭄이 들어 단수가 되었다.

방송을 보니 서해안에는 많은 눈이 내렸다는데 여기는 금년에 단

한 번도 눈다운 눈이 내린 적이 없었다.

이곳은 금년 봄에도 해동 비는 오지 않을 것이다. 겨울철에 눈이 오지 않아 가물었고 봄에 해동 비가 내리지 않아 가뭄을 타다가 6월 초에 700㎜의 집중 폭우가 내릴 것이다. 이게 아빠가 사는 곳의 기후의 변화이다.

작년에도 그랬고 그전 해에도 그렇게 변했으니 금년 6월에도 그렇게 될 것이다. 온대성 기후가 아열대성 기후로 바뀐 까닭이다.

아열대성 기후에 사는 사람들은 산 밑에 절대로 집을 짓지 않는다. 그리고 지면에서 일정한 높이에 기둥을 세워 집을 짓는다. 아열대성 기후의 특징인 습기에 노출이 되지 않고 집중호우 시 침수에 대비하기 위해서 그렇게 가옥을 짓는다. 그리고 온돌을 쓰지 않고 침낭(해먹)을 사용한다.

공중에 매달아 놓은 그물 침낭 말이다. 지면에서 올라오는 습기와 더위를 막기 위해 그렇게 해서 잠을 잔다.

그런데 우리나라 사람들은 그런 기후 변화를 인정하지 않는 것 같다. 작년에 치악산 부근에 갔더니 골짝마다 골골이 집들이 들어서 있었다. 폭우가 내리지 않는 시절의 온대성 기후에서는 그런 가옥들이 살기가 좋았다.

그러나 이젠 아니다. 전국 어디에서나 시간당 200㎜ 이상의 집중 폭우가 쏟아질 수 있는 아열대성 기후로 변했기 때문이다.

그런 곳에서는 언제나 작년의 강원도 인제 지역의 수마처럼 피해를 볼 수가 있다. 재작년에 경기도 연천, 강원도 강릉, 작년에 인제 원통 지역이 가장 대표적인 사례이다.

우리가 살고 있는 지역은 아니라고? 천만에 말씀이다. 사람들은 모두 그런 기후 변화를 해마다 한 번씩 TV 방송을 통해 보고 경험을 했으면서도 왜 그런 자연재해를 무시하는지 모르겠다.

아들아, 40년 후에 네가 아버지 나이가 되었을 때 우리나라의 기후는 엄청나게 많이 변해 있을 것이다. 그 말은 아빠가 겪은 기후의 변화보다 훨씬 더 빠른 속도로 그 변화를 보게 된다는 말이다.

그때를 대비해라. 산 좋고 물 좋은 계곡에 살면 살기는 좋다. 고층 아파트에 살면 홍수 피해를 입지 않아 좋다. 그러나 아파트는 지진에 취약하고 계곡은 홍수에 약하다.

제갈공명은 자기가 살고 있는 곳의 기후 변화를 아주 잘 알고 있었다. 직접 기후 변화에 대해 기록을 하였다. 옛 어른들은 제비가 날아다니는 모습만 보아도 그날의 날씨를 알 수가 있었다. 이게 바로 자연 속에 사는 인간들의 삶의 지혜였다.

2008년 5월 12일, 쓰촨성에 진도 8의 대규모 지진이 일어나 한반도 면적의 2분지 1에 해당하는 지역이 피해를 보고 수만 명이 매몰되었다. 특히 학교, 아파트, 공장 등 집합건물에 많은 피해가 있었다.

우리나라 전국 소방관계자 회의에서 앞으로 일어날 수 있는 자연재해 중 가장 많은 피해를 줄 수가 있는 재해가 무엇인지 토론을 했다.

그때 내린 결론이 지진이었다. 왜 그런 결론을 내렸는가, 하면 지금은 주거환경의 변화로 많은 사람들이 고층 아파트에 살고 있다. 아파트는 내진 설계가 되어 있지 않다.

그리고 좁은 장소에 밀집되어 있는 고층 아파트 단지는 지진 발생 시 건물들이 연쇄적으로 붕괴가 되며 도미노 현상을 일으켜 더 큰 피해를 줄 것이라고 결론을 내렸다.

그중에서도 사람들이 귀가하여 잠이 든 야간에 지진이 발생한다면 더 큰 인명 피해가 발생할 것이라는 예측을 했다.

아들아, 아버지가 지금 말하는 이런 내용들은 소방관들이라면 누구나 알고 있는 대외비 내용들이다.

다만 이런 내용을 공론화하지 못하는 이유는 사회적인 소요와 불안감 때문이다. 그리고 공론화했을 때 사회에 미치는 영향이 너무 크기 때문에 발표를 하지 못하고 있다.

지진 다발 지역인 일본은 목조가옥이 많아 피해가 적지만 우리나라처럼 고층집합 시멘트 건물은 더 큰 피해를 줄 수가 있다.

우리나라에 진도 8의 지진이 발생한다면 어떤 일이 일어날 것 같으냐? 이번 쓰촨성 피해는 아무것도 아니다.

아빠는 이번 일을 기회로 우리나라도 지진에 대해 공론화하고 대책을 마련해야 한다고 생각한다. 그런데 소방당국은 남의 나라 이야기만 하며 딴전을 피우고 있다.

이번 기회에 소방당국은 대외비로 취급하는 지진발생 회의 자료를 국민들에게 발표하고 공론화해야 한다. 그게 일시적으로 대국민들에게 불안감은 안겨 주지만 지진 피해를 최소화하는 방법이기 때문이다.

그리고 초등학교 교과서에 자연재해에 대한 교육과정을 편성하고 재난 발생 시 대피요령을 국민들에게 홍보해야 한다. 알고 당하는 것과 모르고 당하는 것은 큰 차이가 있다.

이 글을 쓰기 조금 전에 중국지도를 보다가 갑자기 이런 생각이 들었다. 중국에 국민소득 1인당 1만 달러 시대가 오면 베이징 북쪽은 사막으로 변하고, 우리나라 서해안 일대는 극심한 환경오염과 공해를 피해 청정지역 동해안으로의 대규모 인구 이동이 일어날 것이라는 생각이었다.

2000년 이전에 황사가 일어나는 기간은 1년에 3일에서 5일 정도이었다. 그러나 2007년에는 15일이었다. 2015년에 황사 기간이 얼마나 될 것 같니? 23일 전후가 될 것이다. 그럼 2020년에는 얼마나 될 것 같니? 연간 30일이 될 것이다. 그리고 50년 후에는 어떤 현상이 생길 것 같으냐? 봄에만 발생하던 황사가 이젠 기후 변화로 겨울철에 발생하고 있다. 기후 변화가 무척 빨리 진행되는 것 같다.

아들아, 이런 이유로 아버지는 향후 50년 이내에 서해안 일대는 생활환경이 아주 나빠질 것이라는 경계의 말을 너에게 남긴다. 우리가 서해라고 부르는 중국의 동해안은 상하이에서 톈진까지 급격한 공업화로 화석 자원 외에 별도의 대체 에너지를 개발하지 못한다면, 환경오염으로 사람이 살지 못하는 지역으로 변할 것이다. 그리고 우리 서해는 사해로 변할지도 모른다. 태안지역의 기름오염을 보렴.

아버지는 미래의 급격한 기후 변화로 인한 자연의 재앙을 직접 체험하지는 못할 것이다. 그러나 너는 태양 아버지와 대지 어머니의 분노를 직접 눈으로 보게 될 것이다.

미래에 대한 아빠의 이런 예측이 빗나갔으면 좋겠다만 기후 변화의 속도가 너무 빨라 걱정이다. 아버지가 너에게 이런 글로 경계의 말을 남기는 이유는 이러하다.

한집의 가장인 너는, 네 가정을 유지하고 지키기 위해서 남들보다 더 멀리 내다보는 혜안이 필요하다. 네가 기후의 변화를 직접 체험했을 때 이미 재앙은 사실로 나타날 것이기 때문이다.

인니의 쓰나미 재앙 때 한 마을 사람들만 살아남았다. 그들은 조상 대대로 전해 내려오는 지혜의 법문(바닷물이 해안에서 빠지고 고기가 뛰어오르면 빨리 높은 곳으로 대피하라)으로 인해 살아남을 수 있었다.

아들아, 나 이제 너에게 경계의 말을 남긴다. 자연의 재앙 중 우리가 입을 가장 큰 피해는 지진이 될 것이다. 우리나라는 환태평양대의 지각변화를 남의 일처럼 여기고 정부는 대책을 세우지 않고 있다.

한국은 지진 발생 시 전쟁보다 더 큰 피해를 입을 것이다. 그 이유는 집합건물과 고층건물이 많기 때문이다.

둘째는 대륙의 급격한 사막화와 대기오염은 우리나라 서해안 일대를 사해의 바다로 만들 것이다. 따라서 가까운 미래에 동해안으로 대규모 인구 이동이 일어날 것이다.

동해안을 따라서 생계의 터를 잡아라. 지금 우리에게 일어나고 있는 기후 변화와 자연의 재해가 어떤 영화의 예고편인지 자세히 알아야 한다.

아들아, 아빠가 훈요로 이 글을 남기는 이유는 오늘의 체험이 내일에는 사실로 나타나기 때문이다.

"들어라."

"예."

"얘야, 넌 너무 급하게 마신다. 천천히 마셔라."

"괜찮아요. 아빠."

"술은 너무 급하게 마시면 안 된다."

"원샷인데요."

"아무리 원샷이라도 자기 몸에 맞게 마셔야지."

어리석은 자는 술로 자기의 부족한 점을 채우고 술을 많이 마셔 주량으로 자기 능력을 과시하려 한다.

인간 못난 놈은 언제나 많이 먹는 것으로 자기 능력을 과시하려 한다. 가장 원시적인 자기 과시의 방법이지. 폭음, 먹기 내기, 폭탄주 등으로 말이다.

아무리 뛰어나고 훌륭한 사람이라도 많이 먹고 마시는 것(원시적 방법)으로 자기 능력을 과시하려 드는 사람이 있다면 그는 사회생활에서 가장 치명적인 약점을 지닌 사람이다.

아빠의 옛 동료 중에 한 분은 술을 참 좋아하셨다. 처음에는 점잖게 술을 마시는데 어지간히 취하면 술자리에 참석한 사람들에게 괜히 시비를 건다. 모두가 술이 취한 걸 알고 슬슬 자리를 피해 버린다. 그런 다음에는 혼자서 엉엉 소리 내 운다. 바로 술 먹은 개가 되는 것이다.

술은 즐기자고 마시는 음식이다. 그런 좋은 음식을 먹고 남에게 시비를 걸거나 슬퍼져서 운다면 술을 마시지 않는 게 좋다. 더구나 지금처럼 각박한 삶의 터전에서 자기의 몸을 가누지 못할 정도로 술을 마시고 실수를 할 정도가 된다면 그는 사회에서 도태되고 가정은 위기에 처하게 된다. 더구나 운전대까지 잡는다면 언제가 한 번은 낭패를 당하게 된다.

술은 적당히 해라. 권한다고 억지로 마시는 못난 짓은 절대로 하지 마라. 대학 신입생 모임에서 못 먹는 술을 억지로 마시고 변을 당하는 학생들을 보아라.

목숨을 걸고 술을 마셔야 될 정도로 그게 그렇게 중요한 일이더냐?

'남자는 거부할 것은 단호하게 거절할 줄 알아야 한다.'

설사 술을 마시지 않아 불이익이 생긴다면 불이익을 당하면 된다. 그게 겁이 나서 마시지도 못하는 술을 억지로 마시고 죽어, 이런 못난 놈!

더구나 너는 한 가정을 지켜야 할 막중한 몸이다. 그렇게 의지가 나약해서야 어떻게 네 가정을 돌보겠니?

술은 네 삶에 지렁이의 갈비뼈와 같은 역할을 한다. 지렁이는 갈비뼈가 없어도 잘만 산다. 술이 없어도 인간은 죽지 않는다.

술은 즐기는 음식일 뿐이다. 적당히 즐기고 적당히 마셔라.

아빠가 지금의 네 나이 때 할아버지와 같이 술을 마신 적이 있었다. 그때 할아버지께서는 아빠에게 이렇게 말씀을 하였다.

"난 술이 체질에 맞지 않아. 조금만 마셔도 술이 이렇게 오른다. 네 체질도 나를 닮아 술이 맞지 않을 것이다. 적당히 마시고 반드시 절제해라."

이제 그 아들이 아버지가 되어 사회생활을 하며 술을 마시는 아들에게 훈요로 남긴다.

아들아, 아빠의 체질을 닮은 너는 술이 몸에 맞지 않을 것이다. 과음을 하지 마라. 동료들과 술을 마시지 않아 불이익을 당할 형편이 되거든 그렇게 해라. 아무렴 그게 네 목숨보다 소중하겠느냐.

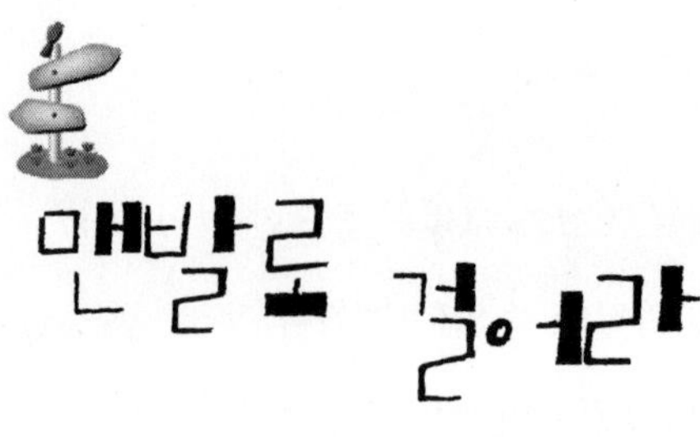

맨발로 걸어라

네 아들 현우가 감기가 심해 고생이다. 그 애는 아토피 피부염도 아직 낫지 않았는데 감기까지 덮쳤다. 아이가 몸이 약해 걱정이다. 그러나 애야, 너무 걱정하지 마라. 금년에 현우가 초등학교에 입학을 하지 않느냐. 병약한 아이들도 학교에 들어가면 금방 건강해진다.

그 이유는 이러하다. 인간은 원래 땅 위에 흙을 밟고 다니며 살아야 한다. 그러나 주거환경의 변화와 이동수단의 발달로 흙과 접촉할 기회가 적어졌다.

아파트 19층에 살고 있는 너는 밤새 시멘트 공간에 갇혀 있다가 아침에 아스팔트로 내려와 자동차를 타고 출근을 해서 다시 시멘트 공간 속에서 8시간 동안 일을 한다.

그리고 퇴근을 하면 다시 시멘트 공간으로 되돌아가야 한다.

네 아들 현우도 하루 24시간 30m의 높이에 떠 있는 시멘트 공간 속에 갇혀서 지내고 있다. 암, 감기, 아토피 피부염, 고혈압, 심장병, 당뇨, 그게 모두 생활환경 때문에 일어나는 병이다.

현우가 금년 3월 3일, 초등학교에 입학을 하게 되면  우선 흙먼지가 풀풀 나는 운동장에 집합을 하게 될 것이 다. 현우는 그때부터 흙과 접촉을 시작하게 된다.

체육시간에 급우들과 운동장을 달릴 때에는 자욱한 먼지를 마시며 흙 위에서 뛰어놀고 축구라도 하게 되면 무릎이 까지게 된다.

평소 시멘트 공간 속에 갇혀 살던 아이들이 3월에 초등학교에 입학 을 하게 되면 처음에는 몹시 피곤을 느끼며 까칠해진다.

그러나 운동장 흙과 3개월만 접촉을 하면 그때부터는 면역력이 강 해지고 육체적으로도 단단해진다.

평소 병약하던 아이들도 운동장에서 햇빛을 받고 흙먼지를 마시면 그때부터는 질병에 쉽게 걸리지 않는다. 바로 대지 어머니 손에 맡겨 진 면역력 때문이다.

아들아, 잘 살펴보렴. 현우가 흙과 접촉할 기회가 몇 번이나 있었는 가? 그렇다. 인간은 흙에서 태어나 흙으로 돌아가게 되어 있다.

근자에 학교 운동장을 시멘트나 아스콘으로 포장을 하여 주차 문제를 해결하자는 제안이 나왔다. 아빠는 그런 속 좁은 정책에 반대를 한다. 아빠의 표현대로 하면 그런 정책을 입안하는 사람들은 맹꽁이 같은 인간들이라고 말하고 싶다.

그 이유를 알고 싶으면 한강 둔치로 나가 구두와 양말을 모두 벗고 맨발로 아스팔트길을 500미터만 걸어 봐라. 발이 얼마나 아픈지 알게 될 것이다. 또 시멘트 포장길도 걸어 봐라. 마찬가지이다.

그리고 마지막으로 흙길을 맨발로 걸어 봐라. 그러면 너는 아빠가 왜 현우가 흙먼지가 나는 학교 운동장에서 뛰놀며 커야 한다고 하는지를 알게 될 것이다.

이젠 서울에서 흙이 남아 있는 곳은 학교운동장뿐이다. 그런데 그것마저 없애자는 사람들이 있으니 한심한 생각이 든다.

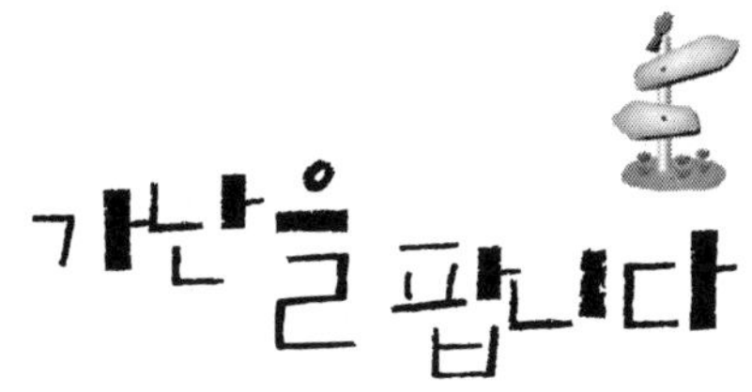

가난을 팝니다

"싫어요."

"같이 가자. 바다가 얼마나 좋은데."

"아빠하곤 싫어요, 쪽팔려서."

아빠가 엄마와 너, 셋이서 동해안으로 여행을 가자고 했더니, 넌 쪽팔려서 같이 가기 싫다고 말했다. 아빠는 뭐가 쪽팔리는지 모르겠다. 그래서 엄마에게 물었더니 이렇게 말했다. 아빠는 자린고비가 돼서 후포항까지 가서도 반듯한 횟집으로 들어가지 않고 방파제 옆으로 가서 식사를 한다고 말했다.

아빠는 시장에서 회를 사 가지고 집에서 싸 가지고 간, 밥과 김치를 방파제 옆에 펴 놓고 여러 사람들이 보는 데서 식사를 하기 때문에 쪽 팔려서 같이 다니기 싫다고 하였다.

그게 그렇게도 쪽팔리니? 아빠는 횟집에서 식사하는 것보다 돈도 적게 들고 방파제에서 밥을 먹으니 밥맛도 좋고 바다를 바라보니 기분도 상쾌하고 좋았다.

지난번에 후포항에 갔을 때 아빠가 그렇게 한 것은 돈을 아끼기 위해서 그렇게 했다. 그게 그렇게 부끄럽던?

돈은 소중한 것이다. 1,000원짜리 시내버스를 타는 데도 990원이 있으면 10원이 모자라 탈 수가 없어 집까지 8㎞를 걸어가야 한다. 돈을 아껴 쓰는 것은 부끄러운 일이 아니다.

가난이란 무서운 것이다. 그래서 가난의 고통은 죽음과도 같다고 말한다. 그래서 가장 뛰어난 장사꾼도 이 세상의 모든 것을 다 팔 수가 있지만 가난만큼은 팔 수가 없었다고 말한다.

아들아, 죽음도 팔면 살 사람들이 있다. 자살 사이트에서는 죽음을 팔아서 돈을 벌고 있는 사람들이 있다. 그러나 가난만큼은 살 사람이 없다. 인터넷에서 가난을 파는 사이트는 없다. 가난은 정말 무섭다. 그래서 옛 어른들은 가난의 고통은 죽는 고통과 같다고 말했다. 이 세상에서 가장 슬픈 게 무엇인 줄 아니? 그것은 배가 고픈 슬픔이다. 부모가 죽어서 슬프고 친구가 죽어서 슬퍼도 배가 고픈 슬픔보다 못하다.

물질적 풍요의 시대에 살고 있는 너희는 밥이 없으면 라면을 먹으면 된다고 철없는 소리를 하지만 한생을 살아온 아빠와 같은 사람들은 그런 경박한 말을 하지 않는다.

배가 고픈 슬픔이 얼마나 큰지 잘 알기 때문이다. 어제 너는 하나로 마트에서 배달해 온 쌀 포대를 통에 담을 때 귀중한 낟알을 주방 바닥에 함부로 흘려 놓았다. 그리고 흐른 쌀알을 빗자루로 쓸어 담아 쓰레기통에 버렸다.

논에 모를 어떻게 심는지 아니? 기계로 그냥 지나가면 심는다고? 아니, 손으로 말이다. 지금은 기계가 있으니 다행이지만 손으로 모를 심으면 손가락 끝이 모두 까져 쓰리고 아프다.

써레질한 논에 엄지와 검지, 중지 세 손가락으로 하루 종일 모를 심고 나면 손가락의 끝은 까져 상처가 나고 허리는 끊어질 듯 아프다.

자동차는 7분 만에 1대가 나오지만 쌀이 한 톨 입 안에 들어가기 위해서는 1년이란 긴 시간이 필요하다. 그래서 옛날 이웃나라 황실에서는 정원에 작은 논을 만들어 놓고 왕이 직접 모를 심어 농부의 어려움을 체험하게 했다는 소리를 들었다.

아들아, 돈을 아껴 쓰고 절약하는 것은 부끄러운 일이 아니다. 열심히 일을 하고 부지런히 돈을 모으고 아껴 써라. 자린고비와 구두쇠의 차이점은 구두쇠는 돈을 쓸 때 쓰지 않지만 자린고비는 그렇게 아껴서 모은 돈을 꼭 써야 할 때는 아낌없이 쓴다.

"어허허……."

"여보, 뭐가 그렇게 즐거워요?"

"웃지도 못하나? 허허허."

"남들이 당신보고 뭐라고 하는 줄 알아요? 만날 허허허, 하고 웃는 싱거운 사람이라고 해요."

"그래도 괜찮아, 어허허."

엄마는 아빠가 너무 자주 웃어 남들이 싱거운 사람이라고 흉을 본다고 말을 한다. 하긴 내가 좀 많이 웃는 편이지. 직장에 다닐 때도 그런 말을 자주 들었다.

“선생님은 뭐가 그렇게 즐거우세요? 만날 웃게.”

같이 근무했던 동료들로부터 그런 말을 자주 들었다.

그런데 애야, 아빠가 그렇게 자주 웃니? 네가 보기에도 그렇게 보이니? 아빠 생각에는 웃는 게 찡그리거나 인상을 쓰는 것보다는 좋을 것 같은데 왜 그런 소리를 듣는지 모르겠다.

아빠는 화를 낼 일도 아닌데 화를 내거나 인상을 쓰며 찡그리는 사람들을 자주 봐 왔다. 누가 봐도 성을 낼 일이 아닌데 목청을 돋우며 남에게 언짢은 소리를 하는 사람들이 의외로 많이 있었다. 사람들이 왜 그렇게 웃음에 인색한지 모르겠다. 돈이 들어가는 것도 아니고 웃어서 체면 손상될 일도 없는데 웃는 데는 인색하다.

세계 만국 공용어가 무엇인 줄 아니? 아무리 낯선 나라에 가서도 이 세 가지만 있으면 의사가 소통된다. 그게 뭐냐고? 아빠가 젊은 시절에 낯선 나라에 가서 의사소통 방법으로 사용했던 것인데 그 노하우를 알려 주랴?

그 세 가지 방법 중에 첫째는 엄지손가락을 치켜세우면 ‘넘버 원’이라는 단어이고, 둘째는 엄지손가락을 거꾸로 세우면 ‘넘버 텐’이라는 말이다.

그리고 마지막으로는 ‘미소’이다. 그 세 가지만 있으면 간단한 의사는 모두 소통할 수가 있었다.

“식사했습니까?”

“넘버 텐(안 먹었다)”

“기분이 어떻습니까?”

“넘버 원”

“몇 시나 되었습니까?”

“미소(시계가 없어서)”

이 세상에서 가장 좋은 대화 방법은 미소이다. 우리 속담에 웃는 낯에 침을 못 뱉는다는 말이 있다. 미소는 우리 생활에서 그렇게 중요하다.

이 세상에는 두 종류의 사람들이 살고 있다. 웃으며 삶을 즐기는 사람들과 인생은 고해의 바다라고 생각하며 찡그리고 심각한 표정으로 살아가는 사람들이다. 어차피 한생을 살기는 마찬가지이다.

그렇다면 너는 웃으면서 살겠니? 아니면 찡그리며 살겠니? 특히 대인관계에서 네가 즐겁게 웃으며 말을 하면 상대방도 웃으며 대화를 한다. 그런데 네가 심각한 표정으로 말을 꺼내면 상대도 심각하게 받아들인다. 거기에다 화난 표정으로 말을 한다면 상대방도 화를 낸다. 그래서 네가 어떤 표정으로 말을 하는가에 따라 상대방과의 대화 내용도 달라진다.

낯선 도시에 가서 짜증이 난 표정으로 길을 가는 행인들에게 고속도로 진입로가 어느 쪽입니까, 하고 물어봐라. 그럼 행인은 “저쪽으로 가보셔.” 한다. 그러나 네가 웃으며 겸손하게 길을 물어보면 행인도

친절하고 상냥하게 길을 안내해 준다.

아들아, 웃음의 정의는 이러하다. 즐거워서 웃는 것이 아니라 웃어서 즐거워지는 것이다. 억지로라도 자꾸 웃다 보면 정말 웃을 일이 생긴다. 그러나 성을 내 봐라. 살짝 부딪쳐도 짜증이 나며 자꾸 화를 낼 일만 생긴다. 그게 바로 웃음의 묘한 이치란다.

사람과 사람의 관계에서 먼저 화를 내는 사람은 지는 사람이다. 그러나 웃으면서 대화하는 사람은 적을 만들지 않는다. 복은 웃으며 사는 사람에게 찾아오고 행복은 자기를 낮추며 겸손하게 행동하는 사람에게 찾아온다.

요즘은 TV 보기가 겁이 난다. 광우병 때문에 쇠고기 수입문제로 연일 촛불집회를 하며 나라가 시끄럽다. 뿐만 아니라 AI 바이러스 예방을 위해, 닭·오리 등 가금류전염병의 확산을 예방하기 위해 방역 작업을 하는 데 비상이 걸렸다. 신종 바이러스 때문에 노약자들이 위험에 처해 있다. 이 모든 것이 인간들이 먹는 음식물 때문에 일어나는 현상들이다.

소는 출생할 때부터 풀만 먹고 살도록 태어난 초식동물이다. 그런 소에게 인간들은 동물의 부산물인 육류를 사료로 먹였다. 초식동물인 소에게 쇠고기의 부산물을 먹인 것이다. 그것은 마치 인간에게 사람고기를 먹이는 것과도 같다. 그래서 소가 미친 것이다. 닭과 오리도 마찬가지이다. 그래서 가금류가 악성 바이러스에 감염이 되었다.

잡식성의 인간들은 먹이사슬의 최상층에 있다. 따라서 광우병에 걸린 쇠고기를 먹어야 하고 바이러스에 감염이 된 닭을 먹어야 한다. 바로 먹이사슬의 기본 질서를 인간 스스로가 교란시키고 깨뜨린 것이다.

TV 화면을 보렴. 돼지 구제역 예방을 위해 발병 지점에서 반경 10㎞ 이내의 농장에 살고 있는 모든 돼지는 포클레인으로 구덩이를 파고 산 채로 묻어 버렸다.

가금류도 발병 지점에서 10㎞ 이내 농장에서 키우던 살아 있는 닭과 오리를 자루에 넣어 산 채로 구덩이에 묻어 버리고 있다. 이걸 TV에서는 살 처분이라고 했다.

아빠는 그런 화면을 볼 때마다 소름이 끼친다. 인간들이 가장 즐겨 먹으며 가장 아끼던 동물들이 산 채로 구덩이에 묻히고 있다.

지금 살 처분을 하고 있는 저 동물들은 농경시대부터 인간들과 가장 친한 동물이며 정을 나누며 살았던 동물들이다. 사람들은 집에서 키우는 소는 가족처럼 대했다.

지금도 시골에 가면 소를 자식처럼 키우는 할머니가 있다. 닭도 마찬가지이다. 아빠 어린 시절에는 달걀 하나면 밥 한 끼를 먹는 소중한 반찬이었다.

농가에서는 돼지도 중요한 가축이었다. 가축 중에서 돼지가 가장 지능 지수가 높다. 서로 정을 나누고 주인을 알고 따르던 동물이었다. 그렇게 인간들과 가장 가깝고 정을 나누며 살던 동물들을 산 채로 구덩이에 묻고 있다. 얼마나 잔인한 짓이냐?

애야, 이것이 무엇을 의미하는지 잘 생각해 보렴.

소, 돼지, 닭, 오리, 개를 산[生] 채로 묻기 시작하면 그다음에는 무엇을 산[生] 채로 묻어야 하겠니? 바로 인간이다. 그 이유는 인간들이 그것을 먹고 살기 때문이다.

지금 우리가 TV 화면 속에서 보는 광우병에 걸려 비틀거리는 소를 지게차로 밀어 산 채로 구덩이에 묻는 모습, 닭장에서 회를 치는 닭을 산 채로 잡아 자루에 넣고 구덩이에 던져 넣는 모습, 도망치는 돼지를 잡아 두 다리를 들고 산 채로 구덩이에 던져 넣는 모습.

이것이 바로 미래의 인간들의 모습이다.

아들아, 아무리 맛이 좋은 음식도 그릇에 담으면 그릇은 맛을 모른다. 맛도 모르는 그릇이 소중한 음식을 타박하며 천대를 하고 있다. 그래서 선지식들은 현재의 인[原因]을 보고 미래에 그릇이 받아야 할 과[結果]를 걱정하며 안타까워한다.

1등 한 적이 있었다 ㅅㅅㅅㅅ

　　근래에 들어 여성들의 파워가 커지며 남자들이 설 자리가 줄어들었다. 경제권이 여자들의 손에 넘어가자 가정에서도 남편보다 아내의 발언권이 더 커졌다. 옛날 말에 주머닛돈이 쌈짓돈이라고 했다. 부부간에 사이만 좋으면 누가 경제권을 가지든 무슨 상관이 있겠느냐.

　　요즘 넌 너무 의기소침해 있다. 취업시험도 떨어지고 직장이 없으니 용돈도 궁하겠지. 부모의 눈치만 살피니 되레 우리가 더 힘이 든다.

　　애야, 자신을 너무 자책하지 마라. 취업이 되지 않는 것은 네 잘못만이 아니다. 개혁을 부르짖던 사람들이 사회제도와 경제구조를 개편

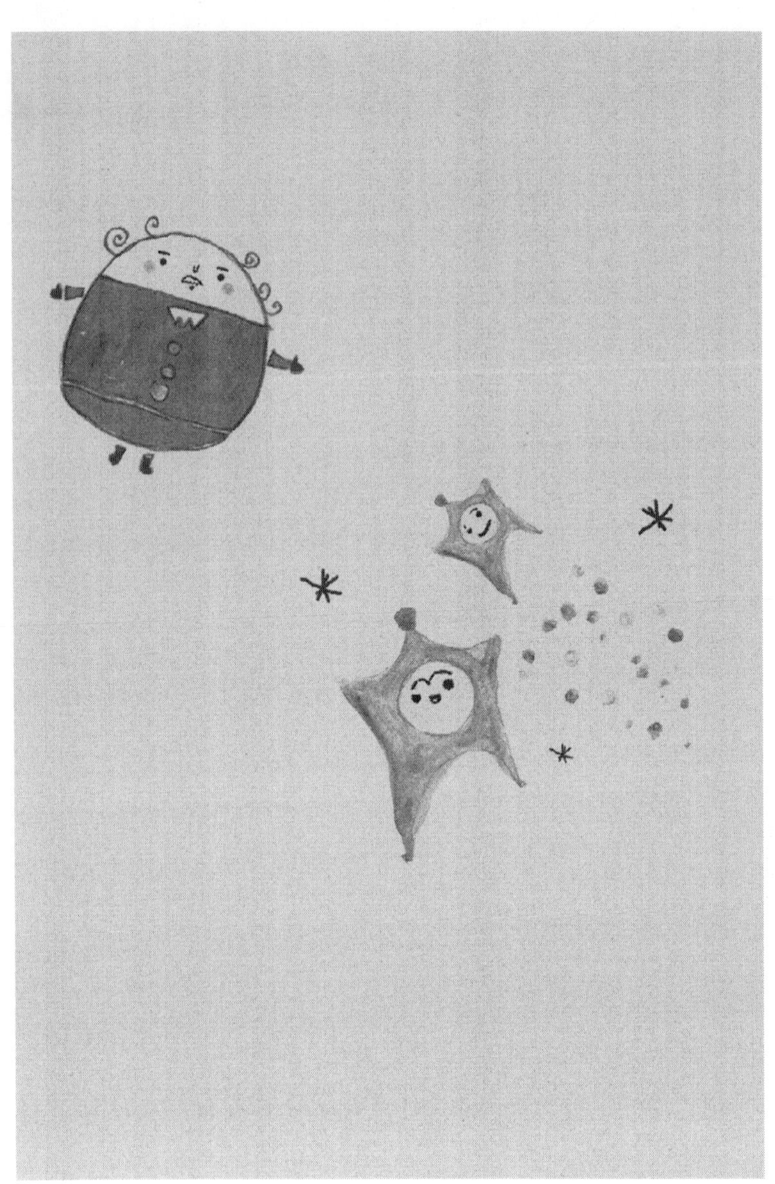

하면서 기업을 적대시하여 많은 회사들이 보다 사업 환경이 좋은 외국으로 빠져나갔다. 그래서 일자리를 많이 줄여 놓았다. 아빠 젊은 시절에는 마음만 먹으면 취업을 할 수가 있었다.

너는 취업을 못 하니 결혼을 하지 못 하고 결혼을 못 하니 점점 더 열등감에 사로잡혀 자책감에 빠져 고민을 하고 있다. 그래서 넌 학교 다닐 때부터 공부도 못했고 한 번도 1등을 한 적이 없는 열등생이었다고 생각하고 있다. 자신은 특별한 재능도 없는 무능한 사람이라고 생각을 하고 있다. 그리고 자신에 대한 자긍심이 무너져 사회에서는 아무짝에도 쓸모가 없는 사람이라고 생각을 하고 있다.

애야, 자신을 너무 저평가하지 마라. 너무 비하시키지 마라. 너는 잊고 살겠지만 지난날, 넌 4억 개체의 경쟁자들 속에서 유일하게 1등을 한 생명체였다. 네 몸속에 들어 있는 DNA는 4억 마리 정자들과의 경쟁에서 1등으로 난자를 차지한 우수한 개체였다. 너는 태어날 때부터 4억 마리의 다른 정자를 물리치고 1등을 하여 출생한 귀중한 몸이다. 단지 네가 그걸 잊고 살 뿐이다. 4억 마리 정자들의 경주에서 1등으로 난자에 도달하려면 얼마나 우수한 개체였는지, 너 아니? 또 얼마나 우수하고 능력이 뛰어난 정자였겠니? 그런데 너는 그걸 잊으며 살고 있다. 남자는 한 번 사정에 4억에서 3억 마리의 정자를 배출한다. 그 4억 마리의 정자가 1개의 난자에 도달하기 위해 치열한 경주를 해야 한다. 너는 4억분의 1의 확률로 태어난 귀중한 몸이다. 로또 복권의 당첨 확률이 800백만분의 1이라고 한다. 그럼 너는 로또복권 당첨 확률의 50배보다 더 어려운 관문을 뚫고 태어난 몸이다. 이래도 네가 소중하고 가치 있는 몸이 아니냐?

자신에 대한 자긍심을 가져라. 80년 한생을 사는 인간들은 일시적으로 곤경에 빠질 수도 있고 어려움에 처할 수도 있다. 그런데 작금에 이르러 너무나 많은 젊은 사람들이 그런 역경을 이겨 내지 못하고 쉽게 절망에 빠져 삶을 포기한다. 아버지는 그게 너무 안타깝다.

아들아, 자신을 소중하게 생각해라. 자신에 대한 믿음과 자긍심을 가지고 세상에 도전해라. 4억 마리의 정자 중 1등을 한 네가 작고 사소한 일에 좌절해서야 되겠느냐? 인생은 단거리 경주가 아니라 80년의 마라톤이다. 나이가 들어 노년에 마지막으로 웃는 자가 진정한 승리자이다.

명절을 보내고 가족들이 모두 거주지로 떠나갔다. 이번 연휴는 짧아 집에 오느라 고생들이 많았다. 그런데도 모두들 고향을 찾아 가족들이 모였다.

동서양 문화의 가장 큰 차이점이 무엇인 줄 아니? 가족의 개념이다. 유교문화권에서는 가족을 무척 중요하게 생각한다. 이번 설날에 한국은 전 인구의 절반이 이동을 했고 중국은 1억 2천만 명이 고향을 찾았다. 서양문화권에서 명절을 맞아 이렇게 많은 인구가 동시에 이동을 하는 것을 보았니? 이것은 오직 과거 농경문화를 중심으로 했던 유교문화권에서만 가능한 일이다. 가족은 아무리 흩어져서 살아도 혈연을 중심으로 다시 모여 친족관계를 확인한다. 설날, 추석, 제사, 생일 등 다양한 행사로 말이다.

아들아, 영화 '대부'가 전 세계 사람들에게 감동을 준 것은 무엇 때문인지 아니? 비록 범죄 집단이었지만 끈끈한 가족관계를 보여 주었기 때문이다. 한 족장의 우두머리를 중심으로 가족들이 모여 서로의 울타리를 형성한다. 가족들끼리는 필요하면 이익에 따라 결합을 하기도 하고 서로 경쟁을 하며 분산을 하기도 한다. 그리고 공동의 적에게는 함께 뭉쳐 대항을 한다. 아주 원시적인 삶의 기본 방식이다.

선출직 선거를 보렴. 입후보자로 출마한 집안의 가족을 위해 전 가문이 총동원되어 운동을 한다. 가문의 지지를 받지 못하는 출마자는 실패를 했다. 앞으로의 정치는 씨족을 중심으로 한 이런 일들이 가장 중요한 역할을 할 것이다. 정치를 하려면 먼저 씨족의 지지를 받아야 한다.

8남매의 장남으로 태어난 아빠와 7남매의 장녀로 태어난 엄마는 어릴 때부터 맏이로 살아가는 법을 터득하였다. 우리는 부모를 도와 때로는 부모의 역할을 하기도 하고 형의 역할을 하기도 했다. 자신의 이득보다 가족이라는 집단의 이익을 먼저 생각하지 않을 수가 없었다. 자신의 안위보다 가족들의 평안을 우선해야 했다. 그래서 월남파병 때에는 장남들이 가장 많이 전쟁터로 갔고 서독 파견 간호사는 장녀들이 가장 많이 이국으로 떠나갔다. 그들은 한 가족의 생계를 위해 기꺼이 자신들을 희생하려 하였다.

동물의 세계에서 사자는 먹이 사냥을 할 때 반드시 역할을 분담하여 목표물을 공격한다. 그리고 그 목표물 중에서 무리에서 떨어져 나간 약한 놈을 사냥감으로 제일 먼저 공격한다.

작금에 이르러 많은 가계(단위가족)들이 해체되거나 흩어지고 있다. 사소한 일로 가족들이 등을 돌리거나 원수가 되기도 한다. 부모와 자식, 형제와 형제들이 서로 비방을 하며 적이 되기도 한다.

타인과의 관계에서 적이 되었을 때에는 만나지 않으면 그만이다. 그러나 부모와 자식, 형제와 형제가 적이 되었을 때에 그 증오감은 훨씬 더 강하고 무섭다.

그 이유는 서로를 너무 잘 알기 때문이다. '네가 나한테 그럴 수가 있어.' 라는 생각 때문에 그 증오심은 더 깊고 무섭다.

아들아, 가족이란 울타리를 항상 잘 관리하여라. 아빠가 이 훈요에서 너에게 강조하고 싶은 말은 이것이다. 인간이 살아가는 방식은 사자의 세계와 똑같다. 가족이란 무리와 함께 사냥을 하면 살기가 쉽다.

그러나 네가 그 집단에서 외톨이가 되면 너는 다른 무리들의 사냥감 표적이 된다. 현명한 사람은 가족이란 울타리를 항상 잘 보호하고 관리를 한다. 명문 가문은 하루아침에 생긴 것이 아니다. 오랜 세월 동안 그렇게 했기 때문에 명문 집안이 된 것이다.

거미줄을 쳐라

　　“**아빠, 거긴** 힘들어요. 총점 4.5 정도 되어야 들어갈 수가 있어요. 경쟁도 치열하고.”

　　“그래도 한번 원서를 내보렴.”

　　“괜히 헛수고만 해요, 돈만 들고.”

　　아들아, 너는 아빠의 의견에 반대를 했다. 공무원 시험 준비에도 바쁜데 또 다른 직종에 원서를 내보라고 말하니 너는 싫다고 말했다.

　　그러나 얘야, 아빠 생각에는 시험과목도 비슷하니 원서를 내보는 것도 괜찮을 것 같은데 너는 굳이 반대를 했다. 아빠가 여기저기 입사 시험 원서를 내보라고 권유하는 것은 이런 이유 때문이다.

남자는 한 가정을 이끌고 유지하기 위해서 1%의 가능성만 있어도 시도를 해야 한다. 그냥 가만히 감나무 밑에 누워 홍시가 떨어지기를 기다려서는 안 된다. 여기저기 많이 거미줄을 쳐야 먹을 것이 생긴다. 그냥 취업 원서를 몇 번 내보다 안 된다고 PC방에 죽치고 앉아 허송 세월을 보내다가는 인생을 낭비하고 만다.

어젯밤에 TV 뉴스를 보니 한 청년이 104번 취업 원서를 냈다가 낙방을 하고 105번째 원서를 내서 취업을 했다.

애야, 그 청년은 '거미줄 이론'을 아는 사람이다. 거미는 먹이 사냥을 위해 1%의 가능성을 가지고도 거미줄을 친다. 그 1%의 가능성이 거미를 먹여 살리는 것이다.

그 1%의 가능성이 사람의 인생을 바꿔 놓는 것이다.

아들아, 남자는 아무것도 하지 않고 가만히 죽치고 있는 것보다는 1%의 가능성에도 인생을 걸 줄 알아야 한다. 그 1%의 가능성은 자기가 직접 만드는 것이다. 그 1%가 사람에게는 운이며 희망이기 때문이다.

애야, 오늘도 쉬지 말고 1%의 가능성을 위해 부지런히 거미줄을 치도록 하렴. 그 이유는 사람은 일을 하고 뜻은 하늘이 이루기 때문이다.

출산

지난밤 방송에서 신생아 1명이 출생하면 12억 5천
만 원의 경제적 유발 효과가 있다고 했다. 유아용품, 고용 창출, 생산
성 증대 등에 그만큼 경제적 효과가 있다고 했다.

옛날 아빠가 예비군 훈련을 받을 때에는 자식을 너무 많이 낳지 말
고 2명만 낳아 잘 키우자고 요란하게 캠페인을 벌였다. 그리고 보건소
에서 정관 수술을 받으면 예비군 훈련도 면제시켜 주었다. 그런데 불
과 30년 만에 지금은 신생아가 태어나지 않아 국가 지도자는 국민을
상대로 출산 장려를 호소하고 정부는 임산부에게 각종 특혜를 줄 테니
아이를 낳자고 수선을 떨고 있다.

한 국가의 국력은 세 가지 요소로 평가된다. 첫째는 인구이다. 둘째는 경제력이다. 셋째는 군사력이다. 그 세 가지 요소 중에 인구가 가장 중요하다. 사람이 없으면 병력도 없고 노동인구도 없다.

인구의 중요성은 이렇게 설명할 수가 있다. 싸움을 잘하는 1명은 3명까지는 이길 수가 있다. 그러나 아무리 싸움을 잘하는 100명이라도 300명에게는 백전백패를 당한다. 더구나 10만 명과 30만 명이 싸우면 이건 게임이 안 된다. 그래서 인구는 국력의 가장 중요한 요소가 된다.

그런데 과거 국가 지도자들은 인구 증가에 역행하는 정책을 써 왔다.

기업을 악덕 자본가로 매도하며 외국으로 축출하여 일자리를 줄여 놓았다. 기업에 일자리가 없고 공무원직은 하늘에 별 따기이다. 아빠 젊은 시절에는 기업에 일자리도 많았고 공무원 시험도 지금처럼 이렇게 어렵지는 않았다.

지금 이 나라 인구감소의 가장 큰 원인은 청년실업이다. 청년 한 사람이 일자리를 구하지 못 하면 결혼을 하지 못한다.

결혼을 못 하니 출산이 없고, 신생아가 태어나지 않으니 인구는 감소하고 노동인력은 노령화되며 국력은 쇠퇴한다. 청년이 취직을 못 하니 결혼 적령기의 남녀들이 가정을 꾸리지 못 해 혼자 사는 노처녀, 노총각들이 많아졌다. 이런 상태에서는 정부가 아무리 인구증가 정책을 써도 헛일이다. 신생아 1명을 낳으면 100만 원을 주고 각종 특혜와 아파트 입주권을 준다고 유혹을 하지만 청년들이 일자리를 구하지 못 해

결혼을 못 하면 신생아는 없다.

지금 정부가 입안하는 출산 장려정책은 어디까지나 각론일 뿐 본론이 되지 못한다. 지금 이 나라에 청년들이 가장 많이 모여 있는 곳이 어디인 줄 아니? 노량진, 신림동 고시촌이다. 그곳에 가 보렴. 거긴 청년백수들의 공화국이다. 그곳의 청년들은 대다수가 대졸 출신 중산층 자녀들로 일자리는 부족하고 똑똑한 여성들의 사회 진출이 늘어남에 따라 취업 전선에서 밀려나 이름뿐인 공무원 시험공부를 한다면서 그곳에 모여 있다. 로또 복권보다 당첨 확률이 낮은 공무원 시험공부를 하기 위해 20만 원짜리 고시촌 쪽방에서 외로움을 달래며 슬픔을 참고 있다. 그들은 대다수가 대졸 출신으로 88만 원을 받으며 학원에서 강사 노릇을 했고 취업이 안 되자 부모에게 도움을 받으며 공무원 시험 준비를 하고 있다. 이 나라에서 가장 소중하고 중요한 핵심자원들이 이렇게 청춘을 낭비하며 허송세월을 보내고 있다.

행정학에서는 정부의 조직과 인력은 늘어나는 것이 원칙이라고 했다. 그런데 정부는 작은 정부를 표방하며 공무원 정원을 축소하고 기존 공무원들의 정년을 연장하였다.

그리고 사무 전산화 작업으로 업무량이 줄어들어 청년들의 일자리를 축소하여 놓았다. 이런 상태에서는 아무리 인구증가 정책을 세우고 출산을 장려해도 청년들이 결혼을 하지 못하면 절대로 인구는 증가하지 않는다.

80년대에 싱가포르도 우리와 똑같은 경험을 했다. 고학력 청년들이 이런 현상으로 결혼을 하지 못하자 정부는 공무원 정원을 대폭 확대하여 국가가 청년들의 노동력을 흡수하였다. 그래서 안정된 직장을 확보한 청년들이 쉽게 가정을 이루자 출생률은 급격히 늘어났다. 첫 단추를 바로 끼우자 출생률이 늘어난 것이다. 지금처럼 명분뿐인 출생 장려정책에 쓰는 재원이면 청년들을 충분히 고용하고도 남는다. 이것은 국가의 백년대계를 위한 문제이다

아빠는 고시촌에서 시험공부를 하는 청년들이 1년차에서는 백수가 되고 2년차에서는 장수가 되고 3년차부터는 절망의 늪에 빠져 국가체제에 도전하는 세력으로 변질될까, 걱정이 된다.

그들의 분노는 화산보다 무섭고 그들의 슬픔과 절망은 바다보다 깊어 더 그런 생각이 든다. 국가의 가장 근간인 중산층 자녀들이 취업 전선에서 무너지고 있는 것이다. 그래서 아빠는 더 걱정이 된다. 하늘에서 내리는 비는 좋고 나쁨이 없다. 그걸 어떻게 사용하느냐에 따라 감로수가 되고 독약이 된다.

아들아, 하늘에 구름이 없으면 하늘이 아니다. 나쁜 일이 없으면 좋은 일도 없다. 어둠으로 밤을 밝히려 들지 마라. 밤은 그냥 둬도 지나가는 법, 고난을 인정하고 긍정을 하다 보면 어느 날 너는 가죽 눈만 뜨는 것이 아니라 지혜의 눈도 뜰 것이다.

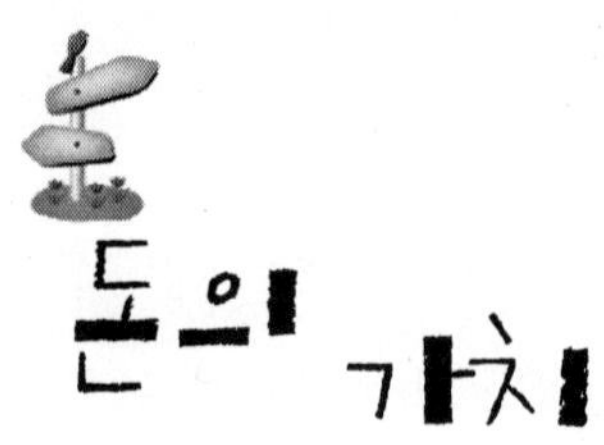

돈의 가치

오늘은 돈이 가진 본질적인 효용에 대해 아버지가 옛날 친구와 함께 있었던 일을 너에게 이야기해 주마. 이 훈요를 너에게 일러두는 아빠의 생각은 이러하다. 돈은 아주 소중하다. 그러나 그렇게 소중한 돈도 그 본질적인 가치는 이렇게 정의가 된다.

아빠 대학시절에 친구가 수업 도중 갑자기 설사가 나서 학교 화장실에 갔다. 당시에 학교는 사다리형 재래식 화장실이었다. 사다리형 화장실이 어떻게 생긴 것인지 너도 잘 알지? 네가 어릴 때 우리 집 푸세식 변소 말이다.

용변을 마친 아버지의 친구는 뒤처리를 하기 위해 휴지(신문지)를 찾아 주머니를 뒤졌더니 아무것도 없었다.

당시는 가난해서 요즘처럼 그런 휴지가 없었다. 신문지 조각으로 뒤처리를 해도 호강이었다. 그 친구는 설사가 급해서 신문지나 노트 조각도 준비하지 않고 화장실에 온 것을 후회했다. 그런데 그 친구가 당황해서 호주머니를 모두 뒤지자 유일하게 안주머니 속에서 500환 짜리 지폐가 1장 나왔다. 당시 500환이면 학교 앞 아테네 극장에서 영화 한 프로를 볼 수가 있는 돈이었다.

아빠의 친구는 500환짜리 종이 지폐로 용변 뒤처리를 하느냐 아니면 그냥 옷을 입고 나오느냐, 하는 심각한 고민에 빠져들었다.

애야, 너라면 어떻게 하겠니? 그냥 바지를 올리고 옷을 버리겠니? 아니면 그 돈으로 용변 뒤처리를 하겠니? 오랜 장고 끝에 그 친구는 500환으로 용변 뒤처리를 했다. 그리고 경제학도인 그 친구는 아빠에게 이렇게 말했다. 500환짜리 지폐의 본질적인 가치는 용변 뒤처리를 하는 데 쓰일 정도밖에 안 되더라고 했다.

당시 이 친구의 이야기는 경제학과 학생들 사이에 화폐가 가진 본질적인 효용가치에 대한 많은 논쟁을 불러일으켰다.

아들아, 이젠 돈의 가치가 그 사람에 대한 능력의 척도가 되며 돈이 세상을 지배하는 시대가 되었다. 돈이 뭐냐? 그것은 먹을 수도 입을 수도 없는 종잇조각에 불과하다. 인간은 그 종이에 가치를 부여하여

신의 힘보다 더 강한 존재로 만들었다.

사과 한 알은 먹을 수가 있다. 그러나 500환짜리 지폐는 먹을 수가 없으며 뒷간에서 그런 용도로 쓰일 정도의 가치밖에 없다. 그런 종이에게 인간들은 가치를 부여하여 사과를 한 개에서부터 백만 개까지 살 수 있도록 약속을 했다.

바로 인간들이 부여한 약속에 의해 종이가 그런 용도로 바뀐 것이다. 그 종이는 인간의 운영 능력에 따라 500환에 사과 한 개를 살 수도 있고 국가, 지역, 인종, 전쟁, 공황 상태에서는 돈을 한 트럭을 가져와도 사과 한 개와 교환할 수가 없다.

그런 종잇조각이 사람을 살리기도 하고 죽이기도 한다.

그러나 돈이 많은 사람은 고뇌 또한 많다. 아무리 돈이 많아도 만족할 줄 모르면 마음은 항상 가난하다. 그러나 만족을 아는 사람은 물질은 비록 가난해도 마음은 풍요롭다.

아들아, 아빠가 돈의 근본적인 효용에 대해 말한 것은 이런 이유 때문이다. 그런 종잇조각을 위해 네 삶의 모든 것을 희생할 만한 가치가 있는지 한번 생각해 보아라.

그러면 너는 작은 푼돈에 자신을 함부로 파는 어리석은 행동은 하지 않을 것이다.

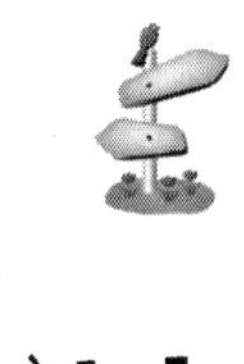

본 대로 따라 한다

"어머니, 저녁 드셨어요?"

"방금 먹었다, 애비는?"

"모임에서 먹었어요."

"잘했네, 가서 쉬시게나."

"예."

이 말은 아빠가 외출을 했다가 외식을 한 후 할머니와 나누는 대화이다. 너는 아빠와 할머니가 매일 똑같은 대화를 나누는 걸 많이 보았겠지.

지난해 아빠의 고등학교 동기생 6명 중 3명의 모친이 세상을 떠나셨다. 2명은 그전에 먼저 타계를 하셨고 이젠 우리 동기생 6명 중 아빠 한 사람만이 어머니가 살아 계신다.

애야, 아빠가 할머니와 나누는 대화의 내용을 왜 너에게 소개하는 줄 아니?

그저께 무심코 할머니와 나누던 대화를 생각하다가 갑자기 이런 생각이 들었다. 언제부터 60 중반의 아들과 80 중반의 어머니가 매일같이 똑같은 이런 식의 대화를 나누게 되었을까? 우린 언제부터 이런 식의 이야기를 나누게 되었을까?

그 정답은 이러했다. 아빠가 지금 할머니와 나누는 대화의 내용은 옛날 아빠의 아버지가 네 증조할머니와 나누던 대화의 내용과 똑같았다. 한 글자도 안 틀리는 저녁 인사의 내용이었다.

아빠는 아버님이 증조할머니와 나누었던 대화의 내용을 그대로 모방하고 있었다. 아빠가 어린 시절에 보았던 두 분 간에 나누었던 대화의 내용과 행동을 똑같이 하고 있었다. 그렇다면 애야, 너도 후일 아빠 나이가 되었을 때 네 엄마와 똑같은 대화를 하게 되겠지?

효행이란 그렇다. 자기가 본 그대로 부모에게 하게 된다. 지금은 주거 환경의 변화로 부모와 같이 사는 집이 드물다. 아빠도 너희와 같이 살면 서로가 불편할 것 같다. 그런데 어제께 너는 집에 오더니

"아빠, 저녁 진지 드셨어요?" 하고 말했다.

"그래, 넌?"

“친구들과 같이 했어요.”

“그래 일찍 들어가 자거라.”

너도 아빠의 흉내를 그대로 내고 있었다. 세상의 이치란 참 무섭고 두렵다.

아들아, 자녀들이 보는 앞에서 부모를 원망하는 말을 하면 아이들은 바람보다 더 빠르게 자기가 본 그대로 따라서 한다. 네 자녀가 불효하면 바로 너에게서 배운 것이다. 지금 부모 자식 간에 생기는 사회 문제가 바로 거기에 있다.

그러나 뿌리가 든든한 집안은 절대로 그런 일들이 생기지 않는다. 효행(孝行)은 마음의 근원이며 백 가지 행동의 으뜸이 되기 때문이다. 아이들은 부모가 한 그대로 배우고 본 대로 따라 하니까 그러하다.

생존의 원리

아빠가 처음 이 훈요를 집필할 때는 책으로 출간할 생각이 없었다. 단지 한생을 먼저 살아온 아버지가 앞날이 구만리 같은 아들에게 삶의 지혜를 전해 주고 싶었을 뿐이었다.

남자들은 한생을 살다 보면 여러 가지 험난한 일들을 겪게 된다. 그때 아빠의 조언이 네 삶에 도움이 된다면 더 이상 바랄 것이 없다.

어린 시절에 어려움이 생기면 아버지에게 도움을 청하면 된다. 그러나 내가 아버지가 되어 가족들의 안위에 관한 중대한 결정을 해야 할 경우에는 정말 힘이 든다.

그래서 남자들은 나 하나 죽어서 아내와 자식들이 편하게 살 수가 있다면 언제든지 죽을 각오가 되어 있다.

그런 남자들의 역사가 오늘날 이 나라를 세계 10위권의 경제 대국으로 만들어 놓았다. 오늘날 너희들이 누리는 물질적 풍요는 우연히 만들어진 것이 아니다. 그런 아버지들의 노력으로 만들어진 결실이었다.

60년대, 절대 빈곤의 시대에 새마을 사업, 월남 파병, 독일광부, 중동기술자 파견 등 해외 인력 송출로 많은 남자들이 가족들의 보다 더 나은 삶을 위해 만리타향의 낯선 나라로 떠나갔다. 그들 중 일부는 집으로 돌아오지 못했다.

남자들은 여자들과 달리 작고 사소한 싸움에는 나서지 않는다. 이웃 간에 사소한 분쟁에는 "그만 참어."라고 말한다.

그러나 한번 싸움을 시작하면 목숨을 걸고 싸운다. 이것은 동물의 세계에서 모든 수컷들이 가진 원초적인 본능이다.

아빠는 한생을 살아오면서 여러 번 죽을 고비를 넘겼다. 굶어서 죽을 뻔도 했고 전쟁터에서 죽을 뻔도 했다. 그리고 얼어서 동사할 뻔도 했다.

얼마 전 외신보도를 보니 미국에 사는 교포가 가족들과 함께 여행 중 폭설을 만나 아내와 아이들은 차에 남겨 둔 채 가장이 혼자서 구조 요청을 하러 갔다가 동사하여 여러 사람들을 안타깝게 하였다.

아빠도 동사할 뻔한 적이 있었다. 군대시절에 전방에서 눈이 허리까지 오는 곳에서 보초를 설 때였다. 그때가 섣달 중순으로 04시부터 06시까지 아빠는 외곽보초를 서야 했다.

04시에 마지막 근무자와 교대를 했다. 그날 날씨는 영하 28도로 몹시 추웠다. 근무 교대를 하자 몸은 괜찮은데 발이 몹시 시렸다. 폭설이 내리는 깊은 산속 눈이 덮인 벌판에서 시린 발을 녹이려 동동 뛰기 시작했다. 그런데 눈 덮인 허허벌판 웅덩이에 허리까지 오는 한 무더기의 갈대밭이 보였다. 눈보라를 피할 곳이 없어 동동 뛰다가 그게 눈에 띄니 마치 솜이불처럼 보였다.

그래서 보는 사람도 없고 해서 갈대 숲 속에서 잠시 눈보라만 피하자고 생각을 했다. 폭설을 피해 갈대 숲 속에 들어가니 마치 방 안과 같이 따뜻하고 포근했다. 웅크리고 앉아 잠시 얼굴을 무릎에 묻었다. 그리고 그게 끝이었다. 자꾸만 허벅지에 쥐가 나는 것처럼 통증이 왔고 온몸이 쥐어짜듯 심하게 아팠다. 그래서 이리저리 몸을 비틀다 정신을 잃었다. 나중에 안 일이지만 체온이 떨어지면서 근육이 수축하고 오그라들어 격심한 통증이 왔던 것이다. 갑자기 얼굴에 심한 충격이 와서 눈을 뜨고 보니 내무반 안이었다. 많은 병사들이 아빠를 둘러싸고 있었다. 순찰을 돌던 소대장이 동사하기 바로 직전에 아빠를 구한 것이다.

처음에는 초병이 보이지 않자 탈영한 줄 알았다고 했다.

이 훈요에서 네게 일러 주고 싶은 말의 핵심은 바로 이것이다. 나이 든 노인들을 가벼이 보지 마라. 그분들은 험한 세파에서 아빠처럼 오늘까지 살아남은 남다른 노하우를 가지고 있는 사람들이다. 살아 있다는 그 한 가지만으로도 충분히 존경을 받아야 할 분들이다. 정말 네가 현명한 사람이라면 2번의 전쟁을 겪으면서도 오늘날까지 살아남은 그분들의 지혜를 배워야 한다. 어린 시절 조부님께서 아빠가 학교에 갈 때마다 이렇게 말씀하셨다.

"남자는 든 데 없이 함부로 행동하면 안 된다. 학교가 파하거든 곧장 집으로 돌아와라. 춥다고 담장 밑에 쪼그리고 앉았다가는 얼어 죽는다."

그 한마디가 할아버지가 어린 손자에게 전해 주는 삶의 지혜이며 생존법이었다. 여기서 조부님이 말씀하신 경상도말의 '든 데 없이' 는 '경솔하지 않게, 신중하게' 라는 의미를 내포하고 있다.

몸은 정직하다

어제 전단 밭에서 고추 모종 500주를 심었더니 온 몸이 쑤시고 아프다. 날이 가물어서 엄마와 둘이서 조루로 물을 주며 고추를 심었더니 오늘은 몸살이 난다.

요즘 농촌은 날이 가물어서 큰일 났다. 땅에 습기가 없어 비닐을 씌우지 못하는 집들이 아주 많다. 우린 다행히 일찍 비닐을 씌웠다만 시끄러운 검둥이네 집은 아직도 밭에 비닐을 덮지 못했다.

요즘 엄마와 아빠는 하루만 운동을 안 해도 단번에 몸에 표시가 난다. 젊은 시절에는 그런 걸 모르고 살았는데 이젠 하루만 운동을 하지 않아도 혈액순환에 지장이 생겨 컨디션이 나빠진다.

옛날 아빠가 군대 시절에 수송부에 가면 입구에

'닦고, 조이고, 기름을 치자.'

라는 구호를 써 붙여 놓았는데 요즘 아버지의 몸을 두고 하는 말 같다.

사람의 몸은 아주 정직하다. 나이가 들수록 더 그런 생각이 든다. 조금이라도 관리에 소홀하면 당장에 표시가 난다.

오전에 센터에 가서 수련을 하거나 헬스를 하면 몸이 바로 좋아진다.

몸이 마치 청명한 날씨처럼 맑아지면 기분이 좋다. 그러나 하루만 게으름을 피우면 당장 표시가 나며 몸이 무겁고 불편하다.

젊은 너는 아빠의 말을 이해하지 못할 것이다. 그러나 한 번 다친 경력이 있는 아빠의 입장에서는 마치 외줄을 타는 심정이다. 조금만 방심하면 줄에서 떨어진다.

매일 철저하게 닦고 조이고 약으로 기름을 치지 않으면 다치게 된다.

아빠의 특징은 한 번 옳다고 정한 규칙은 절대로 바꾸지 않는 데 있다. 그런데 요즘은 그걸 지키지 못해 운동도 자주 못 하고 게으름을 피우게 된다. 의지가 약해진 것일까? 아니면 오랜 투병 생활에 지쳐서 그런 것일까?

건강이라는 외줄에서 한 번 떨어진 사람은 아무리 발버둥을 쳐도 절대로 원상회복이 되지 않는다.

다시 말해 건강이라는 외줄에서 떨어지기 전에 평소에 관리를 잘해야 한다는 말이다.

건강이라는 외줄에서 한 번 떨어져 본 사람은 그게 얼마나 중요한 일인지를 잘 알고 있다. 그러나 그런 경험이 없는 사람들은 설마 나도 그렇게 되겠느냐고 생각하며 남의 일처럼 여긴다. 그런 사람들이 가장 어리석은 인간들이다.

애야, 지금 한강 둔치에 나가 힘껏 달려 보렴. 기분이 상쾌할 것이다. 옆에서 걷고 있는 노인들에게 너처럼 뛰어 보라고 부탁해 보렴. 그리고 노인들이 뛰는 모습을 자세히 살펴보렴. 노인들이 뒤뚱뒤뚱 뛰는 모습이 아주 우스꽝스러울 것이다. 노인들은 젊은 너처럼 발끝으로 뛰지 못하고 발뒤꿈치로 뛰기 때문에 이상하게 보인다.

노인들은 너처럼 그렇게 날렵하게 뛰는 모습을 보고 아주 부러워한다. 너는 뛰는 것쯤이야 아무것도 아니라고 생각을 하겠지만 한 번 자유롭게 걸어만 봐도 소원이 없겠다고 생각하는 사람들이 의외로 아주 많이 있다. 그분들도 옛날에는 너보다 더 빨리 더 잘 뛰었던 사람들이다.

너는 걸을 수가 있다는 것만 해도 행복하다. 그 행복을 오래도록 잘 간직하렴. 지금은 아빠의 말을 이해하기 힘이 들겠지만 너도 곧 그걸 알 날이 올 것이다. 인간은 누구나 그런 날이 오게 되어 있다.

사람의 몸은 아주 정직하다. 평소 네가 닦고 기름 치고 정비하는 것만큼 잘 움직인다.

　조금이라도 방심을 하고 게으름을 피우면 바로 응답을 한다. 몸은 술을 먹으면 곧장 얼굴에 오르고 담배를 피우면 기침을 하며 상한 음식을 먹으면 토한다. 그래서 몸은 아주 정직하다.

　아들아, 아빠가 이 훈요에서 너에게 남기고 싶은 말의 핵심은, 남자는 자기 몸 관리에 철저해야 한다는 것이다. 그 이유는 네 몸은 너 혼자만의 것이 아니라 네 가족 모두의 것이기 때문이다.

잠을 깨니 새벽 5시이다. 그냥 침대에 누워 TV를 켜니 유선방송에서 성인전용 영화가 나왔다. 애야, 같은 남자로서 너에게 고백하건대 아빠도 저런 음란한 영상을 보면 성욕을 감당할 수가 없다.

늙은 아빠도 그런데 한창 혈기 왕성한 젊은 사람들이야 저런 것을 보고 어떻게 성욕을 참을 수가 있겠니?

요즘 나이 든 사람들 중에는 전립선에 문제를 일으키는 사람들이 갑자기 많아졌다. 왜 그런지 아니? 인터넷, TV, 간행물, CD 등 도처에서 저런 음란물을 보게 되기 때문이다.

남자는 저런 음란물을 보면 본능적으로 전립선에 혈액이 모여 발기가 되고 사정을 하지 않으면 충혈이 되거나 비대해지는 상태가 계속된다.

그 상태를 자꾸 반복하다 보면 전립선이 비대해지거나 문제가 생겨 암을 유발하게 된다. 옛날에는 전립선 환자들이 지금처럼 많지 않았다.

그런데 지금은 전립선 환자들이 유행병처럼 번지고 있다. 이것도 문화병이라고 불러야겠다.

어제 네가 사용했던 PC를 커니 음란 동영상을 다운받아 놓은 것이 있었다. 그 동영상을 보고 아빠도 좋아서 한참을 몰래 즐겼다.

그러나 성행위로 사정을 하지 않고 계속 그런 음란 동영상을 자꾸 보게 되면 전립선이 충혈되거나 비대해져 병을 일으키게 된다. 그때 바로 사정을 하여 전립선이 충혈되지 않도록 해야 한다. 젊을 때는 괜찮다. 그러나 나이가 들면 그렇지 않다. 최근에 갑자기 노년층에 전립선 비대증 환자가 많이 생기는 이유가 그것 때문이다. 정액을 사정하지 않는 여자들은 신체 기능이 달라 그런 문제점을 알지 못한다. 그러나 남자들의 몸 구조는 다르다.

동물의 세계에서 다른 수컷들처럼 남자들도 종족번식의 본능을 가지고 있다. 남자의 성욕은 사랑과는 별개이다.

여자들은 사랑이라는 감성에 의해 성욕을 일으키지만 남자들은 사랑과 관계가 없이 본능에 따라 성욕을 일으킨다. 그래서 옛말에 남자들은 치마만 두르면 다 좋아한다고 했다.

초등학교 남학생들이 교내에서 같은 여학생들을 집단 성폭행하여 사회 문제가 되고 있다. 나라 전체가 이 문제로 시끄럽고 소란하다.

그러나 현직에 종사하시는 분들의 이야기를 들으면 이미 초등학교 저학년들한테까지 그런 음란 동영상이 유포되어 있으며 언론에서 보도된 것들보다 훨씬 더 심각하게 퍼져 있다고 한다.

인터넷이 있는 가정에서 맞벌이 부부가 집을 비운 사이에 초등학교 저학년 학생들이 음란 동영상을 다운받아 모두 보고 있다.

다시 말해 네가 보고 즐긴 그 동영상을 네 아들 현우도 보고 있다고 생각해 보렴. 얼마나 놀랄 일이냐?

내 아이들은 그런 것을 절대로 보지 않고 만화 영화만 본다고? 그럼 24시간을 아이들과 같이 인터넷을 해 봤니?

대다수의 음란 동영상은 남녀관계를 상업용으로 이용하기 위해 더 변태적이고 더 자극적이고 또 더 유별난 영상으로 왜곡되어 있다.

그래서 어린 남자아이들이 그런 것을 보게 되면 여자들을 보는 시각이 달라지며 인간성이 변해 간다. 올바른 성의 개념을 갖지 못한 어린 남자아이들이 그런 것을 보게 되면 가족인 엄마와 누나, 여동생과 할머니가 제대로 보이겠느냐?

모든 여자들을 그런 시각으로 보게 된다. 이 얼마나 무서운 일이냐?

그런 남자아이들은 성인이 될수록 좀 더 자극적이고 변태적인 성행위를 찾게 된다. 그래서 요즘 문제가 되고 있는 여자들을 사냥감으로 생각하는 짐승 같은 범죄자들이 생기게 되는 것이다.

앞으로는 지금 초등학교에서 일어나는 일들과 같은 현상들이 점점 더 많이 생길 것이다. 이런 현상들은 눈에 보이지 않게 은밀하게 이루어져 아무도 막지 못한다.

학교교육에서도 이미 한계에 도달했다. 맞벌이 부부인 가정교육에서도 이런 문제는 한계점에 도달하였다.

이 문제의 해법은 오직 아버지와 아들이 같은 남자의 입장에서 올바른 성 가치관에 대해 끊임없이 논의하는 것이다. 그렇게 서로 대화를 하여 성에 대한 바른 가치관을 심어 줘야 한다. 그것이 아버지가 해야 할 중요한 역할이다.

아들아, 남자의 향기는 올바른 성에 있다. 어린 시절부터 잘못된 성 개념을 가지게 되면 그 애는 겉보기에는 멀쩡하지만 성에 대해 부정적이고 병든 마음을 가지고 있어 잘못된 삶을 살게 된다.

네 아들 현우를 그런 음란물로부터 지키지 못한다면 그 애는 한 남자로서 성인이 되었을 때 올바른 가정을 지키지 못할 것이다.

남자가 평생 동안 10만 번의 사정을 할 수가 있다면, 어린 시절부터 그런 음란물을 보고 일찍이 사정을 하기 시작한 경우 나이가 들었을 때 샘이 말라 더 이상 성행위가 되지 않는다.

너는 지금 그 샘이 영원히 마를 것 같지 않겠지만 아빠의 나이가 되

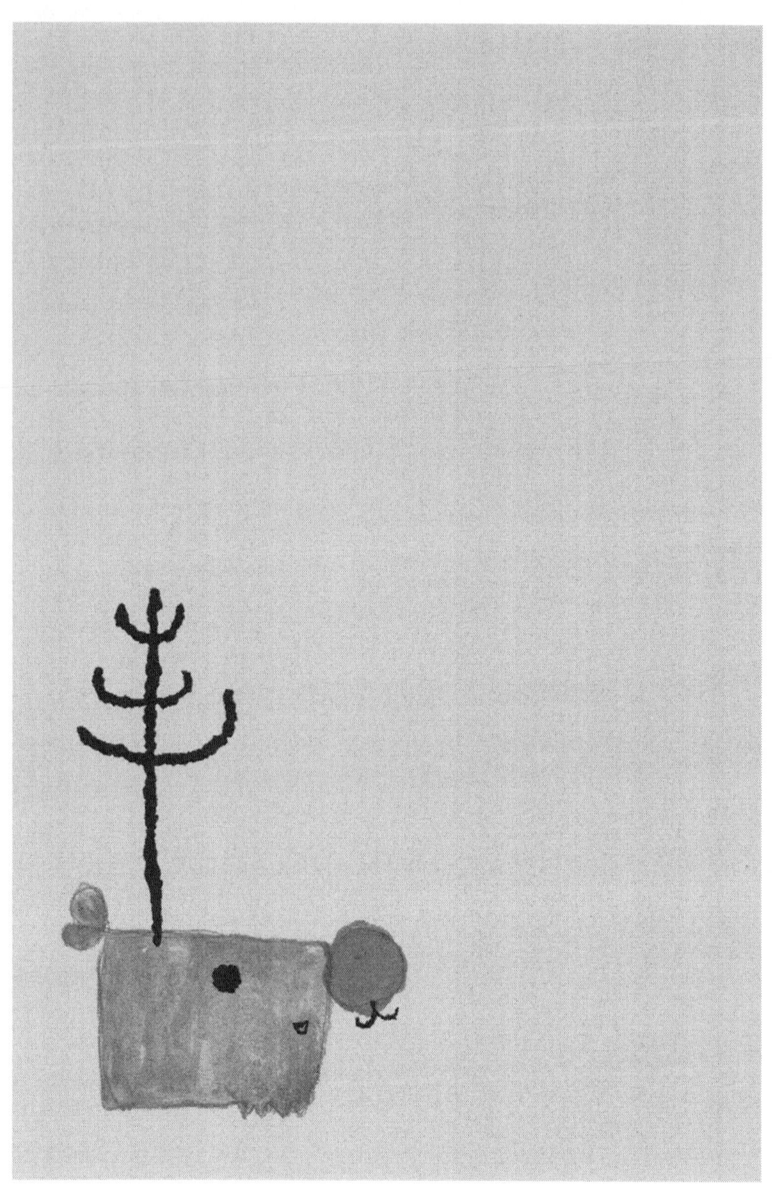

면 함부로 그 샘을 낭비한 사람과 절제된 성생활을 한 사람들과의 차이점이 확연히 드러난다.

남자 나이가 40세도 안 돼 이미 샘을 모두 써 버리고 비아그라나 보양식을 찾는 사람들이 있는가 하면 나이 80세에도 건전한 성생활을 하는 사람들도 있다. 지금 우리 사회는 음란물의 범람으로 의외로 많은 청년들이 잘못된 성지식을 가지고 있다. 문제는 다리가 부러진 사람들은 겉으로 모습이 드러나지만 마음에 병이 든 사람들은 표면으로 드러나지 않는 데 있다. 그게 더 무서운 병인이다.

그들은 잠재적인 성범죄자들이다. 소아에 집착하거나 좀 더 자극적이고 변태적인 성행위를 찾게 된다. 그들은 사회의 근본 질서를 무너뜨리는 무서운 예비 범죄자들이다.

남자의 성기능은 생명의 원천이며 에너지의 근본이다. 남자는 베일에 싸인 이성을 얻기 위해 다른 수컷들과 치열한 경쟁을 하며 그 경쟁이 인류문명에 발전적인 요소를 만들었다. 그러나 그런 남자가 성의 기능을 일찍 상실하면 삶의 의욕은 없어지며 수명 역시 단축이 된다.

작금의 이 사회를 보렴. 사회 전체가 밝고 청정한 기운은 사라지고 음란하고 퇴폐한 저질 성문화가 판을 치고 있다. 이런 사회에 너와 나는 살고 있다.

앞으로 이런 현상들은 통신 매체의 발달로 점점 더 심화될 것이다.

현우가 네가 집을 비운 사이에 그런 음란 동영상을 몰래 보지 않는다고 어떻게 장담을 하겠니? 현우는 절대로 그렇지 않다고?

　우리 아이들은 절대로 그렇지 않다고 생각하는 사람들 때문에 초등학교에 종사하시는 선생님들이 의외로 고민이 많다. 일반인들은 요즘 아이들을 몰라도 너무 모른다는 것이다.

　아들아, 오늘은 남자의 성에 대해 너에게 훈요의 말을 남겼다. 너와 나, 그리고 네 아들로 이어지는 우리 가족의 혈통이 범람하는 음란물로부터 현우를 지켜내지 못한다면 그 애는 수컷들의 세계에서 일찍 도태될 것이다.

　어린 시절부터 그 애의 눈높이에 맞춰 남자 대 남자로 건전한 성 개념에 관한 대화를 나누도록 하여라.

　그건 엄마가 아닌 남자인 아버지만이 할 수 있는 일이다.

나무도 말을 알아듣는다

"오 사장, 오랜만이야. 근데 이 가로수가 왜 이래? 곧 말라죽겠는 걸."

주민센터 앞에서 조경업을 하는 오 사장을 만났다. 대학로에 심어 놓은 나무들은 그가 지난봄에 조경을 한 가로수들이었다.

그런데 그가 심어 놓은 가로수 중에 한 그루가 잎이 시들고 뿌리를 못 내리는 것 같아 무심코 인사를 나누며 한 말이었다.

그런데 그가 질겁하고 아빠의 손을 잡아당기며 한쪽 구석으로 끌고 갔다.

"왜 그래?" 아빠는 그가 무슨 중요한 이야기를 하는 줄 알고 저만치 삼양슈퍼 앞으로 끌려갔다. 오 사장은 젊은 시절부터 화요회라는 부부 모임을 같이하는 사람이었다.

"무슨 일인데 그래?"

그가 무슨 큰 비밀 이야기라도 하는 줄 알고 물었더니 오 사장은 조금 전에 그 가로수를 손가락으로 가리키며 저 나무가 들으면 안 된다고 말했다.

그는 평생 동안 조경업을 하며 살아왔는데 나무들이 사람 말을 모두 알아듣는다고 했다.

그가 말이 안 되는 소리를 하는 것 같아 농담으로 받아넘기며 웃었다. 그랬더니 그는 정색을 하며 자기는 평생 동안 조경업을 하면서 살아왔는데 나무들이 사람의 말을 알아듣는 것을 경험으로 알게 되었다고 한다. 그는 아주 심각한 표정으로 이렇게 말했다.

몇 해 전에 울진으로 가는 지방도로 10㎞ 구간에 가로수를 심은 적이 있었다. 그런데 작업 노임문제로 나무 밑에서 심하게 언쟁을 벌였었다고 한다.

자금 사정이 여의치 않아 노임 지급을 조금만 더 기다려 달라고 말했더니 그 노동자가 욕설을 퍼부으며

"망할 놈의 자식! 일한 돈도 제때 안 주는 이놈의 가로수, 전부 말라 죽어 버려라."

하고 저주의 욕설을 퍼부었다고 한다. 그런데 정말 그 가로수들이

전부 말라죽어 큰 손해를 봤다는 것이다.

자기도 처음에는 경험 많은 조경업자들이 이런 말을 할 때마다 아주 우습게 들었다고 한다.

그래서 가로수를 심는 조경업자들 사이에는 노임문제로 다투더라도 나무가 듣는 곳에서는 절대로 말을 함부로 하지 않는다고 했다. 이 것은 가로수 조경을 하는 사람들 사이에는 불문율처럼 지켜지고 있다고 말했다.

아들아, 나무도 사람 말을 알아듣는단다. 아빠도 그런 경험이 있었다. 전단 밭에 심어 놓은 자두나무 중에 활착이 시원찮은 나무가 한 그루 있었다. 아빠는 그것도 모르고 그 나무를 볼 때마다

"넌 왜 이 모양이야, 말라죽겠다." 하고 한마디씩 했더니 정말 그 나무는 말라죽었다. 무심코 내뱉는 독기를 품은 말은 그렇게 무섭다.

사람뿐만 아니라 말 못 하는 나무까지도 말라죽게 만든다. 나무도 '알 식(識)'을 가지고 있다. 그래서 사랑하는 마음, 좋아하는 마음, 저주하는 마음의 기운을 모두 다 안다.

식(識)의 기운은 참 미묘하다. 벽에 붙어 있는 저 모기를 내가 죽이겠다고 마음을 먹으면 모기는 내가 내뿜는 살(殺)의 기운을 '알 식(識)'으로 느낀다. 그래서 황급히 도망을 쳐 버린다.

아들아, 길가에 버려져 있는 풀 한 포기, 이름 없는 나무 한 그루도

함부로 대하지 마라. 그것들도 모두 존경의 대상들이다. 다만 인간들은 그 은밀한 속삭임을 듣지 못해 그것들이 가진 비밀의 열쇠를 풀지 못하고 있을 뿐이다. 이름 없는 풀 한 포기가 암을 정복하는 마법의 상자가 될 수도 있다. 그 풀이 암을 정복하는 약초라면 인간들은 하늘처럼 고마워하며 존경할 것이다.

대자연의 모든 구성물들을 인간은 자기 필요에 따라 고마워하고 존경하며 필요가 없을 때에는 무시하고 함부로 훼손을 한다. 그 필요의 기준은 어리석은 인간들이 자기 마음대로 정한 것이다.

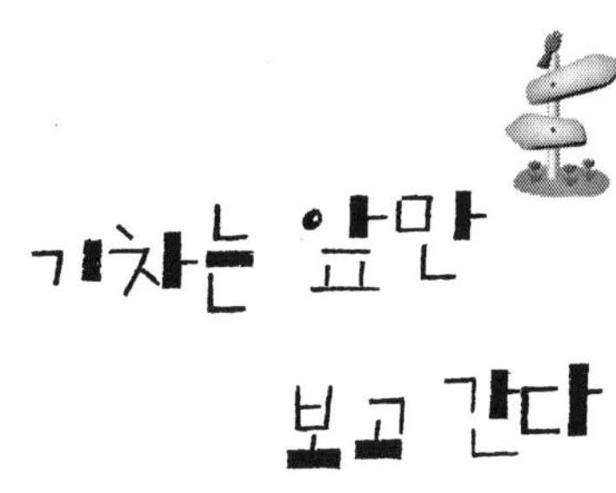

모든 사물을 볼 때 큰 눈으로 바라보도록 하렴. 인간은 새가 나는 것을 보고 비행기를 만들었다. 달리는 말보다 더 빨리 달리는 것을 만들다 보니 자동차를 만들었다. 바다에 떠다니는 통나무를 보고 배를 만들었다.

이 모두가 세상에서 일어나는 사물과 현상들을 큰 눈으로 바라보며 그 이치를 터득해서 이룬 문명의 산물들이다.

지난밤 TV 뉴스를 보니 비행기 사고로 195명이 모두 죽는 큰 사고가 있었다. 왜 서로 멀리 떨어져 살고 있던 195명의 사람들이 세계 각국에서 모여들어 하필이면 죽으려고 모두 그 비행기를 탔겠니?

왜 세계 각국에서 모인 사람들이 지진 발생지인 그 식당 테이블에 앉아 있었겠니?

우연이라고? 정말 그렇게 생각하니?

그럼 그 비행기가 출발하기 10분 전에 탑승을 취소한 1명의 승객은 어떻게 생각하니? 그것도 우연일까? 그럼 애야. 사고를 확대시켜 보자.

인간은 원래 하늘을 날 수가 없는 존재이다. 그런데 그 인간들이 하늘을 마음대로 날아다니는 새를 보고 비행기를 만들었다. 뿐만 아니라 말보다 더 빨리 달리는 자동차도 만들었다.

원래 인간은 새처럼 하늘 높이 날 수가 없고 말처럼 그렇게 빨리 달릴 수가 없도록 조물주가 만들어 놓았다. 그런데 교만한 인간은 문명이라는 이름으로 하늘을 날고 땅 위를 말보다 더 빨리 달릴 수가 있는 기계를 만들었다.

인간이 아무리 문명이라는 이름으로 진화를 해도 자기의 영역이 아닌 하늘을 나는 인간은 언젠가 땅에 떨어질 수가 있으며 말보다 더 빨리 달리는 인간은 충돌하여 부딪칠 수가 있다. 그 이치(理致)와 원칙(原則)은 변함이 없다.

아니면 하늘에서 떨어지지 않는 비행기를 만들고 땅 위에서 충돌을 하지 않는 자동차를 만들어 보렴. 그건 불가능한 일이다.

왜 인간들은 앞만 보고 달리는 기차처럼 다른 생각을 하지 않는지 모르겠다. 애야, 너는 앞만 보고 달리는 어리석은 기차는 되지 마라.

사람이 가진 능력 이상의 문명과 도구를 이용할 때에는 항상 겸손한 생각과 사물을 존중하는 마음을 가져라. 그리고 경외심을 가지고 이용해라. 들판을 지날 때는 들판에 존재하는 모든 사물들을 위해 기도하고 산을 오를 때는 산에 살고 있는 모든 사물들을 위해 경배해라.

이 세상 만물은 모두 존경의 대상이며 네가 배워야 할 소중한 교훈을 간직하고 있다.

모든 사물과 현상들은 소리와 모습으로 그 교훈을 은밀하게 가르쳐 주고 있다. 단지 마음이 고요하지 못하고 항상 들떠 있는 인간들은 그 것들이 은밀하게 속삭여 주는 소리를 듣지 못해 이런 일들이 생기는 것이다.

아들아, 만일 그 가르침을 네가 깨달을 수만 있다면 너는 하늘을 마음대로 날아다녀도 떨어지지 않는 비행기를 선택할 수가 있다. 그리고 지진으로 그 식당이 무너지기 10분 전에 자리에서 벌떡 일어나 그 집에서 나오는 지혜가 생겨 앞만 보고 달리는 어리석은 기차는 되지 않을 것이다.

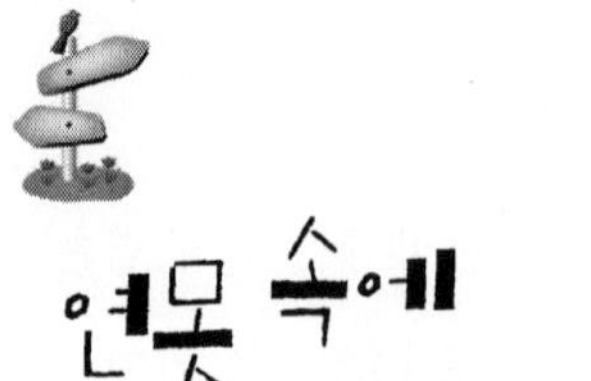

우리 몸속에 가장 마음과 밀접한 장기(臟器)가 무엇인 줄 아니? 심장(心臟)이다. 심장, 마음 심(心), 내장 장(臟). 마음의 장기(臟器)이다. 그래서 마음이 곧 심장이다.

심장이 얼어붙는 것 같다(마음의 공포), 심장이 터질 것 같다(마음의 과부하), 심장이 멎는 것 같다(마음의 경직), 심장이 내려앉는 것 같다(마음의 절망), 심장을 찌른다(마음의 정곡), 심장이 강하다(마음이 강하다) 등 무척 많이 있다.

심장 질환 중 협심증(狹心症)이란 병명이 있다. 좁을 협(狹), 마음 심(心), 마음이 좁아져서 생긴 병이다. 지금 우리 사회는 심장병 환자들이 급격히 늘어나고 있다. 왜 그런지 아니?

마음이 그만큼 문제가 많다는 뜻이다. 심장은 자기 마음 그릇의 크기이다. 그런데 요즘 사람들은 자기 마음의 크기보다 더 많은 일들을 벌여 심장이 감당할 수 없도록 만들어 놓았다. 그래서 그런 병이 생긴 것이다.

부정, 부패, 사기, 부도, 파산, 이혼, 탐욕, 경제, 화, 질투, 치정, 스트레스, 협박, 공갈 등 수많은 사건들을 자기 마음의 그릇 이상으로 벌여 놓고 감당을 하지 못해 심장이 얼어붙고, 좁아지고 내려앉고 무너진다. 그러니 마음의 장기인 심장은 놀라고 두렵고 애타고 무섭고 공포에 질리고 과부하가 걸려 병이 들게 된다. 사람들은 이걸 문화병이라고 부른다.

아빠가 어렸던 시절, 농경문화의 시대에는 심장병이란 없었다. 농사를 짓는 시절에는 심장이 그렇게 놀라고 얼어붙고 멎거나 스트레스를 받을 일이 없었다. 열심히 일하고 움직였으니 심장의 활동이 왕성하였다. 그래서 심근경색으로 급사를 하거나 협심증으로 죽는 사람들은 거의 없었다. 오히려 굶어 죽는 사람들이 더 많았다.

정치, 경제, 법률, 문화를 논하는 이 사회의 지도층 사람들에게 심장병이 왜 더 많이 발병하는지 아니?

그들은 돈이나 권력에 필요 이상으로 탐욕을 부려 심장에 과부하를 주어 결국에는 심장병으로 죽는다. 사람은 아무리 사기를 잘 치고 대중을 잘 속여도 자기 마음만은 절대로 속이지 못한다. 그래서 마음의 괴롭힘이 장기를 병들게 한다.

사람의 심장은 연못과 같다. 태아의 심장이 뛸 때부터 그 연못 위로는 수많은 그림자가 지나간다. 그렇게 지나간 그림자들을 심장은 모두 기억하고 있다. 기뻐서 심장이 좋아했던 일, 놀라서 심장이 얼어붙었던 일, 그 모든 일들을 심장은 기억하고 있다.

그 말이 이해가 가지 않는다고? 그럼 네가 대학에 합격했을 때 일을 기억해 보렴. 지금도 심장이 설레며 기분이 좋아질걸. 그래서 심장을 마음의 장기라고 부른다.

아빠가 이 훈요에서 너에게 하고 싶은 말의 핵심은 이것이다. 사람은 마음속에 누구나 맑고 투명한 심장이라는 연못을 가지고 있다. 그 연못 위로는 구름도 지나가고 까마귀도 지나가고 꽃들도 지나가고 자동차도 지나간다.

만일에 네가 그 마음의 연못을 기도로, 수행으로, 정진으로 깨끗하게 유지하지 못하고 성냄과 탐욕, 몸과 입과 마음으로 악도를 행하여 쓰레기로 가득 채운다면 어느 날 너는 그 연못이 검은색으로 썩어 있음을 보게 될 것이다. 그때는 하나뿐인 마음의 장기인 네 심장을 잃게 된다.

아들아, 명심해라. 모든 화근은 말하는 입에서 나오고 모든 병마는 마음에서부터 시작된다.

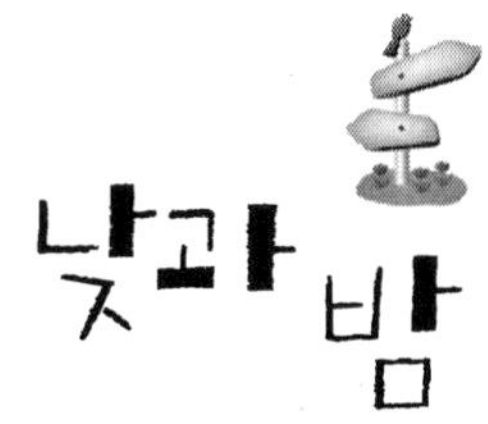

낮과 밤

자동차 기어를 후진으로 변속하고 아무리 액셀러레이터를 밟아도 차가 빠져나오지를 못했다. 전단 밭에 가는 길에 신 씨네 집 앞 농로에서 승용차 앞바퀴가 빠져 버렸다. 아무리 애를 써도 차는 꿈쩍도 하지 않고 진창 속에서 헛바퀴만 돌기 시작했다.

땀을 비 오듯 흘리며 진흙 속에 돌멩이를 집어넣고 별짓을 다 해도 차가 빠져나오지를 못했다. 약이 올라 차바퀴를 발길로 차 버렸다.

"어이쿠!"

엄지발가락을 거머잡고 침대 위에서 벌떡 일어나 앉으며 뒹굴었다. 꿈이었다. 차바퀴를 찬다는 게 침대 옆 벽을 발로 차서 한참 동안 발이 아파 때굴때굴 굴렀다.

진흙탕에 빠진 차 때문에 얼마나 용을 썼는지 온몸이 땀투성이로 흠뻑 젖어 있었다.

밤에 잠이 들어 꿈을 꿀 때 사람들은 지난날 생활 속에서 경험했던 일, 체험했던 일, 상상했던 일 등, 그런 내용들을 주로 꾸게 된다.

평소 뇌 속에 정보로 저장되어 있던 일들이 꿈을 통해서 현실로 나타난다. 그러나 꿈을 꾸는 사람들은 꿈속에서 이게 꿈이라는 것을 인식하지 못한다. 그래서 대다수의 사람들은 꿈속의 내용들을 모두 현실이라고 느낀다. 악몽을 꾸게 되면 땀을 뻘뻘 흘리고 비명을 지르며 현실과 똑같이 느끼게 된다.

밤이 지나고 아침이 되어 잠에서 깨어나야 꿈인 것을 알게 된다.

노인들이 임종을 할 때 지난 일들을 생각하니 마치 짧은 꿈을 꾼 것 같다고 말을 한다. 그리고 이렇게 짧은 꿈 때문에 그렇게 악을 쓰며 사느라 좋은 시절 다 보냈다며 후회를 한다.

그럼 밤에 꾼 꿈과 낮에 우리가 살고 있는 현실과의 차이점은 무엇일까? 혹시 낮에 우리가 사는 현실도 꿈과 같은 것이 아닐까? 밤에 꿈은 8시간이지만 낮에 꾸는 꿈은 80년이 아닐까?

선지식들은 인간의 삶은 물거품과 같고 꿈과 같다고 말했다. 혹시 이편에서 80년 동안 꿈을 꾸고 저편으로 갔을 때 이편에서의 삶이 꿈인 것도 모르고 정신없이 날뛰며 평생을 살았다고 후회나 하지 않을까?

지난밤에 승용차 바퀴가 진흙탕 속에 빠진 것을 꿈인 줄 모르고 화가 나서 발길로 차고 잠이 깨서 발이 아파 후회하는 것처럼 그런 삶은 아닐까?

인간은 밤에 꾸는 꿈을 꿈속에서는 꿈인 줄 모르고 살고 있다. 밤에 꾸는 꿈의 내용을 자기 마음대로 조작하며 사는 사람은 없다. 마찬가지로 인간은 낮에 꾸는 꿈도 꿈인 줄 모르며 살고 있다. 그러나 인간은 낮에 꾸는 꿈의 내용은 자기 마음대로 조작하며 살고 있다. 그렇게 살다가 죽을 때가 되면 이게 꿈이었구나, 하며 후회를 한다.

낮과 밤의 꿈의 차이점은 밤에 꾸는 꿈은 자기 마음대로 할 수가 없지만 낮에 꾸는 꿈은 자기 마음대로 조작하며 살 수가 있는 것이다. 그렇게 살다 저편으로 갈 때 아차! 이게 꿈이었구나. 내가 꿈속에서 무슨 짓을 한 거지? 그렇게 놀라며 후회를 한다.

사람은 밤에 꾸는 꿈에서 깨어나면 내 몸이 그대로 존재하는 것을 알게 된다. 그러나 깨어(죽음)나면 물질(몸)은 없어지고 우리가 영혼이라고 부르는 것만 남게 된다. 영혼(靈魂)이라는 것도 우리가 이름을 그렇게 붙인 것이다.

그러나 80년 동안 밤낮으로 우리에게 꿈을 꾸게 만들었던 몸은 태우거나 썩어서 없어지게 된다. 그때야 본래의 나는, 이게 꿈인 것을 알게 된다. 바로 나의 혼(魂), 식(識)이 이것을 깨닫게 되는 것이다.

아빠의 말이 어렵니? 아직 넌 아빠의 말을 이해하기가 힘들 것이다. 그러나 사람들은 누구나 이것을 알게 될 날이 오게 되어 있다. 이게 바로 인간의 한계이기 때문이다.

아들아, 밤에 꾸는 꿈과 낮에 꾸는 꿈의 차이점이 무엇인지 이해가 가니?

그걸 아는 사람들은 낮에 꾸는 꿈에서 깨어날 때 놀라거나 두려워하지 않는다. 인간은 낮에 꾸는 꿈속에서 이치(理致)와 순리(順理)에 맞지 않게 살면 나중에 꿈에서 깨어날 때 땅을 치며 후회를 하게 된다.

그 후회는 만회할 기회조차 없다. 너는 낮에 꾸는 꿈속에서 깨어날 때 후회하는 사람은 되지 마라.

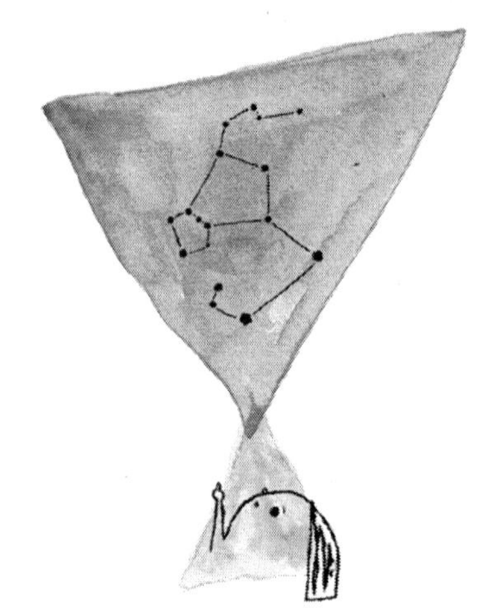

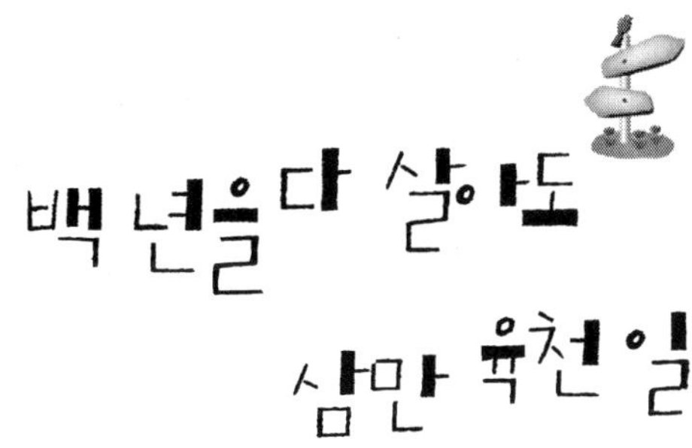

요즘 선거 때문에 온 나라가 시끄럽다. 빨리 선거가 끝이 났으면 좋겠다. 정치가들은 국민들을 패를 가르게 만들어 싸움을 시킨다. 온갖 방법으로 상대방을 음해하고 비방을 한다.

어제 오후 글을 쓰고 있는데 홈플러스 광장에서 시끄러운 마이크 소리가 들려왔다. 너무 악을 쓰며 고함을 질러 무슨 소린가 해서 나가 봤다. 유니폼을 입은 여자들이 한 줄로 서 있고 한 남자가 어떤 사람을 비방하는 연설을 하고 있었다.

환경미화원은 더러운 거리를 깨끗하게 청소하여 사람들을 즐겁게 한다. 의사는 환자의 병을 고치고 미장원 주인은 사람의 외모를 아름답게 하여 사람들을 즐겁게 한다. 그리고 정해진 돈을 받는다.

정치가들은 특별히 하는 일이 없어도 큰돈을 벌어서 호사를 누리고 있다. 그리고 그들은 사람을 즐겁게 하는 것이 아니라 짜증나고 열 받게 만든다.

아빠는 세상의 많은 직업 중에서 정치가라는 직업을 좋아하지 않는다. 그 이유는 이러하다.

강도는 한 사람의 재물을 도적질한다. 살인범은 한 사람의 생명을 빼앗는다. 그러나 IMF외환위기를 보렴. 한 사람이 정치를 잘못하면 수많은 가정이 파탄에 이르며 수많은 사람들을 자살하게 만든다. 강도는 한 사람의 재산만 빼앗고 살인범은 한 사람만 죽이지만 정치가는 수많은 사람들의 재산을 빼앗고 수많은 무고한 생명들을 죽게 만든다. 법의 잣대가 아닌 신의 저울로 보면 가장 무거운 중벌을 받아야 할 사람들이다. 그래서 정치를 하지 말라는 것이다. 정치라는 직업은 잘하면 많은 사람들을 살린다. 그러나 역대 정치가들 중에 그런 사람들은 극소수였다. 대다수가 자기 사리사욕을 채우다 감옥에 가거나 죽었다.

높은 자리로 올라간 사람들은 언젠가에는 낮은 자리로 내려가야 한다. 그것은 누구도 거스르지 못하는 이치이며 순리이다. 또 높이 올라갈수록 떨어질 땐 소리도 요란하다.

그러나 낮은 자리에 앉아 있는 사람들은 더 떨어질 곳이 없어 마음

이 편하다. 그래서 사람은 나이가 들수록 더 낮은 자리로 내려가라고
한다. 그럼 노후가 편하고 마음이 편하기 때문이다.

아들아, 수많은 직업 중에 정치가는 되지 마라. 사기꾼은 한 사람만
속이면 된다. 그리고 한 사람만 피해를 주면 된다. 그러나 정치가는 전
국민을 상대로 사기를 쳐야 한다. 그리고 잘못하면 전 국민들에게 피
해를 입히는 죄악을 저지르게 된다. 인간은 백 년을 다 살아도 삼만 육
천 일밖에 살지 못한다. 그런 인간이 남에게 피해를 주며 살아서야 되
겠느냐? 한때 권력의 최정상에서 무소불위의 권력을 휘둘렀던 사람들
이 지금은 모두 어디로 갔는지 생각해 보렴.
그들은 일생 동안 '큰 북으로 큰 소리'만 요란하게 내다가 지금은
땅 밑에 있다. 사람들이 그들의 북소리를 기억할 줄 아니?

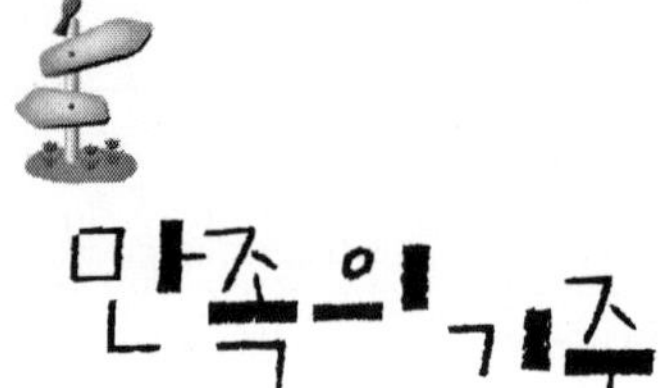

만족의 기준

오랜만에 이 글을 쓴다. 얼마 만인가, 하고 블로그에서 집필 중이었던 '니가 있어 든든하다' 를 검색해 봤더니 작년 10월 초순에 마지막 글을 쓰고 중단이 되었다. 오늘이 3월 22일 그간 수확의 계절 가을과 긴 겨울철이 지나가고 따뜻한 봄이 왔다.

오늘은 만족의 기준에 대해 너에게 일러 주마. 너는 자기보다 부자인 사람의 기준을 어디에 두고 있니? 만약 네가 13평 아파트를 가지고 있다면 너는 15평 아파트에 살고 있는 사람들을 부자라고 생각하게 된다. 마찬가지로 13평 아파트에 전세 들어 사는 사람의 기준에서 보면 13평 아파트를 소유하고 있는 사람들이 부자로 보인다.

돈도 마찬가지이다. 천만 원을 가지고 있는 사람은 이천만 원을 가지고 있는 사람들이 돈이 많은 부자로 보인다. 그 이유는 사람들은 모두 자기 기준에서 다른 사람들을 비교하기 때문이다. 나를 다른 사람들과 비교했을 때 그렇게 보인다.

다른 사람들을 의식하는 내 마음이 무의식적으로 그렇게 분별하도록 시킨 것이다. 그건 지금까지 살아온 내 습[習慣]이 나의 무의식 속에 그렇게 심어 놓았기 때문이다.

그렇다면 나의 기준, 다른 사람과 비교하는 내 기준을 없애 버린다면 어떻게 될까? 행복의 기준이 달라진다.

바보는 암에 걸리지 않는다. 다른 사람과 비교하여 스트레스를 받지 않기 때문이다.

고등동물인 인간은 하급동물과 달리 자신을 타 개체와 비교하고 분별하는 능력을 가지고 있다. 그것이 인간 진화의 근본이 될 수도 있었지만 인간 자멸의 원인이 될 수도 있다. 지금 이 지구상에는 개인 간의 비교, 집단 간의 비교, 국가 간의 비교, 종교 간의 비교가 가장 큰 문제가 되고 있다. 모든 문제는 비교 때문에 발생한다.

만약에 전셋집에 살더라도 나는 행복하고 부자라는 마음을 가지게 된다면 내 의식은 달라진다. 의식이 변하면 운명도 달라진다. 내 운명이 달라지는 이유는 무의식 속에 잠재되어 있던 잘못된 나의 습을 의식이 일깨워 주기 때문이다.

그 이유는 내 마음속에 부자의 기준을 다른 사람들과 비교하지 않고 구분하지 않도록 일깨워서 자기만의 가치 기준으로 살도록 하기 때문이다.

아들아, 명심해라. 사람은 희망에 살고 절망에 죽는다. 습에 젖은 무의식 속에서 깨어난 의식은 절대로 절망에 빠지지 않는다. 개가 절망에 빠지는 걸 봤니? 소가 절망에 빠져 죽는 걸 봤니? 오직 사람만이 절망에 빠져 스스로를 죽인다.

다른 사람들과 비교하는 그런 삶은 살지 마라. 네 삶은 너의 것이니 항상 깨어 있는 삶을 살아라. 네 삶의 주인이 자신임을 알고 항상 일깨워 주어라.

인생은 단거리 경주가 아니라 마라톤이다. 결승점에서 웃는 사람이 마지막 승자이다.

80km 거리의 마라톤에서 10km, 20km를 뛰고 너무 쉽게 포기하는 젊은 사람들이 아주 많다. 마라톤 선수의 특징은 결승점까지 가는 것만 생각하지 다른 생각은 절대로 하지 않는다. 최근에 젊은 마라톤 주자들이 너무 많은 생각을 하는 것 같다. 그래서 중간에 포기를 한다. 너는 그런 어리석은 사람은 되지 마라.

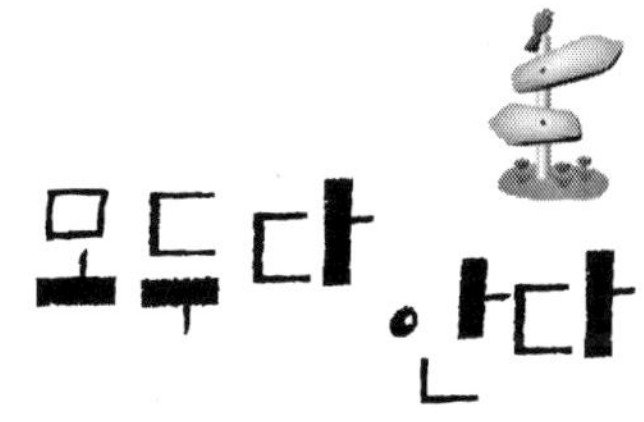# 모두 다 안다

오늘 오후 어떤 사람이 하는 강연회에 갔더니 그 사람 참 되게 아는 게 많더라. 너무 많이 아는 척하니 강의가 재미가 없어졌다. 정치와 경제, 문학과 철학, 모르는 게 없는 것 같았다. 아빠도 저렇게 아는 척하여 남에게 빈축을 사는 일이 없나, 다시 생각해 봐야겠다.

아빠가 이 글에서 너에게 일러 주는 말들은 지식을 전해 주는 것이 아니라 삶의 경험담을 말해 주는 것이다. 아빠가 네게 일러 주는 말들은 이 세상 아버지들이 모두 다 아는 내용들이며 경험한 내용들이다. 단지 아빠는 그 경험담을 문자로 남길 뿐이다.

네가 이 세상에 태어나 살아가면서 터득한 지식들은 다른 사람들도 모두 알고 있는 것들이다. 그 지식이나 정보들은 너만 알고 있는 것이 아니라 다른 사람들도 너보다 더 많이 알고 있거나 똑같이 알고 있는 내용들이다. 단지 너는 자기만 알고 있는 것으로 착각하며 살고 있다.

지금은 커뮤니티의 발달로 지식이나 정보의 생산을 나 혼자 독점하기보다는 많은 사람들이 함께 공유하게 되었다.

남들 앞에서 너무 아는 척하지 마라. 네가 아는 지식들이나 정보들은 이 세상 사람들이 알고 있는 내용에 비하면 아무것도 아니다. 최첨단 의료 시설에서 말기 암으로 판정받고 인생을 포기한 사람이 인도에 갔는데 그곳에서는 민간요법인 주술로 그 사람을 살려냈다.

아들아, 눈에 보이는 모든 사물과 현상들에 겸손해야 한다. 작은 벌레 한 마리라도 소홀히 하지 마라. 벼이삭에 앉아 있는 작은 메뚜기를 보렴. 그 메뚜기도 너보다 더 뛰어난 능력이 있다.

메뚜기는 자기 키의 60배까지 높이 뛸 수가 있다. 넌, 네 키의 60배를 뛸 수 있니? 메뚜기는 자기 몸의 500배를 멀리 뛸 수가 있다. 넌, 네 키의 3배 너비를 뛸 수가 있니?

그래서 이 세상에 모든 사물들에게 잘난 척하지 말고 겸손하라고 하는 것이다. 자연을 경배하고 존중하라는 것이다.

어제 번개시장에 갔더니 어떤 중년부인이 고등어를 사는데 하필이면 파리가 앉아 있던 것을 고르더라.

그래서 파리가 앉지 않았던 것으로 고르지 왜 더러운 파리가 앉았던 것으로 고르느냐고 물어보았다. 그랬더니 그 부인이 대답하기를 파리가 앉지 않는 것은 방부제를 쳐서 사람도 못 먹는다고 했다.

이 세상에서 더러운 해충이며 아무짝에도 쓸모가 없는 파리도 생선이 상하지 말라고 화공약품을 쓴 것과 쓰지 않은 것을 구분할 수 있는 능력이 있다. 너는 그럴 능력이 있니?

그래서 조물주가 생명을 준 모든 것들은 그 나름대로의 가치와 존경을 받아야 할 대상이라고 말한 것이다.

이번에 네가 승진을 했다며? 애야, 좋겠다. 그러나 이웃들에게 너무 자랑을 하고 다니지 마라. 사람은 분수에 맞게 살아야 한다. 분수(分數)란 자기 처지에 맞는 한도, 사물을 분별하는 지혜를 말한다.

이 세상의 일은 좋고 나쁜 것이 따로 없다. 좋은 일과 나쁜 일은 언제나 함께 있다. 마찬가지로 나쁜 일도 좋은 일과 함께 있기 마련이다. 왜 그렇게 쳐다보니? 아빠 얼굴에 뭐가 묻었냐? 무슨 말인지 모르겠다고? 세상 이치는 네가 가진 마음의 그릇보다 물을 더 많이 부으면 잔이 넘친다. 항상 네 마음속 그릇, 분수라는 잔이 넘치지 않도록 조심해야 한다.

우리 아파트 위층 606호 집 말이다. 그 집 선생님이 부인의 부탁으로 퇴근길에 애완견을 사러 갔다. 부인이 경비원 아저씨에게 들었는데 아파트 단지 앞 애견센터에 치와와 순종이 나왔다며 꼭 사 가지고 오라고 당부를 했다. 그 부인은 자녀들이 모두 출가하고 부부만 사는데 치와와 순종을 무척 가지고 싶어 했다. 박 선생님이 퇴근길에 예림애견센터로 갔더니 마침 치와와 순종 새끼가 한 마리 나와 있었다. 평소 부인이 그렇게 갖고 싶어 하던 개인지라 그 선생님은 가격을 물어보았다. 주인이 80만 원을 달라고 했다. 주먹만 한 치와와 새끼 한 마리가 정말 그렇게 비싸니? 얘야, 개도 비싸구나. 박 선생님이 70만 원을 주겠다고 말하자 주인은 그렇게는 팔 수가 없다고 말했다.

선생님은 값을 더 깎을 생각으로 애견센터 매장을 한 바퀴 돌아보며 다른 개를 눈여겨보는 척하다가 다시 그 개를 보러 갔다. 너도 물건 살 때 그렇게 하지 않니? 그런데 그 개가 없어졌다. 깜짝 놀라 주인에게 물어보자 조금 전에 현대 아파트에 사는 어떤 분이 75만 원에 사 가지고 갔다고 했다. 이런 낭패가 있나?

할 수 없이 박 선생님은 집으로 돌아왔다. 부인이 왜 치와와 애완견을 사 가지고 오지 않았느냐고 묻기에 사실대로 이야기를 했다.

"아이고, 이 좀팽이 같은 양반아! 돈 5만 원 아까워 그 귀한 치와와를 다른 사람에게 빼앗겨."

하며 부인이 원망을 하였다.

그런데 갑자기 "딩동" 하며 벨이 울렸다. 문을 열고 보니 바로 앞집

605호 김 과장 부인이 치와와를 안고 들어오며 자기 남편이 이 개를 사 가지고 왔다고 자랑을 했다. 그 부인은 그 주먹만 한 치와와를 남편이 거금 백만 원을 주고 사 왔다며 자랑이 늘어졌다. 그 새끼 치와와는 암캐인데 1년만 키워서 새끼를 낳으면 백만 원을 받을 수가 있다며 신이 나서 좋아했다. 605호 부인이 돌아간 후 박 선생 부인은 다시 남편에게 당신 같은 좀팽이 인간은 처음 본다며 또다시 비난을 퍼부었다. 남편은 입맛만 쭉쭉 다시며 부인의 핀잔을 들어야 했다. 바로 옆집 605호 집에 개가 짖는 소리만 나도 그 부인은 남편을 나무라며 그렇게 괴롭혔다. 그렇게 3주가 흘러갔다.

"아 여보, 여봇!"

남편이 퇴근을 해서 현관에 들어서자 부인이 남편을 부르며 호들갑을 떨기 시작했다.

"당신, 그거 알고 있었지?"

"뭘?"

"그걸 알고 있으면서 모른 척했지?"

"응." 남편은 부인의 수다가 귀찮아서 대충 대답을 했다.

"당신, 치와와가 병이 든 걸 어떻게 알았노?"

"뭬야?"

박 선생님이 퇴근을 해서 집으로 돌아오자 아내는 오늘 낮에 605호 집 그 치와와가 갑자기 설사를 하며 죽었다는 것이다. 그 부인이 울면서 119를 불러 김동진 동물병원까지 데려갔는데도 죽었다는 것이다. 605호 그 잘난 부인이 초상집처럼 울고불고 난리를 쳐서 아파트 부녀회에서 위문을 갔다고 한다. 그녀는 아파트 부녀회장을 하고 있는데 너무 시건방을 떨어 사람들이 싫어했다. 아내는 그 말을 하면서 좋아서 팔짝팔짝 뛰었다. 그리고 회심의 미소를 지으며 은근한 눈초리로 남편에게 물었다.

"여보, 당신은 그 개가 병이 든 걸 알고 있었지?" 하고 물었다.

남편은 어깨에 힘을 주며

"내가 개를 좀 볼 줄 알아." 하고 폼을 잡았다.

아들아, 세상에 모든 이치는 이러하다. 사람의 길흉은 언제나 함께 있다. 이번에 네가 승진을 했다고 너무 좋아할 일도 아니고 네가 이번에 직장에서 해고되었다고 너무 낙담할 필요도 없다. 그래서 좋은 일과 나쁜 일은 항상 같이 붙어 다닌다고 말한다.

현명한 자와 우둔한 자의 차이점은 현자는 좋은 일이나 나쁜 일이나 그저 담담하게 받아들이며 자랑을 하지 않는다. 그러나 어리석은 자는 자만에 빠져 지나치게 자기 자랑을 하여 마음 그릇의 잔을 넘치게 만든다. 그 부인처럼 분수에 맞지 않게 작은 그릇에 자꾸 잔을 채우다 보면 어느 날 큰일을 당하게 된다. 이번에는 개를 잃었지만 자꾸 분수에 넘치는 일을 하다 보면 더 큰 것을 잃게 된다.

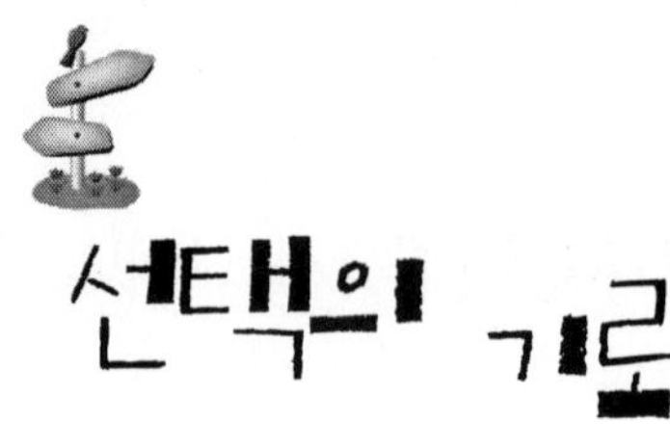

오늘은 '선택'에 대해 너에게 일러 줘야겠다. 지난주에 아빠는 결혼 청첩장을 한 통 받았다. 그분은 잘 아는 사람이 아니고 어떤 사석에서 만나 인사만 간단하게 나누었던 사이인데 자녀 결혼 청첩장을 보내왔다.

아빠는 그 청첩장 때문에 세 가지 선택을 해야만 했다. 첫째는 그 결혼식에 가야 하는지를 선택해야 했다. 두 번째는 만일 간다면 부조를 얼마나 해야 할지를 선택해야 했다. 세 번째는 그 사람과의 인간관계에 대해 고민을 해야 했다.

아빠는 한 번 인사를 나눈 사람이 보낸 결혼 청첩장 때문에 '간다,

안 간다, 금액을 얼마로 한다, 안 한다, 인간관계를 한다, 안 한다' 이 렇게 세 가지 문제를 두고 선택을 해야 했다.

사람은 평생 동안 선택을 하며 살아야 한다. 어린 시절에는 선택이 그다지 중요하지 않다. 그러나 사람은 살아갈수록 점점 더 그 선택이 중요해진다. 어떤 경우에는 선택이 목숨을 좌우할 수도 있다. 그런 경 우에는 그때 내가 이렇게 선택했더라면 오늘 이런 결과는 오지 않았을 것이라고 땅을 치며 후회를 한다.

오늘 아빠는 결혼식에 간다 안 간다, 하는 사소한 문제로 선택의 고 민을 했다만 지난 시절을 돌이켜 보면 평생 동안 선택을 하며 살아왔 다. 그리고 그 선택이 삶의 진로를 결정했다. 또 어떤 선택을 하느냐에 따라 사람의 운명이 달라지기도 했다. 사람들은 순간의 선택이 평생을 좌우한다고 말들 하더라만 그 순간의 선택을 어떻게 해야 잘하는지는 말을 하지 못했다. 선택을 잘하는 방법에는 정답이 없다.

아빠는 평생 동안 '한다, 안 한다, 간다, 안 간다. 할 수 있다, 할 수 없다, 이걸 할까, 저걸 할까, 저게 좋다, 이게 좋다' 하는 선택을 하면 서 살아왔다. 그런데 나이가 들어 돌이켜 생각하니 후회되는 선택이 아주 많았다.

너도 지금까지 학교, 군대까지 선택을 했다만 이젠 정말 어려운 선 택이 남아 있다. 직장의 선택, 배우자의 선택은 평생을 좌우한다.

그럼 그 선택을 어떻게 하면 가장 현명한 선택이 될까? 나중에 후회를 하지 않고 잘한 선택으로 기억이 될까?

그 기준은 없다. 아무리 생각하고 선택을 해도 나중에 잘못되면 후회는 하게 되어 있다. 왜냐하면 그것이 인간의 한계이기 때문이다. 가장 완벽한 선택은 신만이 할 수가 있다.

아들아, 선택을 하는 일에 너무 두려워하지 마라. 인간은 잘못된 선택을 해야 새로운 깨달음을 얻는다. 그래서 체험이 곧 깨달음이요, 그 깨달음이 지혜가 된다.

길을 가는 사람 백 명을 붙잡고 지금까지 살아오면서 선택한 일에 후회하지 않는 선택이 있었는지 물어보렴. 그런 사람은 이 세상에 한 사람도 없다.

사람은 평생 동안 선택을 하고 잘못된 선택으로 후회를 하며 새로운 지혜와 깨달음을 얻도록 되어 있다. 그것은 누가 어떤 선택을 하든지 마찬가지이다. 이쪽이 아닌 그쪽을 선택해도 후회하는 결과는 언제나 똑같다. 그러나 선택을 하고도 후회하지 않는 방법은 한 가지가 있다.

아빠는 평생을 살고 나서 내가 선택한 것에 후회하지 않는 방법을 이렇게 정했다. 그 방법은 선택을 하기 전에 기도하라는 것이다. 5분 기도하고 선택하는 것보다는 30분 기도하고 선택하면 실수가 적어진다. 30분 기도하고 선택하는 것보다는 2시간 정진하고 내리는 선택이 실수가 적어진다. 그렇게 하고 내린 선택은 신의 뜻에 의해 내린 선택으로 혹시 나중에 잘못되더라도 후회가 적어진다. 인간은 최선을 다해 노력하였고 선택은 신이 결정했기 때문이다. 그 선택은 신의 뜻이고 운명이 된다.

아들아, 그렇게 해서 내린 선택이 설사 잘못되더라도 너는 후회를 하지 않게 된다. 그 이유는 너는 기도하며 최선을 다해 생각했기 때문이다. 그렇게 신중하게 선택한 결론이 잘못됐다면 그것은 바로 신의 뜻으로 신이 너에게 잘못된 선택을 하게 하여 새로운 깨달음을 주시려 했기 때문이다.

사람은 선택을 하지 않고 살 수는 없다. 잘한 선택을 하게 되면 자신에게 칭찬을 하고 잘못된 선택을 했다고 생각이 되면 이 선택으로 새로운 깨달음을 얻었다고 생각하렴.

사람은 선택을 하고 그 뜻은 하늘이 이룬다. 사람은 최선을 다해 선택을 하지만 그 선택이 옳은지 그른지는 하늘만이 알고 있다. 그 하늘의 뜻을 아는 데는 빠르면 금방, 아니면 평생이 걸릴 수도 있다.

과거의 마음, 현재의 마음

어제 어떤 모임에 갔더니 모 씨가 왔었다. 아빠는 그 사람을 보는 순간 온몸에 소름이 쫙 끼치더라. 그분은 옛날 직장 동료였는데 아빠에게 일구이언을 했다. 당시 그 자리에는 같은 직장 동료 모 씨도 동석을 했는데 그분이 후일 '나는 그런 말을 한 적이 없다.' 고 부인하는 거짓말을 해서 아빠와 그 자리에 동석했던 친구는 곤란에 빠졌으며 큰 손해를 보았다.

그래서 그 사람을 그곳에서 보는 순간, 마치 징그러운 뱀을 보는 것 같았다. 그 사건은 11년 전에 있었던 일인데 아직도 현재의 마음은 그걸 기억하고 그 사람을 원망하며 미워하고 있었다.

그 사람을 보는 순간 아빠는 자리에서 벌떡 일어나 주먹을 한 대 날리고 싶었다. 저 가식적인 행동과 교활한 웃음, 비열한 표정과 위선적인 행동, 바로 쫓아가서 '나쁜 놈!' 하고 따귀라도 한 대 올려붙였으면 십 년 묵은 체증이 내려갈 것만 같은데 그렇게도 하지 못하고 약만 올라 마음이 편치 않았다. 저쪽 좌석에 앉아 있는 그 사람을 볼 때마다 밥맛이 떨어지며 보기도 싫었다. 그런데 어쩌다 저 건너편에 앉아 있는 그와 눈길이 마주쳤다. 그분은 황급히 눈길을 피하며 아빠를 못 본 척했다.

'자식, 지가 한 행동이 있으니 도둑이 제 발 저려 피하는구나.'

그래서 그쪽을 한 번 더 노려보았다. 그런데 밥을 몇 숟갈 더 먹다 그쪽을 바라보니 그분이 없어졌다. 자리를 떠나고 없었다. 의외의 자리에서 아빠를 만났으니 그분도 많이 당황했겠지? 그리고 그때의 일을 다시 꺼낼까 봐 도망을 쳤나?

모임을 파하고 집으로 돌아오는 밤거리를 걸으면서 생각하니 아빠는 오늘 참 옹졸한 행동을 한 것 같다. 그 일은 11년 전, 과거에 일어난 일이었다. 그런데도 과거에 그분을 미워하고 원망했던 마음이 현재의 마음을 움직여 그 사람을 저녁밥도 못 먹고 도망치게 만들었다.

과거 아빠의 속상해하는 마음이 현재 아빠의 행동까지 지배하고 있었다. 마음이 무엇인데 현재의 마음은 과거의 마음을 움직이지 못하는데 과거의 마음은 현재의 마음을 움직이게 할까? 참 마음이란 이상하다.

선현이 남긴 글 중에 불취어상(不取於相)이면 여여부동(如如不動)이라고 했다. 즉, 내가 마음에 어떤 상을 취하지 않으면 현재의 내 마음은 움직일 일이 없다는 말이다.

그런데 아빠는 그분에 대한 과거의 부정적인 상 때문에 현재도 평정심을 잃고 있었다.

아들아, 명심해라. 현재의 마음은 과거 마음을 움직이지 못해도 과거의 마음은 현재의 네 마음을 지배하고 움직인다. 과거에 있었던 원망하고 미워하는 마음 때문에 현재의 네 마음을 괴롭히는 어리석은 짓은 절대로 하지 마라.

오늘을 살아가는 우리는 과거에 있었던 마음 때문에 현재의 내 마음이 스트레스를 받거나 남을 원망하며 속상해한다. 현재의 내 마음이 과거의 나를 괴롭히는 걸 봤니? 마음이란 그런 것이다. 그걸 알면 지난일 때문에 괴로워할 일도 없다. 애야, 너는 전에 사귀었던 아가씨 때문에 지금도 괴로워한다지?

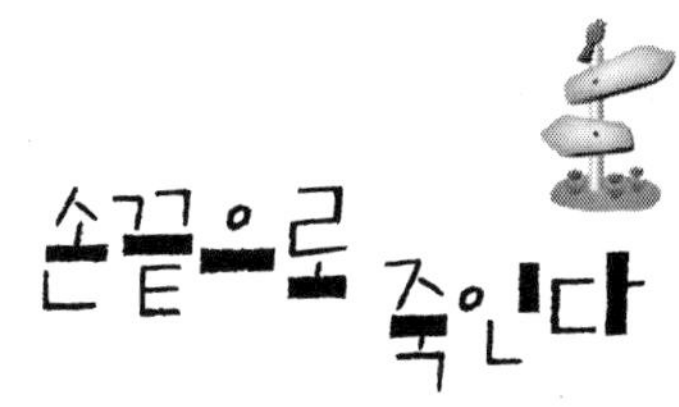

유명 탤런트가 악성 댓글 때문에 자진하여 세상이 시끄럽다. 아빠가 직장에서 일을 했던 젊은 시절에는 인터넷이라는 도구가 없었으니 컴퓨터 때문에 죽는 일이 없었다. 그런데 인터넷이 세상을 지배하니 참 희한한 일도 다 있다.

이게 모두 문명의 부작용이다.

언젠가 한 번 아빠가 인터넷에 올린 글에 대해 '늙은 노인의 잔소리'라는 댓글을 단 분이 있었다. 아빠는 그 댓글을 보고 혼자서 실컷 웃었다. 아빠가 너에게 주는 이 글은 잔소리가 맞다. 문제는 잔소리라고 생각하며 댓글을 단 분도 이 글을 읽지 않았느냐?

그분은 아빠의 잔소리를 읽지 않은 분들보다는 자세히 읽어 주니 더 고맙지. 고마울 뿐 아니라 댓글까지 달아 주었잖니?

글쟁이에게는 반응이 없는 무관심한 독자가 가장 무섭다. 그래서 글을 쓰는 사람들은 악플도 관심의 대상이고 악평도 호감이라는 말을 한다. 힘들여 집필한 글이 독자들로부터 외면을 당하고 무관심의 대상이 된다면 그 작품은 죽은 글이 된다. 그래서 속상하다.

누차에 걸쳐 여러 번 강조한다만 사람은 입과 몸과 마음으로 다른 사람을 죽일 수가 있다. 애야, 네 블로그나 카페에 다른 사람들이 악평이나 악플을 달더라도 열 받지 마라. 그것도 관심이고 사랑이다. 관심이 없다면 악플도 없고 악평도 없다.

얼마 전에 네 엄마 블로그에 어떤 분이 악플을 달아 놓았는데 환갑이 지난 할머니가 그것 때문에 얼마나 섭섭해하는지 아빠가 엄마 달래느라 혼이 났다.

최근에 아빠의 블로그에 이상한 댓글을 다는 사람들이 있었다. 무슨 홈페이지 선전 같기도 하고 무슨 프로그램을 다운받아 보라고 했다. 살기가 궁해서 아르바이트를 한다고 했다.

아빠 블로그에 그런 글을 올려 도움이 될는지 모르겠다. 젊은 사람이 얼마나 힘이 들면 이런 일을 할까, 생각하니 측은한 마음이 들기도 하고 안됐다는 마음이 들기도 했다. 방문객 수도 적은 아빠 블로그가 그분에게 조금이라도 도움이 된다면 더 바랄 것이 없다.

유명 탤런트의 블로그에 악플을 올리려면 먼저 뜻으로 악한 마음을
가져야 한다. 그다음 입으로 '너 뭐 했지.' 하고 욕을 해야 한다. 그리
고 손끝(몸)으로 컴퓨터 자판을 뚜드려서 악플을 달아야 한다.

다시 말해 몸과 입과 마음, 세 가지 방법으로 상대방을 해치는 행위
를 해야 한다. 이 경우 마음과 입이 명령을 하여 몸의 손끝으로 타인을
죽게 만든 것이다.

애야, 살다가 다른 사람들이 너를 악평하거나 악플을 달거든 열 받
지 말고 그것도 관심이라고 생각해라.

'수많은 사람들 중에 하필 내가 왜?' 가 아니고, '수많은 사람들 중
에 내가 당신의 관심을 끌었군요. 살기도 바쁜 세상에 고마워라.' 그
게 대답이다. 그리고 읽지 말고 지워 버리렴.

옛날에는 흉기가 사람을 죽일 수 있었다. 그러나 지금은 칼이 아닌
손끝이 사람을 죽이는 세상으로 변했다. 그런 세상에 살고 있는 너는
컴퓨터 화면 속에 나타난 얼굴도 성씨도 모르는 사람이 올린 허상의
글자 때문에 열 받아 죽을 이유가 뭐니? 악평이나 악플이라고 생각하
면 상대방 손끝에 내가 죽을 수가 있고 살기도 바쁜 세상에 관심도 많
으셔라, 하고 웃으면 장난으로 끝이 난다.

아들아, 명심해라, 그 모든 것들이 한 생각의 차이란다. 바로 한 생
각의 차이가 사람을 죽이기도 하고 살리기도 한다.

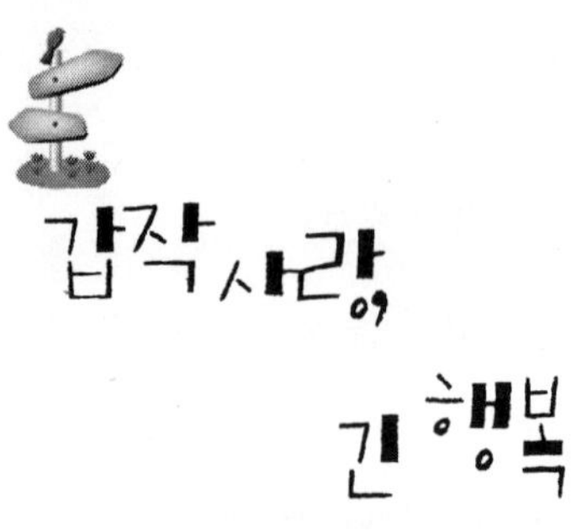

새벽에 잠이 깼다. 한잠 자고 나서 시계를 바라보니 4시 20분, 밖이 캄캄하다. 한동안 침대에 누워 뒹굴다가 갑자기 이런 생각이 들었다. 내가 살아오면서 제일 행복한 때가 언제였지?

지나고 생각하니 모두 행복한 기억뿐이다. 고통스럽고 아픈 기억보다는 기쁘고 즐거운 추억만이 남아 있다. 그래서 노인들은 그때가 좋았지, 하고 생각한다. 그땐 젊고 힘도 있었고 희망도 있었으니 그러하다. 지금처럼 몸이 아프고 건강도 좋지 못하니 그때를 생각하고 그리워하는 것 같다.

너희들의 어린 시절을 생각하니 갑자기 웃음이 터져 나왔다. 얘야,

1남 3녀, 너희 모두와 아빠까지 5명이 한 대의 자전거를 같이 타고 서천 강변으로 소풍 나갔던 때를 기억하겠니? 아빠가 너만 데리고 자전거를 타고 밖에 나갔다 오면 누나들은 아주 싫어하며 삐쳤다.

"아빠는 종보만 좋아해서 자전거에 태우고 놀러 다닌다."고 누나들은 아빠를 비난했다. 너희는 제각기 아빠와 함께 자전거를 타고 동네를 한 바퀴 돌기 위해 나에게 로비를 할 때가 아주 많았다.

"아빠, 자전거 태워 줘요."

아빠는 휴일마다 자전거를 타고 밖으로 나갈 때 누굴 태우고 나갈까 고민을 많이 했다. 그래서 엄마가 너희를 태우고 나가는 순번을 정해 주었다. 그런데 그것도 문제가 있었다. 자전거를 타는 아이는 좋아하는데 나머지 셋은 불만이 많았다. 아빠의 삼천리 고물 자전거에는 앞자리에 플라스틱으로 만든 작은 안장을 하나 달아 놓았다.

그런데 어느 일요일 아침에 일어나 보니 엄마가 자전거 안장 앞자리에 플라스틱 의자 하나를 더 달아 놓았다. 안장 앞에 2개를 달아 놓은 거지. 그리고 너희 4명을 공평하게 모두 태우고 소풍을 다녀오라고 말했다. 앞자리 의자 2개에 막내와 몸집 작은 둘째, 안장에는 아빠가 그리고 뒤 짐바리에는 셋째와 큰애를 모두 태워 보았다. 그렇게 하니 자전거 한 대에 너희 4명을 모두 태우고 나까지 탈 수가 있었다.

너희 모두의 불만은 없어졌고 엄마는 마음 편히 집에서 자유롭게 일을 하며 혼자서 휴식을 취할 수가 있었다.

휴일 때마다 아빠가 흑백 TV를 보고 쉬려 하면 엄마는 비상용 의자를 자전거에 달아 주며 아빠에게 너희 모두를 데리고 소풍을 다녀오라고 명령을 했다. 이제 생각하니 너희가 엄마를 졸라 댄 것 같다.

"여보, 애들 데리고 한 바퀴 돌아오세요."

"싫어, 곧 홍수환 선수가 권투 한단 말이야."

"애들이 놀러 가고 싶어 하는데."

엄마의 성화에 못 이겨 할 수 없이 일어나 마당에 나오면 어느새 너희 넷은 제일 좋아하는 옷으로 갈아입고 자전거 옆에 병아리처럼 모여 있었다. 엄마가 자전거에 이미 2개의 플라스틱 의자를 달아 놓았다. 자동차 불법 개조가 아니고 자전거 불법 개조였다.

그래서 우리 5명이 자전거를 타고 엄마의 배웅을 받으며 대문을 나설 때 너희의 즐거운 웃음소리로 온 동네가 떠들썩했다. 동네 개들은 모두 요란스럽게 짖고 마을 사람들은 시끄러운 웃음소리 때문에 대문 밖을 내다보며 빙그레 웃었다.

아빠는 서천 강둑으로 가기 위해 집을 나와 전문대학 앞에 있는 문화슈퍼에서 잠시 자전거를 세웠다. 모처럼 소풍을 가는데 그냥 갈 수가 있니? 과자라도 조금 사 가지고 가야지. 조금 전 엄마가 대문 앞에서 천 원짜리 한 장을 아빠 호주머니 속에 찔러 주었다.

"애들아, 자기가 좋아하는 과자 한 가지씩만 골라라."

너희는 이것저것 들었다 놓으며 과자를 선택하는 데 고민을 했다.

“아빠, 이거 사요? 라면땅 한 가지 더 사면 안 돼요?”

“그건 안 돼.”

라면땅, 새우깡, 달고나 빵, 사탕, 껌을 사서 큰애가 메고 있는 가방 속에 집어넣었다. 그땐 과자를 천 원어치만 사도 제법 풍성했다. 어떤 때에는 마음씨 좋은 가게 주인이 사탕 한 봉지를 슬쩍 가방 속에 집어넣어 줄 때도 있었다.

그러면 너희 넷은 합창이라도 하듯 “고맙습니다.” 하고 인사를 했다. 그 과자 가방은 제일 뒤에 있는 큰애가 등 뒤에 메었다. 중간에 탄 애들은 가방을 메고 싶어도 멜 수가 없었다. 그렇게 하면 가방이 차지하는 부피 때문에 아무리 몸을 밀착해도 5명 모두가 한 대의 자전거에 탈 수가 없었다.

“자, 타라. 출발!”

그렇게 5명이 자전거를 타고 길거리를 지나가면 길 가는 사람들은 우리를 구경하고 너희는 길거리를 구경하며 좋아했다. 어떤 때에는 할 일 없는 동네 개들까지 떼거리로 짖으며 따라오니 아빠는 쑥스럽고 부끄러웠다.

“얘야, 핸들 좀 살짝 잡아라.”

제일 앞자리에 탄 둘째가 떨어질까 봐 핸들을 꽉 잡고 있으니 아빠가 핸들을 마음대로 돌릴 수가 없었다.

그렇게 서천 강둑을 한 바퀴 돌고 사일 모래밭에 도착하여 자리를 깔고 좋아하는 동요 카세트를 틀어놓으면 너희는 같이 춤을 추며 노래를 불렀다. 그렇게 놀다 과자가 든 가방을 풀면 너희는 모두 자기가 고른 과자나 빵을 찾기에 바빴다.

"아빠, 한 입."

아빠가 빵을 조금 베어 물어야 너희는 먹었다. 어떤 때는 먹는 시늉만 조금 했다. 그럼 "아빠, 조금 더." 하며 먹여 주었다. 행복은 사람과 사람의 관계에 있었다.

아들아, 행복은 멀리 있는 것이 아니었다. 지나고 생각하니 작고 사소한 것, 가깝고 작은 것에 있었다. 물질적 풍요에 있는 것도 아니었고 저 높은 권력 위에 있는 것도 아니었다. 행복은 깨끗하고 욕심이 없는 검소한 삶에 있었으며 아빠의 행복은 바로 너희에게 있었다. 아빠는 어느 날 갑자기 엄마를 만나 너희를 낳고 긴 행복의 시간을 함께했다.

생각으로 생각을 해결할 수 없다

뭘 그렇게 생각하니? 취업, 공부, 결혼, 돈, 병마, 친구, 애인, 사업…… 끝없이 생각을 하는구나. 애야, 생각을 생각으로 해결할 수 있는 방법은 없다. 아무리 밤을 새워 생각을 해도 머릿속에 떠오르는 망상을 생각으로 해결할 수 있는 방법은 없다. 생각은 생각일 뿐이다. 너무 많이 생각하면 머리만 돌 뿐이다. 정신병환자들이 왜 이렇게 많이 생겨나는지 아니? 우울증 환자가 왜 그렇게 많이 생겨나겠니? 모두가 생각을 많이 해서 생겨난 병이다.

아빠는 정진을 많이 하라고 했지, 생각을 많이 하라고 하지는 않았다. 생각과 정진은 큰 차이가 있다. 생각은 자기중심으로 어떤 문제를 풀기 위해 분별심을 가지고 집착을 하며 거기에 빠진다. 생각은 욕심이고 집착이며 옳고 그름을 분별하며 해답을 찾으려 한다. 그래서 정답을 찾지 못한다. 그러나 정진(精進)은 분별심을 버리고 집착에서 벗어나 객관적으로 사물을 보는 것이다. 이것은 바로 지혜를 밝히는 일이다. 주관적으로 문제의 해법을 찾으려는 욕심과 객관적으로 지혜를 밝히는 일은 큰 차이점이 있다. 생각은 주관적이고 머리를 굴리는 일이다. 그러나 정진은 객관적이고 마음의 평정을 찾는 일이다.

그래서 생각은 주관적인 욕심 때문에 오답을 찾을 수가 있고 정진은 객관적인 평정심으로 지혜가 밝아져 바른 길을 갈 수가 있다.

생각을 생각으로 해결하려다가는 머리만 돌 뿐이다. 그러나 생각을 정진(精進)으로 해결하면 지혜가 밝아져 올바른 판단을 내릴 수가 있다.

아들아, 생각을 생각으로 해결하려 들지 마라. 생각은 정진(精進: 바른 법으로 수행)으로 해결해라. 생각을 주관적인 분별심으로 해결하려 하면 문제가 복잡해지며 정신병이나 우울증에 걸린다. 생각을 너무 많이 하면 사견(邪見)에 집착하여 어리석어진다.

지식은 배우는 것이다. 과학적이지만 한계가 있다. 그러나 지혜는 마음을 스스로 넓혀 깨닫는 것이다. 그것은 한계가 없고 주관적이다. 지혜를 밝히는 마음공부가 되어 있지 못하면 사물이 보여 주는 현상에 끌려 다녀야 한다. 그러나 지혜가 밝으면 마음이 고요하여 현상에 끌려 다니지 않는다.

수행(修行: 행실을 바르게 닦음)이 무엇이냐? 마음을 닦아서 본래의 자리로 되돌려 놓는 일이다. 그것은 바로 자기를 이기는 극기를 말하며 자신을 치유하는 방법이다. 오늘을 사는 사람들은 사소한 일에도 너무 많은 상처를 받는다. 그 상처는 사람과 사람 사이에서 받는 상처이다.

몸의 외상은 병원에서 치료를 받으면 된다. 그러나 마음의 상처는 자기가 자신을 치료해야 한다. 약물은 보조 방법일 뿐 근본 치료는 되지 못한다. 그래서 사회 전체의 치유가 아주 중요하다.

만일 자전거를 타다가 다리가 부러졌다. '아, 나는 왜 이렇게 되는 게 없지, 재수 없다.' 현실적인 문제로 자신을 탓하고 말로 변명을 하면 일은 점점 더 꼬이고 복잡해진다. 그러나 다리는 누구나 다칠 수가 있다. 이게 어떤 의미를 가지고 있는 예고편이지, 하고 정진을 하면 지혜가 밝아져 억울한 일도 없어진다. 네가 자전거를 타다가 다리를 다친 일이 승용차를 타다 목숨을 잃는 일을 미연에 방지하기 위한 예고편임을 알기 때문이다.

아들아, 생각을 생각으로 해결하려 하지 마라. 정신병에 걸린다. 생각을 정진으로 해결하면 지혜가 밝아져 해법을 찾을 수가 있다. 네가 만일 이 훈요의 의미를 이해할 수가 있다면 재앙(災殃)을 도리어 공덕(功德)으로 바꾸는 능력을 갖게 될 것이다.

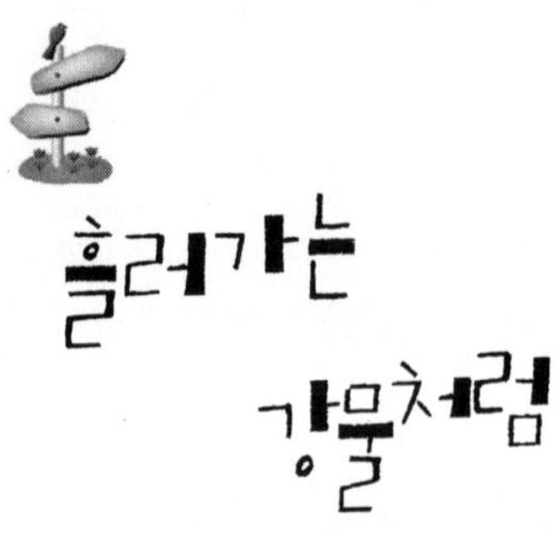

점심을 먹고 나니 갑자기 아빠의 고향, 영양 척금대(斥
金臺: 단편 〈작살〉의 무대)에 가고 싶었다. 그래서 망설이지 않고 바로
차를 타고 떠났다.

영주에서 명호로 다시 재산을 지나 일월산을 바라보며 당동을 거쳐
2시간 만에 차를 타고 척금대에 도착하였다. 척금대에 도착하니 살 것
만 같았다. 넓은 강변에는 아빠 혼자뿐이었다. 깎아지른 듯한 절벽과
파란 하늘, 쏴아 하는 물소리와 바람소리. 차를 강변에 있는 솔밭 밑에
주차시키고 바로 옷을 벗고 물속에 뛰어들었다.

아, 정말 좋았다. 살 것만 같았다. 물 위에 누워 하늘을 쳐다보니 깎아지른 절벽 위로 파란 하늘과 한 조각 흰 구름이 그림처럼 아름다웠다. 절벽 밑 단층 바위에 올라 강물을 내려다보니 갑자기 이상한 생각이 들었다.

아빠가 어린 시절, 바로 이 바위 위에서 '하나!' 하고 강물로 뛰어내리면 다음 친구가 '둘!' 하면서 뛰어들었다. 친구들이 많았을 땐 스무 명도 넘었다. 그런데 척금대에서 함께 헤엄쳤던 그 많던 아이들이 모두 어디로 갔을까? 아빠는 바위에 앉아 흐르는 강물을 내려다보며 그때 이 강물 속에서 함께 놀았던 옛 친구들을 생각했다.

사람은 가도 강물은 그대로 있었다. 사람은 강물을 타고 저 멀리 흘러가도 그 정신만은 아직도 이곳에 남아 있었다. 어린 시절, 이 강가에서 꿈꾸었던 수많은 희망과 미래에 대한 기대, 그리고 더 넓은 미지의 세계에 대한 호기심.

지구가 둥글다는 것을 말로만 들었던 소년이 정말 비행기를 타고 지구가 둥근 것을 보았을 때 이미 꿈은 사라지고 더 이상 궁금한 것은 없어졌다.

이제 아버지가 이 세상에서 알고 싶은 것은 단 한 가지뿐이다. 바로 저편의 세계이다.

어린 시절, 이 바위 위에서 강물에 뛰어들며 미지의 세계에 대해 호기심 많았던 소년은 이젠 한 가지만 모르는 게 남아 있다. 바로 죽음이다. 인간의 삶은 참 단순했다. 지나고 생각하니 마치 꿈을 꾼 것처럼 생각이 된다. 왜 그렇게 정신없이 날뛰며 살았는지 모르겠다. 이렇게 짧은 꿈인 줄 진즉에 알았더라면 보다 차분하고 보람 있게 살 것을, 지나고 생각하니 마음에 걸리는 일이 아주 많았다. 삶은 한순간이었다. 저 넓은 강변의 모래알만큼 시간이 많은 줄 알았더니 어느 날 갑자기 시간의 모래밭은 보이지 않고 한 사람의 노인이 그곳에 앉아 있었다.

아들아, 내 분신인 너를 사랑한다. 네가 가진 시간의 모래알을 하나하나 소중하게 생각하렴. 아주 많은 것같이 생각되지만 실제로는 그렇게 많지 않다. 삿된 마음을 갖지 말고 언제나 바른 마음으로 살아라.

아들아, 사람은 떠나가도 남는 것은 정신뿐이다. 너는 후일 아빠처럼 이 자리에 앉았을 때 아무 걸림이 없이 흘러가는 저 강물처럼 홀가분한 마음으로 지난 세월을 돌이켜 볼 수 있는 그런 사람이 되어 다오.

지난 3년간 아버지는 블로그에 아들에게 남기고 싶은 말들을 글로 썼다. 아버지는 다른 사람들보다 잘난 사람도 아니었고 뛰어난 사람도 아니었다. 그저 한생을 평범하게 보낸 아버지였고 부족하고 못난 사람이었다. 그래서 이 글을 훈요(訓要)로 남긴다.

아버지의 삶은 지나고 생각하니 실수와 시행착오의 연속이었다. 그래서 내 자식인 너만은 살면서 생기는 실수를 아버지보다 적게 했으면 한다. 80년 한생을 사는 인간들은 누구나 시행착오와 실수를 하며 산다. 이 세상에 완벽한 사람은 결코 없다. 누구나 그렇게 산다.

사람은 실수를 하며 살되 누가 더 치명적인 실수를 적게 하고 평생을 사느냐에 따라 삶의 가치가 달라진다. 이생에서 아버지는 온갖 것들을 경험하고 모두 다 봤다만 남자로서 한평생을 살아가자면 몇 가지 원칙이 있어야 했다. 그 삶의 원칙을 지금까지 너에게 일러 주었다. 너는 아버지의 삶의 원칙 중에서 취할 것은 취하고 버릴 것은 버려 더 좋은 삶을 영위하기 바란다. 세상은 문명이라는 이름으로 점점 더 혼탁해져 가고 있다. 그런 세상에서 한평생을 살아가기 위해서는 남들처럼 부화뇌동하여 정신없이 날뛰다가는 어느 날 아버지처럼 생의 끝자락에서 후회의 말들을 남기게 된다.

아버지가 생각하는 삶의 원칙은 이러했다. 항상 바른 생각을 하라는 것이다. 삿된 마음을 갖지 말고 바른 가치의 기준을 가지고 살아가라는 것이다. 이런 말을 하면 아버지가 너무 교과서적인 이야기를 하는 것 같다만 그런 마음의 자세가 노년에 후회를 적게 한다.

둘째는 올바른 행동으로 살아가라는 것이다. 지나고 나서 후회하는 행동은 하지 말라는 것이다. 사람은 지나고 나서 자기가 한 행동에 대해 '그때 그렇게 하지 말걸.' 하고 후회를 한다. 그래서 행동하기 전에 먼저 생각을 해야 한다.

셋째는 바른 마음으로 살아가라는 것이다. 작금의 세상은 올바른 마음으로 살아가기가 점점 더 힘이 든다. 잘못 전도된 생각으로 살다 보면 마음에 걸림이 아주 많아진다.

아들아, 너는 평생 동안 사람과 사람, 마음과 마음이 부딪히는 갈등 속에서 살아가야 할 것이다. 문명이 발달할수록 그런 갈등과 대립은 점점 더 심화되고 사람들은 더 많은 마음의 상처를 받게 될 것이다.

지금은 아버지가 살던 시대보다 더 그런 사회구조로 바뀌어 가고 있다. 그런 갈등의 구조 속에서 나만을 주장하고 내세우면 살아남기가 더 힘들게 된다. 상대방을 인정하고 서로의 생각을 소통하면 살기가 편해지며 자신의 마음을 치유하는 데 도움이 될 것이다.

애야, 세상이 아무리 혼탁하더라도 내 마음의 종지가 굳고 중심이 반듯하면 흔들릴 일이 없다. 이 세상은 긍정적인 견해로 사는 사람들과 부정적인 시각으로 보는 사람들이 있다. 이 세상을 부정적이고 비관적인 시각으로 보지 마라. 그런 견해는 너 자신을 괴롭힌다. 항상 긍정적이고 낙천적인 시각으로 세상을 보아라. 그럼 너는 행복해질 것이다. 행복은 내 마음속에 걸림이 없어야 한다. 그 걸림은 내가 만든 욕심과 기준에서부터 시작이 된다. 욕심을 없애는 마음은 말로만 되는 것이 아니다. 끊임없는 자기 수행이 있어야 한다.

나 이제 진실한 마음으로 나의 분신인 너에게 전한다. 아버지는 흘러가는 저 강물을 따라 먼저 떠나갈 것이다.

너 또한 언젠가에는 저 강물처럼 흘러갈 사람이다. 이 세상에 만물은 모두가 헛된 꿈만 같다고 사람들은 말하더라만 그것은 생각의 차이

일 뿐이다. 우리는 이편과 저편으로 서로 자리만 바꾸었을 뿐, 그 관계
는 조금도 달라진 것이 없다. 우주의 시간 속에서 우리는 만났다 헤어
지는 이별의 공간만이 존재할 뿐이다.

　아들아,

　이 세상은 즐겁고 행복한 곳이었다. 그 행복은 눈에 보이는 것, 소리
로 듣는 것, 이 세상의 모든 것들이 아름다운 모습으로 보여 주는 화려
장엄의 세계와 온갖 만물들이 현상으로 보여 주는 가르침에 있었다.

김범선

약력

경북 영양 출생

경북고등학교 졸업

동국대학교 경제학과 졸업

前 영주여자중학교 교사

한국문인협회 회원

국제펜클럽한국본부 회원

한국문인협회 문학사 편찬위원

한국소설가협회 중앙위원

저서

「눈꽃열차」(장편소설)

「황금지붕」(장편소설)

「비창」1, 2(장편소설)

「니가 있어 행복하다」(에세이)

「영혼중개사」(중편소설)

「벤의 원리」(중편소설)

「비단개구리」(중편소설)

외 다수

주간 일요서울 2008~2009 장편소설 연재

현재 월간 문학저널(장편소설), 월간 좋은 만남(에세이) 연재 중

저자 메일

rosakbs@hanmail.net

초판인쇄	2010년 4월 12일
초판발행	2010년 4월 12일
지은이	김범선
펴낸이	채종준
기 획	김남동
마케팅	김봉환
아트디렉터	양은정
표지디자인	장선희
본문디자인	황혜정
펴낸곳	한국학술정보㈜
	경기도 파주시 교하읍 문발리 파주출판문화정보산업단지 513-5
	전화 031-908-3181(대표) 팩스 031-908-3189
	홈페이지 publish@kstudy.com (출판사업부)
	이메일 www.ebook.kstudy.com
등 록	제일산-115호(2000.6.19)
ISBN	978-89-268-0958-7 03810 (Paper Book)
	978-89-268-0959-4 08810 (e-Book)

이담Books는 한국학술정보(주)의 지식실용서 브랜드입니다.